字里行间读鲁迅

黄乔生 著

生活·讀書·新知 三联书店

图书在版编目（CIP）数据

字里行间读鲁迅／黄乔生著．—北京：生活·读书·新知三联书店，
2017.3
ISBN 978 - 7 - 108 - 05828 - 7

Ⅰ．①字…　Ⅱ.①黄…　Ⅲ.①鲁迅研究－文集
Ⅳ．① I210-53

中国版本图书馆 CIP 数据核字（2016）第 248398 号

责任编辑　孙　玮
装帧设计　康　健
责任校对　龚黔兰
责任印制　卢　岳
出版发行　生活·讀書·新知 三联书店
　　　　　（北京市东城区美术馆东街 22 号　100010）
网　　址　www.sdxjpc.com
经　　销　新华书店
印　　刷　北京隆昌伟业印刷有限公司
版　　次　2017 年 3 月北京第 1 版
　　　　　2017 年 3 月北京第 1 次印刷
开　　本　635 毫米 × 965 毫米　1/16　印张 19
字　　数　229 千字　图 44 幅
印　　数　0,001 - 5,000 册
定　　价　42.00 元
（印装查询：01064002715；邮购查询：01084010542）

自 序

本书收录了我近年来所写的十三篇论文。

鲁迅研究已有百年历史，论者更仆难数，著述汗牛充栋。可是，怎样评价鲁迅，仁智各见，言人人殊。大作高文，贤者早著先鞭；笔者才疏学浅，只能识其细小。

论文集编成，命题为难。鲁迅生前身后曾得到过很多头衔，文学家、革命家、思想家、战士、旗手、圣人、民族魂等等，随手拿一个来放在书名里，都足以震动视听。我前不久出版了一本关于鲁迅的随笔、演讲集，命名颇费思量，反复斟酌，名之曰《鲁迅：战士与文人》。用"战士"和"文人"两个称号来称呼鲁迅，当然说出了一部分真实。然而，两个名号之间其实不无矛盾。鲁迅到底是战士呢，还是文人？或者中和地说，两者兼于一身，既是有文化的战士，又是有战斗精神的文人——书中有一篇演讲就是这么分论而又合论的。这本论文集里也有好几篇是在为鲁迅定身份、拟评语。鲁迅的身份认定问题，是鲁迅研究的首要问题，也可以说是终极问题。

给鲁迅这样丰富复杂、多面立体的人下定语，是十分艰巨的任务。用简单的贴标签、戴帽子的方式论定一个人物，是危险的。对鲁迅这样一位文学家，阅读他的著作当然是第一要务。而且读得越细致越好。越细读，越觉得还有很多意义没有充分挖掘，很多问题没有搞清楚。以往，我们过多地纠缠于给他一个怎样的身份，如何对他做一个定论。我的文章就不免此病。因此，我很希望通过对文本的细致探究，从"字里行间"读出蕴含意义，收到以小见大、由表及里的效果。

1991年，为纪念鲁迅诞辰110周年，我为《中国日报》写了一篇应景的小文，题为*Reading Between Lu Xun's Lines*，显得踌躇满志。二十多年过去了，竟没有什么长进。论文写得很少，而且，惭愧得很，并没有从鲁迅的字里行间读出什么深意来。比起"狂人"从"字缝"里读出"吃人"二字，达到鬼哭狼嚎、惊天动地的境界，我的所得平凡琐屑，微不足道。这本集子没有以《字缝读鲁迅》命名，就是因为不敢与"狂人"比肩。便是用"字里行间"这几个字，也已经是很夸张的了。

有一个时期，我很希望将鲁迅及他的同时代人——特别是新文化的代表——与古代文学传统联系起来阅读，认为这有利于弄清楚中国文学的新旧之变，体会这些大师在文化史上的贡献。鲁迅之所以具有经典性，是因为他在传统文化中生成，并且在与文化传统的激烈对抗中生长。这种将古代作家和现代作家比较研究的尝试，是思考鲁迅的经典性的一个比较好的切入点。大作家之间的比较是一个很有辐射性和延伸性的题目，汉代的史迁、班固，唐代的李杜和韩柳，现代的二周，都是蕴含深厚、影响长远的大师，值得做这样的研究。我就此写了一篇将鲁迅、周作人与韩愈比较的论文《鲁迅、周作人与韩愈——兼及韩愈在中国文化史上的评价问题》，此后却没有写下去，至今仍只这一篇。文章罗列了一些材料，做了一点粗浅的思考，可惜材料既平凡，论断也不甚切要。这类文章究竟应该怎样写，还需要探索。

两篇关于鲁迅语录的文字，是在编辑《鲁迅箴言》期间写成的。《鲁迅箴言》2010年由生活·读书·新知三联书店出版，编者是我和我的两位同事钱振文、姜异新——当时只以"《鲁迅箴言》编辑组"署名。为编辑《鲁迅箴言》，我搜集了一些材料，先写了一篇《鲁迅语录阅读小札》，在《博览群书》上刊载；后来所得材料渐多，遂对鲁迅语录做全面的梳理，扩充而为《鲁迅语录阅读札记》。在写作途中，收到澳大利亚新南威尔士大学举办的"活着的文本：清末民初的儒家思想"学术研讨会的邀请，就把20世纪70年代"批林批孔"运动中出版的鲁迅言论集部分摘出来，写成《20世纪70年代鲁迅批孔反儒形象的塑造——以"批林批孔"运动中鲁迅言论集为中心》一文，在研讨会上宣读。鲁迅语录（箴言），就是将鲁迅文本中的一些精彩的或有用的段落摘出来，编辑成册，这本身也是对原著的一种细读。不过，我也注意到，这种方法存在风险，会造成对鲁迅思想文章的有意无意的曲解和误读。因为摘引者角度不同，动机多样，历来出版的各种鲁迅语录、选本透露出时代风气和文化变迁的轨迹，这一点倒值得追溯和研讨。

《"开麦拉"之前的鲁迅——鲁迅照片面面观》一篇是对鲁迅照片所做的简略介绍和研究，也是为一次学术研讨会准备的论文。现代技术生成的多媒体资料如照片、电影等，对现代人的文化观念形成所起的作用，不容忽视。这次的研讨会由美国哥伦比亚大学比较文学和东亚系主办，主题就是"多媒体鲁迅"。这篇资料性的文字发表后，几位友人鼓励我更系统地搜集、整理鲁迅照片。三四年下来，果然颇有所得，弄清楚了鲁迅现存照片的数量。我对这些照片的更全面系统的解读，反映在专著《鲁迅像传》（贵州人民出版社2013年版）中。这项工作给我的启示是，尽管鲁迅研究历经百年，鲁迅生平资料号称挖掘充分，甚至已经有了"鲁迅学"这样的大名目，但仍有一些细节问题被人们忽略。直到今天，各种出版物上仍有对鲁迅照片注解不准确甚至错误的情况发生。以此类推，鲁迅研究中似是而非的论断恐怕还有不少。我认为有必要对鲁迅的生平资料进行一次整理，去除虚浮，弥补空洞，辨正错误。

文学家鲁迅青年时代受过较为系统的自然科学训练，所获知识修养对其文学事业产生了深刻的影响。《略论鲁迅的自然科学修养——以医学为中心》简要介绍了鲁迅接受科学训练的过程，重点介绍了有关鲁迅在仙台医专学习时期的课堂笔记的最新研究成果，探讨了自然科学特别是医学训练与文学创作的关系。自然科学和文学艺术的交叉融合是鲁迅思想水平和艺术成就走在时代前列的一个重要因素，他的相关经验为后人提供了多方面的启示。

《中国菜与性及与中国国民性之关系略识——从鲁迅的〈马上支日记〉中的两段引文说起》，讨论了外国人如何看中国，准确地说，是如何误解歪曲中国的问题。鲁迅在一篇文章中批评了两类人，一是日本的所谓"中国通"，一是美国传教士。这两类人对中国国民性发表很多言论，其话语体系在19、20世纪的中国影响很大，直到今天还时常被人论及。鲁迅自青年时代留学东洋时起，探索国民性改造问题，终身实践，不遗余力，受此类话语的影响，自不待言。但鲁迅常识健全。当他看到外国人的无稽之谈时，立刻做了有力回击。任何理论学说，无论多么高妙，都要在常识面前让一头地。此例说明，鲁迅并不是一个偏执的人，他总在理性和感性之间寻求平衡。我们阅读——细读——鲁迅时，也必须时刻注意这种平衡。

《"四世同堂"：中国近现代知识分子的或一谱系——鲁迅晚年一个创作计划蠡测》，将中国现代四代知识分子的传承关系，根据鲁迅的设想，做了一个推测式的论述。其中特别突出了鲁迅在这个链条中的地位和作用。鲁迅的创作设想中当然也存在一些他自己不能解决的问题，因此，该计划未能实现，也是可以理解的。但他的设想启发后人，值得探究。阅读鲁迅，文本之外的片言只语都可能是有用的参考资料。

《略参己见：鲁迅文章中的"作""译"混杂现象——以〈凯绥·珂勒惠支版画选集序目〉为中心》这一篇，比较符合书名的意义——从"字里行间"阅读鲁迅的文本。这里遇到鲁迅研究中的一个难点，就是鲁迅译文的研究。学术界中称赞鲁迅的翻译理论坚定、译笔高妙的观点颇不少，而细致的文本研究却不甚多。翻译和介绍外国文艺，不是主张一种强硬理论就万事大吉的，需要字斟句酌，常常并不比创作容易。支持鲁迅的翻译主张，应该从他的翻译实践中总结经验，拿出有说服力的例证，庶几可以像他预想的那样，推动汉语向精密和更有表现力的境界迈进。本文将鲁迅文中引用的德文原文找出来，进行对勘，发现有些"作"实际上是"译"。这样细读，是对大师文心的一次深切的体会。我因此联想到，鲁迅有些文字，虽然后来收入著作集，其实是"作""译"掺杂，他生前结集时并不打算收录，后人因为珍惜他的文字，竟悉数编入了。但因为笔者语学水平的限制，这篇文章写得很吃力，还有一些问题没有解决。我认为这是有必要做的工作，自己虽然也许没有能力继续做下去，却很希望这方面的专家能进行更深入的探讨。

《文人，还是学者——鲁迅的职业选择和身份认定》一文，断断续续写了两年。我提出一个假设：如果我们按照古代或一种史书的体例写传记，鲁迅应该入文苑传呢，还是入儒林传？我试着将鲁迅在文人和学者之间的选择，以及他在这两方面的特质写出来，然而，结论却有些骑墙：既是文人，又是学者，似乎什么也没说——看来，对鲁迅的评价、定位，仍然是一个绕不开的问题。

严格地说，本集所收文字只是一些阅读心得，浅薄凌乱，不成系统，偏颇错讹之处一定不少。不过，结集出版至少有一点好处：总结以往，找到不足，进而督促自己更细致地阅读、更准确地解说和评价鲁迅。

此次编集，对各篇做了一些字句上的修改。为便检索，《鲁迅全集》的注释一律改用人民文学出版社2005年版。感谢发表这些文章的杂志，感谢给我帮助和启发的师友。海君、小惠、书云等学友在文本和注释整理方面给予很多帮助，三联书店郑勇、徐国强、孙玮三位精心编辑加工，匡正不少谬误，使我获益良深，衷心铭感。

黄乔生

2016年7月于北京阜成门内

目录

试论鲁迅的经典性

一

　　鲁迅，其在中国现代文学史上的地位虽然经受了起伏变化，作为一个文学家，作品免不了受到批评，政治上也不免遭到攻击，例如旧文学家对他的批评和革命文学家对他的全盘否定，等等——但总体上说，他得到的正面赞扬远远多于贬低和否定，而且在一个时期，甚至达到绝对权威的程度。20世纪80年代以来，鲁迅的崇高地位渐渐受到严峻的挑战。虽然至今，在所谓评定大师或为文学家排座次的活动中鲁迅总还名列前茅，但也有一些人在用这样或那样的方式要把鲁迅埋藏在历史的尘埃中，认为他已经失去了同当代对话的可能性。在鲁迅曾获得尊敬并得到较为充分研究的国家，如日本，这种情形似乎也颇明显。一位日本研究者写道："中学课本里的鲁迅作品慢慢消失了，学生们连鲁迅的名字都感到陌生。过去随时都能买到的鲁迅作品的译本，现在坊间几乎见不到了……这反映出近十年来日本文化界对待鲁迅比过去大为冷淡，鲁迅的名字几乎被忘掉了……鲁迅是基本上存在于'现代性'之中的。在这个层面上说，在21世纪的日本，甚至中国和韩国，以社会的规模来说恐怕再也没有接受鲁迅的条件了。就是说，想让一般青年人感兴趣已经做不到。"[1]事实上，在中国，虽然出现了鲁迅过时的论调，但这是一个仍然处于争论中的问题。中国的读者仍然在接受鲁迅，其崇高地位和巨大声誉仍被写入中国文学史，成为中国文化传统的重要组成部分；他的许多作品仍然是中学语文课堂上的范文，供青年学生揣摩学习。中国人想要忘掉鲁迅传统并不容易，正如"五四"时代鲁迅一代人想要彻底摆脱传统一样艰难。这些年来，的确出现了一些从各种不同角度批评鲁迅的作品，指责其色调过于阴暗、文字有些费解、所记录和评述的历史事件距今久远、无法追摄，从而主张把某些篇目调离教科书，而随着教科书编纂工作自由度的增加，或者已经发生了调整和删除。但还有一个事实不能忽略，我们不能只斤斤于强调课堂上灌输鲁迅作品的现象，更要注意到，鲁迅的著作仍然是一般读者的自愿选择，各种版本充斥坊间，印数相当可观，以至于20世纪90年代以来，中国出版行业最高行政管理机关新闻出版总署[2]发了文件，禁止除人民文学出版社以外的任何出版社出版《鲁迅全集》，除了部分政治原因外，一个重要的因素是，太多出版社把翻印已超出著作权保护期限的鲁迅作品视为像翻印《红楼梦》《水浒传》等古典文学名著一样，既有经济效益又有社会效益。[3]于

---

1 〔日〕尾崎文昭《二十一世纪里鲁迅是否还值得继续读》，见《两岸中国语文学五十年研究之成就与方向》（韩国中语中文学第一次国际学术发表会论文集），首尔，延世大学出版社2002年版。

2 2013年更名为"国家新闻出版广电总局"。——编者按

3 这个决定引起其他出版社的不满，也在学界引发争议。《鲁迅研究月刊》1995年第10期做了综合报道并刊发多篇相关文章。

是，不能不问这样的问题：对于鲁迅的崇敬，是慑于威势，还是惯性使然，抑或他的作品确实仍具魅力？他过时了，抑或仍对当代发挥着影响？

这里之所以提出鲁迅的经典性问题，是因为当前在否定鲁迅的价值以外，还有一个把鲁迅经典化的热潮。其中有正面的研究，也有负面的贬低。正面研究阐述了鲁迅的作品的经典性意义，提出有必要将鲁迅经典化，因为经典化的过程可以使鲁迅的作品获得一种定论，在文学史上永葆价值。而贬低的观点，则从"经典"的负面意义上立论，认为鲁迅的作品已经进入历史，缺乏现代性，不能再同中国的现实对话。

鲁迅的语言、思想和使用的文学体裁是在一种由传统向现代的转化过程中产生的，他以高超的技巧写出脍炙人口的作品，为中国现代新文学树立了典范，他被公认为现代经典作家。他使用现代人的语言，抒写了现代中国人的思想感情，为后代制定了一套写作规范和准则，长期以来一直是中国青年学生学习写作时取法的榜样。我们只需要注意一个事实，那就是，鲁迅的生平是确定的，经过几十年的研究，他的事迹基本确定，已不可能出现对他的思想和人格产生实质性改变的重大事实。他的文集也是齐全的，最近几年间或有佚文佚信发现，但为数不多，无关大局。我们完全可以通过阅读文本来确定他的思想形态和文学成就。鲁迅的作品基本上每篇都是完整的，没有他本人出于弄虚作假、趋炎附势的动机所做的改动。[1]这在中国现代文学史上是少有的。

1　有两种例外，一是他本人编辑时出于种种原因对私人信件的删改，如《两地书》；另一种是后人在编辑过程中的删改，如"文化大革命"时期的一些版本，但责任并不在他。

我们应该从鲁迅的生平和文本以及我们的阅读体验的角度来说明他的经典性，而不是做权威定论，把鲁迅的作品视为不可侵犯的东西，一字不能改易，只能反复诵读，发掘微言大义，五体投地地表示钦佩。同时，我们也注意到有论者从不同角度来否定鲁迅的经典性，找出他的毛病，或者干脆从感情上表示不理解，甚至不乏全盘否定。这些论点，如果放在整个文学史上看，是极正常的，不必大惊小怪。让所有的人都说好的文学作品是没有的，不让任何人反感或厌恶的文学作品恐怕也不多。正确的态度应该是，既不神化鲁迅，也不苛求鲁迅。

"经典"一词含有传统的、优秀的、不朽的、典范的等意思。西方的"canon"一词，指的是传统的具有权威性的著作，例如宗教上的《圣经》，内容是原则性的，是必须遵守的规范。在中国，儒家的元典称"经"书，例如"六经"，宗教方面则有佛经。经典是行为的准则和学习的模范。我们把古代的优秀作品称为古典或者经典，后代人要创造新的经典，就必须在学习中实现超越，这是一条必经之路。很多文学家都能讲出自己独特的经验，例如唐代的韩愈和柳宗元，都对这个学习和创造过程的艰辛深有体会。韩愈在《答侯继书》中说："仆少好学问，自五经之外，百氏之书，未有闻而不求，得而不观者。"[1]在《进学解》中又借太学生之口说自己"沈浸醲郁，含英咀华；作为文章，其书满家"，尽力广采博取，做到"闳其中而肆其外矣"。[2]柳宗元这样描述他借鉴古代经典的门径："本之《书》以求其质，本之《诗》以求其恒，本之《礼》以求其宜，本之《春秋》以求其断，本之《易》以求其动——此吾所以取

---

1 韩愈《答侯继书》，《韩昌黎全集》第 16 卷，上海，世界书局 1935 年版，第 243 页。
2 韩愈《进学解》，《韩昌黎全集》第 12 卷，第 187 页。

道之源也。参之穀梁氏以厉其气，参之《孟》《荀》以畅其支，参之《庄》《老》以肆其端，参之《国语》以博其趣，参之《离骚》以致其幽，参之太史公以著其洁——此吾所以旁推交通而以为之文也。"[1]

江山代有才人出，一个时代有一个时代的文学成就。新的文学名著的出现，因为时代较近的缘故，更能得到当代人的青睐。古代的经典，有些确如韩愈所说的"诘屈聱牙"，为今人所不喜，渐次被人遗忘，经典遂成"过时"的同义语。很多被列为必读书的经典作品，很难获得广大读者，人们戏称为"人人知其名，几人读终篇"。

真正的经典作品应该有广阔的包容性，无论以什么样的形式出现，它都应该是丰富而又细致地表现本民族的性格和感情，而且要表现得尽可能完美。经典作品应该具有广泛的吸引力，应该得到来自社会不同阶层、处于不同境遇的人们的反响和共鸣。真正的经典作品应该超越时代。它表现本民族的最基本的性格和感情，表现在特定的时间和地点的这种性格和感情的种种形态，为后人提供着借鉴和营养。

鲁迅的作品直到今天还有相当大的影响，这不仅仅因为他的时代距离我们较近，他的探索中包含着现代性的种种问题，更因为他的作品中包含着我们民族性格和感情的一些固定的东西，而且，他的卓越的表现形式，同样具有经典性，为后世的文学写作树立了典范。

但鲁迅的经典性，必须经受检验，在接受赞美甚至崇拜的同时，也必须接受质疑甚或否定。

---

1 柳宗元《答韦中立论师道书》，《柳河东集》第34卷，上海，上海人民出版社1974年版，第543页。

二

　　并非每个时代都能有产生文学经典的幸运。那么,鲁迅文学创作鼎盛期的"五四"时代是不是一个产生经典的时代呢?

　　"五四"新文学为人们留下了经典性的问题、经典性的作品和经典性的情境,为现代中国提供了经典文本。其影响直到今天还在作用于中国的知识界,作用于中国文化的现状和发展。其中的著名人物,鲁迅、胡适、陈独秀等在当时和后来的建树值得而且已经引起研究者的重视。绝大多数现代文学史著作都承认这场运动取得了巨大成功,把鲁迅誉为承前启后、开一代新风的大师,或比其为"文起八代之衰"的韩愈[1],或径称之为孔夫子一样的圣人[2]。"五四"时代是一个风云变幻、社会动荡的时代,换言之,是一个"王纲解纽"的时代、一个思想比较自由的时代。西方思潮大量涌入,流派纷呈,主义繁多,以至于有人大声疾呼要"多谈些问题,少谈些主义"。如果拿它同古代某一个时期比附的话,略同于"百家争鸣"的战国时代。后者也正是一个出现了思想繁荣和文学多样局面的时代。明人章学诚曾说:"周衰文弊,六艺道息,而诸子争鸣。盖至战国而文章之变尽,至战国而著述之事专,至战国而后世之文体

1　黄乔生《鲁迅、周作人与韩愈——兼及韩愈在中国文化史上的评价》,《鲁迅研究月刊》2004 年第 10 期。

2　毛泽东《论鲁迅》(在延安陕北公学鲁迅逝世周年纪念大会上的讲话),《毛泽东文集》第 2 卷,北京,人民出版社 1993 年版。

备。"[1]而在"五四"时代，随着白话文的兴起，新文学全面开花，也是在各种文体上都进行尝试，而且很多都取得了成功。其中尤以鲁迅的创作成就最为显著，他在多种体裁（特别是短篇小说、诗歌、散文、杂文）上都有开拓性的业绩。

社会动荡的时代并不影响经典的产生，反而可能会促使经典的出现。孔夫子，一位经典的创造者和整理者，恰恰在动荡时代过着颠沛流离的生活；伟大的诗人杜甫也是在国破家亡的惨痛中创造出经典作品的。

所谓"五四"时代，本是针对一场文化运动而言的。这场文化运动后来与政治运动紧密结合在一起，才有了"五四时代文学"这个称呼。这场文化上的革命运动有着难免偏激的态度，在新旧斗争中，往往过于强调中国文化传统中负面的东西，从而吹响了全盘否定的号角。这种态度，虽然作为一种所谓策略发挥了一定作用，但同时也产生了一些负面的影响。对比古代产生经典的时代，"五四"时期在时间的长度和范围的广泛方面显然还不够，还不足以产生十分丰富的文学作品。

但是，就是在这样一个非常短暂的时期，鲁迅却像一颗耀眼的明星升上文学天空，创造了璀璨夺目的作品。按一般的规律，一种文学主张刚刚提出，一种文体刚刚出现，还需要打磨润饰，还会有很多幼稚的作品出现，在与旧文学争夺阵地的斗争中还会出现多次反复。鲁迅是一个反常的例证，他的小说一开始就有了经典文本价值，创造了一个文学史上的奇迹。研究者常常对于这个事实感到惊

1　章学诚《诗教上》，章学诚著，叶瑛校，《文史通义校注》，北京，中华书局2004年版。但清人包世臣说："周秦文体未备，是矣，魏晋以后渐备，至唐宋乃全。"（《艺舟双楫》）实际上，唐宋以后各代，仍不断有创新。

奇，并努力探讨其中的奥妙。实际上，他在很多方面都有充分的准备。他所处时代的特点是，文化经典在发生着转移和变化，旧的经典受到批判，而新的经典还没有出现。鲁迅的创作填补了空白。有论者指出："中国现代小说在鲁迅手中开始，在鲁迅手中成熟。"[1]不但后世的研究者和作家，就是鲁迅的同时代人，无论是作为《新青年》核心人物的陈独秀、胡适，作为兄弟的周作人，还是作为后辈的茅盾，更有广大的普通读者，异口同声地对鲁迅一出手就显示出成熟的形态和经典的性质表现了毫无疑义的赞誉和钦服。茅盾评论说："《呐喊》里的十多篇小说，几乎一篇有一篇新形式，而这些新形式又莫不给青年作者以极大的影响，必然有多数人上去试验。"[2]鲁迅并不是一个偏激的、漫无目的的、急不择路的开拓者，其作品技巧相当高超，非当时许多幼稚的作品可比。

20世纪20年代，鲁迅的《呐喊》刚出版不久，就有很多文化界知名人士在开列"青年必读书"时将其列入，使其与《论语》《孟子》《庄子》等古典名著并列。有的在附言中特别对这部"当代经典"做了说明，例如吴曙天在介绍其祖父的意见时说："他是一个研究国学的人，现在每天还戴起眼镜来看书，他也读鲁迅先生的《呐喊》，他曾说《呐喊》陈义很高，我们小孩怕看不懂。"[3]对新文学的成就，在20世纪20年代，就已经有人意识到其在中国文化史上的地位，特别是作为新文学元典的经典价值。例如，胡适就建议

---

1 严家炎《鲁迅小说的历史地位——论〈呐喊〉、〈彷徨〉对中国文学现代化的贡献》，《求实集》，北京，北京大学出版社 1983 年版，第 95 页。

2 茅盾《读〈呐喊〉》，《文学周报》1923 年第 10 期。

3 《鲁迅研究月刊》2004 年第 9 期重刊。《青年必读书十部》为《京报副刊》征答题目，即鲁迅交了白卷并且主张青年"不读或少读中国书"的那次活动，持续时间为 1925 年 1 月至 4 月。吴曙天祖父吴镜莊所选编号为第 51。

在大学开设"新文学"科目，并请鲁迅的弟弟周作人去主持其事。[1]值得一提的是，胡适所拟的国文课程阅读材料中，首先就是鲁迅和周作人在东京时期翻译出版的外国短篇小说集《域外小说集》，革命前的不成功译本尚且要受如此礼遇，更不要说他们创造的新文学经典了。[2]

他不但评价了新文学在中国文学史上的地位，而且还把中国新文学描述为对明代文学的继承和发展，他要说明的是，新文学不是凭空而来，它有自己的渊源和师承。

鲁迅的作品究竟有没有经典性，后代人更有发言权。经典性是接受者赋予的，每个读者都有自己的判断，有的人认为这些篇章是经典性的，有很高的价值，有的人则认为另外一些篇章具有经典性。关于鲁迅的作品，我们以上举出的是正面的评价，当然还有很多否定的言论。有人说他的文章不成熟，是因为现代有了更多的实践，文学手段更加丰富，有了更大的成绩。但这不能作为否定鲁迅文学成就的借口。鲁迅的功绩已经铭刻在文学史上，他的作品所表现的深刻的思想和成熟的技巧，对那个时代所具有的认识价值不可磨灭。

鲁迅本人也在一些场合对自己曾经亲历并"以创作显示了实绩"的那场运动做了总结性的论述。[3]

1　胡适致周作人信（1921 年 2 月 14 日），耿云志、欧阳哲生编《胡适书信集·上册》，北京，北京大学出版社 1996 年版，第 274 页。

2　胡适日记（1921 年 7 月 30 日），《胡适全集》第 29 卷，合肥，安徽教育出版社 2003 年版，第 392 页。

3　鲁迅《〈中国新文学大系〉小说二集序》，《鲁迅全集》第 6 卷，北京，人民文学出版社 2005 年版，第 246 页。"从一九一八年五月起，《狂人日记》《孔乙己》《药》等，陆续的出现了，算是显示了'文学革命'的实绩，又因为那时的认为'表现的深切和格式的特别'，颇激动了一部分青年读者的心。"

1927年，他应香港基督教青年会的邀请到香港做了两次演讲，一篇是《老调子已经唱完》，一篇是《无声的中国》。演讲中他仍然坚持着"五四"时代的思想，他强调新文学的现代性和进步性，他在批判中国传统文化和现实中的种种弊端时，态度仍然很激烈。他为"五四"时期一些激进观点辩护，提醒人们注意其中含有的策略性。反传统并不是要割断传统，例如钱玄同说要废除汉字，结果并没有废除，但至少白话文站住脚了。后来有的研究者把鲁迅描写成激烈反传统的所谓偶像破坏者，其实他对中国古代传统的看法并非一味偏激，对中华文化史上的经典并非一概否定。这篇演讲在表现他对当时香港的文化现象的不满之外，对自己旧日的功绩怀有爱恋是分明可以感知的。在与革命文学家的论争中，他的自谦背后隐藏的自负，他对狂妄的新一代的不满甚至蔑视，在他的文字中间常能看到。他曾经说过这样的话："创作既因为我缺少伟大的才能，至今没有做过一部长篇；翻译又因为缺少外国语的学力，所以徘徊观望，不敢译一种世上著名的巨制。后来的青年，只要做出相反的一件，便不但打倒，而且立刻会跨过的。但仅仅宣传些在西湖苦吟什么出奇的新诗，在外国创作着百万言的小说之类却不中用。因为言太夸则实难副，志极高而心不专，就永远只能得传扬一个可惊可喜的消息；然而静夜一想，自觉空虚，便又不免焦躁起来，仍然看见我的黑影遮在前面，好像一块很大的'绊脚石'了。"[1]这情形和当代青年作家把他称作"反动性不证自明"的"一块老石头"真是一种巧合。[2]但中国文学的进步是那么慢，直到现在，要把鲁迅一脚踢开，正如鲁迅七十多年前所断言的，还"必须有较大的腿劲"，因

1　鲁迅《三闲集·鲁迅译著书目》，《鲁迅全集》第4卷，第188页。

2　朱文《断裂：一份问卷和五十六份答卷》，《北京文学》1998年第10期。

而仍免不了产生焦躁的情绪。

任何一种经典的生成过程都有其独特性和复杂性，但也有共同规律，也就是两个方面：一是继承传统，一是反对传统。鲁迅正好经历了这两个阶段。而且是按照自然顺序，即先继承后反对，或者说，在继承中反对。因为继承和反对往往是同时进行的，并非分为两截。20世纪中叶以后，我们之所以在文化建设中出了一些问题，原因之一就在于我们颠倒了顺序，服膺反传统思想，在文化革命的道路上勇往直前，不断加大破坏的力度，甚至否定一切，在意识到偏向以后才补课式地继承传统。

三

有了经典的时代，还不一定能够产生经典作家和经典作品；必须有足够修养的人，与时代的需要相激发。鲁迅正是这样一个应运而生、具备了必要修养的人物。历史也就选择了他创造新文化的经典作品。

我们从以下几个方面来看鲁迅所具备的创造经典作品的条件：

首先要强调的，不是鲁迅的作品超越了时代，而要强调其忠实于时代。他的作品是现代的，因为他本人是现代人，具有现代思想。他必须首先获得先进的思想，才能以文学形式将这些思想表现出来。

鲁迅所处的时代是一个半殖民地半封建的时代，他在青年时代就痛感民族的压迫和列强的欺凌。这个时代的人们在情绪上很容易愤怒，性格上特别敏感，从某种程度上说，很容易造成心灵上的缺陷，或者自卑，或者自大，时而狂妄，时而沮丧。在这种情况下，中国人最需要一种新的品格，这就是后来毛泽东在评价鲁迅时说的那种品格："鲁迅的骨头是最硬的，他没有丝毫的奴颜和媚骨，这是殖民地半殖民地人民最可宝贵的性格。"[1]鲁迅从青年时代就感佩他的家乡人引以为荣的大禹治水和越王勾践卧薪尝胆的故事，赞扬过家乡人民"复存大禹卓苦勤劳之风，同勾践坚确慷慨之志"[2]，在去世前不久还引用明末绍兴人王思任的话："会稽乃报仇雪耻之乡，非藏垢纳污之地。"[3]他的品格既不是麻木的，也不是疯狂的；既充满了义愤，又满怀正义感和同情心；既激情澎湃，又深沉稳健。

　　环境对作家的影响、作家的个人经历和性格养成，在文学创作中具有极大的作用。文学创作是一个个人从事的事业，个人经历和时代遭遇两方面的结合是创造杰作的条件。鲁迅正是这样一个人生遭遇极为痛苦的人。他的人生道路是独特的，在现代文学史上具有典型意义。他经历的巨大痛苦主要来自精神，是不被理解的孤独和寂寞："这寂寞又一天一天的长大起来，如大毒蛇，缠住了我的灵魂了。"[4]他在北京前期就主要是这种痛苦的体验，但这个时期，也是他观察和积累的重要时期，没有这个时期，就没有后期的文学业绩。古代先贤，那些创造了经典作品的杰出作家都有类似的遭遇。

1　毛泽东《新民主主义论》，《毛泽东选集》第 2 卷，北京，人民出版社 1952 年版，第 691 页。

2　鲁迅《集外集拾遗补编·〈越铎〉出世辞》，《鲁迅全集》第 8 卷，第 41 页。

3　鲁迅《且介亭杂文末编·女吊》，《鲁迅全集》第 6 卷，第 637 页。

4　鲁迅《呐喊·自序》，《鲁迅全集》第 1 卷，第 439 页。

例如黄庭坚说"观子美到夔州后诗、退之自潮州还朝后文，皆不烦绳削而自合矣"[1]，讲的正是个人经历在文学创作中的重要作用，生活中的磨难使两位作家的诗文达到炉火纯青的地步。值得注意的是，鲁迅与古代先贤相比既有相同之处，也有不同之处。他与屈原和杜甫的不同之处在于，他没有那种因不得宠而表现的不平，没有盲目的忠君思想；他同韩愈的不同之处在于，他没有卑躬屈膝的行为。封建思想，或者说"奴性"，是处在"王纲解纽"时代的鲁迅所没有的。早在日本留学期间，鲁迅就对中国文学中的"温柔敦厚"和"不摅"的诗教进行批判，《摩罗诗力说》将外国作家、诗人同中国文人对比，呼唤中国出现"立意在反抗，指归在动作"的"摩罗诗人"。[2]

这是鲁迅留给中国文化的宝贵遗产，一种以"民族魂"这个响亮的光荣称号来标示的精神，正是他的经典性的基础。

不幸的个人经历，促使鲁迅对中国的前途和命运做深刻的思考。人们耳熟能详他在日本留学时写下的慷慨诗句"我以我血荐轩辕"，还有他就读弘文学院时经常思考的三个问题。[3]他所写的几篇文言论文，提出了一系列当时人们关心的问题，并试图找到解决方案。他的思考在同时代人中显得敏锐和深刻。他既认识到中国文化的不足，又意识到一味模仿西方人的弊端。所以，他提出了以建立"人国"为中心的想法，注重人的素质的提高，注重民族健全性格的养成。

1　黄庭坚《与王观复书三首》，四部丛刊本《豫章黄先生文集》第 19 卷，第 201 页。

2　鲁迅《坟·摩罗诗力说》，《鲁迅全集》第 1 卷，第 68 页。"盖诗人者，撄人心者也。"该文还批评屈原道："然（《离骚》）中亦多芳菲凄恻之音，而反抗挑战，则终其篇未能见，感动后世，为力非强。"

3　许寿裳《亡友鲁迅印象记》，北京，人民文学出版社 1953 年版，第 20 页。

鲁迅的文学理想是为人生的，他是为中国的进步、民族性的改良而写作的。因此，他的作品成为指引国民前进的明灯。他的品格和修养决定了他成为那个时代的代言人，而一个作家的经典性表现之一就是，他是一个时代的代言人和集大成者。这个时代的显著特点都能在他的作品中找到，革命性当然是充分的，但更重要的是对革命活动的深入思考，对革命活动经验教训的总结，对中国社会腐败和落后的更深刻原因的探索，他的教育经历和文化修养使他总是走在时代的前列。一方面，他有机会接触革命先贤的思想，树立救国救民的理想；另一方面，他师承前辈，这些前辈在很多方面，包括国民性改造方面都有积极的探索和卓越的成绩。

　　中国传统为鲁迅提供了创作源泉，这包括经书，以及史书——野史与正史同样重要。他后来的一些小说，特别是《故事新编》，往往取材于青年时代阅读和辑录的古代典籍和笔记小说。

　　这些修养使鲁迅的心智达到成熟，而语言和文学成熟正是心智成熟的产物。心智成熟需要历史材料和历史意识。历史意识的获得，不但要沉潜于本民族历史中，更要研究本民族历史之外的其他历史，从而使自己的历史意识觉醒。鲁迅就是在中外历史的比较中看清楚中国的历史和现状的。鲁迅在日本时期的广泛学习为他提供了这方面的参照。例如，鲁迅小说表现的"反礼教"思想，本身并不新奇，在中国古代一直有人反对儒家思想，出现了李贽这样杰出的思想家。鲁迅吸取外国思想，融合了进化论、个人主义、"超人"等学说，揭露了家族制度的弊害和传统思想吃人的残酷性。这完全是现代思想观照的结果——外国的传统为他提供了思考中国传统的参照。

　　作为文学家的鲁迅，一生不停地向外国文学学习，他的翻译文字几乎和创作文字一样多，他的很多译文序跋记录了他广采博取外国文学的过程。他紧紧跟踪当时世界文学的状况，直到晚年，他还有强烈的意愿购读新出版的文学作品和文艺理论著作。[1]他在辞谢诺贝尔文学奖提名时说："诺贝尔赏金，梁启超自然不配，我也不配，要拿这钱，还欠努力。世界上比我好的作家何限，他们得不到。你看我译的那本《小约翰》，我那里做得出来，然而这作者就没有得到。"[2]此话虽然有谦虚的成分，但也可以视为他广泛取法的心态的表露。

正是通过对古今中外文学的创造性学习，鲁迅为中国现代文学建立了规范。

四

恰当地处理传统和个人之间的关系，在坚守传统和锐意创新之间达到一种有意识或无意识的平衡，是创造经典的一个非常重要的因素。鲁迅生活在一个除旧布新的时代，表面上，他是反传统的，但他的创新并没有离开传统。传统的蕴涵非常广，其中包含一些互相排斥的成分，这些成分又能在通常情况下相处并且融合。我们常

---

1 黄乔生《中国新文艺的普罗米修斯——鲁迅的外国文学藏书和译介概述》，见《世纪之交的文化选择——鲁迅藏书研究》，长沙，湖南文艺出版社 1995 年版，第 200 页。

2 鲁迅致台静农信（1927 年 9 月 25 日），《鲁迅全集》第 12 卷，第 73 页。

说某位中国作家身上既有儒家的成分，又有佛家的成分，还可能有道家的成分，就是这个意思。

鲁迅不仅仅是民族精神的代表——这样说我们可能是在贬低鲁迅——毋宁说他是民族精神的最高标尺，他是后世人们仰攀的高峰。他表面上显得是一个"异类"，然而我们正需要这样的异类，因为他代表了社会和思想的进步。恰如外来文化这个异类对我们的固有文化产生推动作用一样。他不遗余力地批判所谓庸众，却神奇地获得了大多数人的爱戴和敬佩，这看似矛盾，却透露出我们民族尚有卓识，尚能认识我们之中的这个少数的价值，尚能接受尖刻的批判，还不是一个彻底无可救药的民族。鲁迅的价值就在这里，这也从反面说明他并不是一个异类，他的思想普遍存在于广大人民之中，他的心和广大读者的心产生了共鸣。

鲁迅像古代经典作家一样，写出中国人恒常的感情和思想。说鲁迅的作品有经典性，首先就因为他深深地植根于中华文化的传统中。没有传统的滋养，个人的天才难以获得充分发展的契机。个人的革命性和杰出才能不可能完全突破传统，切断传统。说一个作家平地拔起，开创了一个新时代，空前绝后，要么是夸张之言，要么是欺人之谈。后代作家可能在传统的重压下一时感到无能为力，丧失创造力和对进步的信心。为了摆脱困境，取得进步，切断传统也许是某个阶段的念头。但这压力和痛苦都是作家进步道路上必须经受的考验。伟大诗人杜甫的成就来自"转益多师"和"熟精《文选》理"，他的"下笔如有神"来自"读书破万卷"。恩格斯称欧洲文学史上开创新纪元的人物但丁为"中世纪最后一个诗人，新世纪第一个诗人"，也是从他高度凝练地总结了基督教传统而言的；莎士比亚的戏剧吸收了前辈甚至同时代许多剧作家的成果；韩愈被誉为"文起八代之衰"的划时代人物，但也有人指出他"集八代之成”的一面。[1]

鲁迅的创作，取法中国古代传统处甚多，早有论者指出，不再重述。他的小说学习古典小说的讽刺艺术，他的杂文学习古代文体，他的诗歌取法古代诗人如李贺、李商隐、温庭筠等。[2]这个广泛吸收、潜移默化的学习过程，从他的读书生涯中，从他的文章中很明显地表现出来。

鲁迅的境遇与上述几位作家的境遇之不同点在于，但丁、莎士比亚和韩愈都在传统中找到了契合自己的东西。但丁在宗教传统文化的继承中成就了自己的“新生”；莎士比亚在欧洲戏剧传统中成长，在伊丽莎白时代的文学氛围中浸润；韩愈倡导复古运动，其实质正是向古文传统的归依。鲁迅则在一个革命呼声很高的时代登上了文坛，他接受了来自与中国传统有巨大差异的西方文明的影响。我们说鲁迅创造了中国现代文学的典范作品，其表现之一就是他的作品同世界各国文学取得了共同的思想和语言，换言之，就是融入了世界文学的大潮。

不过，在衡量本国传统和外来文化影响时，我们还要做细致的研究，必须同时注意各种因素，而不是过分强调一个方面。以往的研究者从各个角度提供了很好的思路，例如普实克指出，鲁迅早年的文言（小说）习作中也透露出他的具有现代性的思想和杰出的创作才能，《怀旧》无论在思想上还是在文学精神上，都体现出淡化情节、加强抒情性等现代性；而且更进一步，他特别强调了鲁迅的个人素养和中国文化传统所起的作用：“甚至在他的早期作品中，

1　刘熙载《艺概·文概》，上海，上海古籍出版社 1978 年版，第 20 页。

2　周作人《〈唐宋诗醇〉和鲁迅旧诗》，鲁迅研究室编《鲁迅研究资料》第 3 辑，北京，文物出版社 1979 年版，第 292—295 页。

这位中国作家就已运用欧洲散文很晚才发现的写作手法。我想，由此可见现代文学的兴起不是一个逐渐吸收各种外国成分，逐渐改变传统结构的渐进过程，而根本上是一个突变，是在外力激发下一个新结构的突然出现。这个结构完全不必与激发它产生的那种结构相类似，因为无法估量的个性和当地传统会起主要作用。"[1]

鲁迅作为第三世界文学的杰出代表，在传统文化如何应对异域文化方面，为我们树立了典范。其实，这种创造过程在中国历史上也曾经出现过，例如中华文化接受了佛教文学的影响，吸取了有益的营养，但我们的民族文化并没有因此丧失，反而出现了新的面貌，产生了新的经典作品。

如前所述，鲁迅有着深厚的古典文化修养，他首先熟悉中国的文化典籍，后来才涉猎西方文化。这个前后顺序以往人们没有给予足够的重视。鲁迅较少讲述自己与中国文化传统的关系，但传统是生长在他的血脉里的。人们经常提及他的几种有关中国文学研究的著作，如《中国小说史略》《汉文学史纲要》等，以及大量的古籍整理成果。鲁迅在为数不多的有关中国文学史的论著中，表明他对优秀的古典作品是相当熟悉的，例如《诗经》中的优秀篇章、屈原的《离骚》、司马迁的《史记》、杜甫的诗歌、曹雪芹的《红楼梦》等等。此外，尤其要注意的是时代离他较近的前辈作家，也就是研究者称之为他的"前驱者"的清末作家，为他提供了很多养分。[2]这些前辈中有些虽然被他批判过，而批判本身正是一种学习过程。无论是用何种方式来对待传统，接受也好，反对也好，首

---

1 〔捷〕普实克《鲁迅的〈怀旧〉——中国现代文学的先声》,《国外鲁迅研究论集》,北京，北京大学出版社 1981 年版，第 470 页。

2 〔苏〕谢曼诺夫《鲁迅和他的前驱》，长沙，湖南文艺出版社 1987 年版。

先必须有一个学习过程。熟悉乃至精通传统，然后才能对其进行批判。中国历史上有些貌似诋毁传统的人，也只是诋毁了所谓的"正统"，并非全盘否定。

鲁迅在用白话文写作之前曾大力实践复古主张，用很古的文言翻译外国作品，走了一段弯路。而反对学习古文，现在看来，是"五四"那个时代的偏颇。无论是骈文、古文还是白话文都可以用来表现新的和正确的思想。鲁迅在新文化运动之后，仍用文言文写作，《中国小说史略》即全部用文言写成，说明鲁迅精通传统文化。在与学衡派、甲寅派的论战中，他常常显得比对手更熟悉古典，很多例证可以说明这一点。鲁迅并非不重视古典文化教育，他给友人的孩子开列的古典文学研究书目，显示了他的视野之开阔、见识之雅正。[1]

鲁迅青年时代就提出过健全的文化理想："明哲之士，必洞达世界之大势，权衡较量，去其偏颇，得其神明……外之既不后于世界之思潮，内之仍弗失固有之血脉，取今复古，别立新宗。人生意义，致之深邃……"[2]

他一生的实践，总体上说，没有偏离这个方向。

五

经典不是僵死和呆板的，经典要在时间的长河中，显示其创造

---

1 鲁迅《集外集拾遗补编·开给许世瑛的书单》，《鲁迅全集》第 8 卷，第 497 页。
2 鲁迅《文化偏至论》，《鲁迅全集》第 1 卷，第 57 页。

性和常新性。鲁迅作品成为经典是一个动态过程。鲁迅笔下的形象，至今仍然在我们中间出现，虽然时代不同，却仍有与当今社会对话的能力。经典作家在其创作过程中一般遇到了极大的有典型意义的问题，他们对应问题、解决问题的办法或努力值得我们借鉴。评估一下近几年有关鲁迅的争论，我们会看到，虽然有些争论有无聊炒作之嫌，但其中也不乏关乎中国文化前途的大问题。有些问题，因为鲁迅研究本身的薄弱，还没有进行很好的开掘和阐发。例如，鲁迅改革和丰富中国语言的设想，其在翻译过程中努力弥补中国语文的不足的努力，关于主体性的思考，等等，都对当前的文化建设具有启发作用。

从鲁迅的作品来看他的经典性，是题中应有之义。鲁迅写作的出发点是为人生并要改良人生，他抱着启蒙主义思想，具有英雄主义情怀和积极进取的精神，他的艺术修养具有多元性和前卫性。他对中国所处困境有极为深刻的认识，由此上升到对中国国民劣根性的深刻认识和尖锐批判。例如在描写中国人的生存困境的《阿Q正传》中，阿Q在物质上一无所有，精神上十分无聊而且麻木，恰是中国人在20世纪初的绝望中普遍有的状态。经典作品的一个特点就是有典型情景，这些情景是人类常常经历的感情和事件。鲁迅这部代表作，反映了那个时代的主要特点，表现出对中国社会的深刻认识。尤其值得注意的是，鲁迅通过叙事角度的变换和反讽的效果，极大地提高了作品的主体意识。正如论者指出的："鲁迅的小说不仅创造了阿Q，也创造了一个有能力分析批评阿Q的中国叙事人。由于他在叙述中注入这样的主体意识，作品深刻地超越了史密思的'支那人气质'理论，在中国现代文学中大幅改写了传教士话语。"[1]

1　刘禾《跨语际实践——文学、民族文化与被译介的现代性（中国，1900—1937）》，北京，生活·读书·新知三联书店 2002 年版，第 103 页。

鲁迅这种深刻认识的能力，是一种高超的智慧，而且是一种古老的智慧，在古代希腊这种智慧凝结在"认识你自己"这句名言中，在中国古代经典中则是"吾日三省吾身"。鲁迅首先是深刻地认识了自己，认识他周围的人们，更进而认识他所在的社会，认识民族的历史、现实和未来。他常常讽刺挖苦，显得十分尖刻，但他同时也不断深刻地反省自己，解剖自己比解剖别人更严酷。他把这种认识能力和评判智慧运用到普遍的社会层面，而不是针对个人，也就是他所说的"论时事不留面子，砭痼弊常取类型"[1]。这是智慧的最恰当的运用，这种被他的对手称为具有"刀笔吏"风的论辩文章，大大超越了他的同乡中比比皆是的舞文弄墨的师爷们，也超越了前辈乡贤如徐文长等作家。周作人曾说明绍兴（浙东）这种"师爷气"道："本来师爷与钱店官同是绍兴出产的坏东西，民国以来已逐渐减少，但是他那法家的苛刻的态度，并不限于职业，却弥漫及于乡间，仿佛成为一种潮流。"[2]共和国成立后，周作人竭力向人民政府靠拢，以主流话语分析绍兴的师爷气道："师爷虽是为世诟病，毕竟也是从人民中来的。他本身传受了师爷事业，其从父祖传下的土气息泥滋味还是存在，这也是可以注意的事。师爷笔法的成分从文的方面来的是法家的秋霜烈日的判断，腐化成为舞文弄墨的把戏，从人民方面来的是人生苦辛的经验，这近于道家的世故（特别是老子），为二者中的主要分子，可以成为人民的智慧。"[3]

　　这种来自人民的高度成熟的智慧，正是经典作家必须具备的条件之一。

1　鲁迅《伪自由书·前记》，《鲁迅全集》第 5 卷，第 4 页。

2　周作人《雨天的书·自序二》，北京，新潮社 1925 年版，第 5 页。

3　周作人《目连戏的情景》，1950 年 9 月 13 日《亦报》。

有一位外国批评者，从一些外围的材料入手，对鲁迅作品的经典性提出质疑，认为中国人过于吹嘘鲁迅的作品，捧之为世界名著，甚至援引外国作家的评论甚至伪造外国名人的评论为鲁迅添彩，乃至虚荣心膨胀[1]到竟想拿鲁迅的作品去获得诺贝尔文学奖。其所提供的材料是否准确，容或继续考证，这种批评的问题在于没有抓住实质，没有准确无误地指出鲁迅的作品本身的优长和缺点。文章所能明确说明的论点只是：外国作家没有真正理解鲁迅作品的意义，鲁迅的经典价值并不需要外国名人甚或诺贝尔文学奖获得者来确定。这部作品对中国文化的透彻理解、对民族劣根性的绝妙讽刺、对中国读者的启发和教育意义、对中国文化思想界产生的影响，是一个外国作家难以完全欣赏和理解的，也是一个外国的批评者难以完全理解和准确评判的。[2]

鲁迅在小说形式上进行了广泛试验，很多具有不可重复性。他既有吸取，又有创造。他反对林纾的古文译本小说，完成了从古文的规范向白话规范转化的任务，创造了新的小说体裁和语言。在学习西方手法的基础上，经过本土化内容和形式的创造性转化，建立了民族准则。例如，《阿Q正传》借鉴了波兰作家显克微支的两篇小说和塞万提斯的名著《堂吉诃德》[3]；《狂人日记》借鉴了俄国作家

---

1 inflation 一词或可译作"膨胀"，比"暴露"一词的讽刺性更重一些。

2 《中国国民性的讽刺性暴露——鲁迅的国际声誉、罗曼·罗兰对〈阿 Q 正传〉的评论及诺贝尔文学奖》,《鲁迅研究月刊》2004 年第 8 期。(Paul B. Foster, "The Ironic Inflation of Chinese National Character: Lu Xun's International Reputation, Romain Rolland's Critique of *The True Story of Ah Q*, and the Nobel Prize", *Modern Chinese Literature and Culture*, Spring issue, 2001.)

3 〔美〕帕特里克·哈南《鲁迅小说的技巧》,乐黛云编,《国外鲁迅研究论集》,北京,北京大学出版社 1981 年版，第 298—308 页。

果戈理的同名小说和尼采的哲学思想及文风。[1]李欧梵指出，鲁迅的小说十分独特，与同时代过分浪漫主义的、形式松散的作品相比，结构上是成熟和完美的，具有古典主义风范。他认为，"鲁迅的试验虽然并非每次都成功，但他的成功作品却深深证明了他的创造力，他能极具才华地把他的独创性的想法表现出来，能够极为巧妙地把他的思想或经验转化为创造性的艺术"：

> 仅仅把鲁迅各篇小说的试验开列出来，就给人以十分深刻的印象。在《狂人日记》中，他将日记形式转变为几乎是超现实主义的文本，后来的各篇又进行了各不相同的试验，如人物描写（《孔乙己》）、象征主义（《药》）、简短叙述（《一件小事》）、持续独白（《头发的故事》）、集体的讽刺（《风波》）、自传说明（《故乡》）、谐谑史诗（《阿Q正传》）。在后期更成熟的《彷徨》诸篇中，他又扩展了讽刺人物描写的反讽范围（《幸福的家庭》《肥皂》《高老夫子》《离婚》），也扩展了在那些较抒情的篇章中感情和心理撞击的分量（《祝福》《在酒楼上》《孤独者》）。此外，他还试验了对日记形式的更具反讽意味的处理（《伤逝》）和一种完全没有情节的群众场面的电影镜头式的描绘（《示众》），还有对某种非正常心理的表现（《长明灯》《弟兄》）。[2]

鲁迅的语言也具有成熟的品质，有丰富的包容性。我们说鲁

1　鲁迅《且介亭杂文二集·〈中国新文学大系〉小说二集序》，《鲁迅全集》第6卷，第246页。

2　李欧梵《铁屋里的呐喊》，石家庄，河北教育出版社2000年版，第52—53页。

迅的语言成熟，并不是说它完美无缺，而是要指明，鲁迅充分意识到中国语言的不严密和缺乏表达力，并一生致力于改造和丰富他的母语。他曾慨叹中国文字语法不精密，因此，连带思路不精密，他想通过学习古典文学，并通过翻译，甚至所谓"硬译"，"装进异样的句法去，古的，外省外府的，外国的，后来便可以据为己有"[1]。可以说在探索语言方面，没有哪个现代作家像鲁迅这样用心尽力。

当然，衡量语言是否成熟，语言的复杂、句式的繁复并不是唯一的标准，语言的目的首先是精确地表达思想感情的细微层次，其次才是更精细、更多样和更具有音乐性。鲁迅语言可以表达深刻的思想，而且表达法多样和繁复，使文本显出丰富的意义。例如，他善于用否定句式，文章中常出现"然而""但""虽然""却"等转折词，往往在循环否定中使文章充满张力并达到意义的完足。他善于用简练的文字表达思想，说明语言的成熟同思想的成熟和深刻有密切的关系。没有思想，多好的语言也是空谈，所谓流利也只不过是空洞的饶舌而已。

鲁迅的很多名篇佳作成为典范作品供青年学生学习，他的很多精彩论断成为人们不断引用的警句，乃至成为人们行为举止的座右铭。他以新的创造融入传统，为传统注入新的血液，从而增加了传统的丰富性和抵抗力。中国文学的传统接纳了鲁迅的作品。作为经典的鲁迅并不意味着成为历史，他有与现实对话的能力，他不但在中国读者中有号召力，而且在世界文化中也有认识价值。他的革命精神、他的思想家品格，还在亚洲一些国家产生了影响，例如韩国

1　鲁迅《二心集·关于翻译的通信（并 J. K. 来信）》,《鲁迅全集》第 4 卷，第 391 页。

的思想界，就有民主革命的领袖把他看作精神的导师。[1]

六

如前所说，鲁迅的作品从一开始就显示了成熟的品质，获得了经典的地位。这种地位后来虽经过许多波折，但一直没有被真正动摇过。许多贬低鲁迅的批评家也不能否定他的价值。

但经典是一个动态过程，根本上说，文学作品是不是经典是由后世的读者决定的。鲁迅的经典性必须由后代人来诠释、补充或重写。六经是中国儒家文化的经典，但它并不是一个当时就有的名目。如章学诚所说："六经不言经，三传不言传，犹人各有我而不容我其我也。依经而有传，对人而有我，是经传人我之名，起于势之不得已，而非其质本尔也。……古之所谓经……非圣人有意作为文字以传后世也。"[2]确定经典有时是，但并不一定主要是国家行为和政治行为。经典的确定主要建立在阅读体验的基础上，是民族大多数的阅读体验集合形成的意见。借用西方学者的话说，鲁迅是我们民族"想象的共同体"的一个典范文本。

经典性也必须接受当代社会的考验。我们必须证明当代中国人从鲁迅遗产中吸取精神营养的必要性和可能性，尤其要说明他的哪

---

1 〔韩〕朴宰雨《七八十年代韩国的变革运动与鲁迅——以李泳禧、任轩永两位运动家为中心》，《鲁迅研究月刊》2001年第1期。

2 章学诚《诗教上》，章学诚著，叶瑛校，《文史通义校注》。

些主张至今仍然有号召力。只有这样，经典才能保持常新。

已有论著探讨了鲁迅的思想意义和艺术成就，有很多中国现当代作家谈论过鲁迅对他们产生的巨大影响，我们也曾看到像《当代文学中的鲁迅传统》[1]这样的题目。经典作家和作品也只有在当代文学传统中延续才能保持其生命力。鲁迅的思想已深入到中国人民的思想和思维模式中，中国现当代文学的一些文学原型，乃至很多创作技巧都是对鲁迅的继承、模仿、阐释或者改写——有时还不免以戏拟方法出之。这在文学发展史上是正常的。鲁迅本人对奉为经典的儒家和道家的文本进行过讽刺性重写，将古老的神话传说故事作为对当代社会实施批评的素材。西方伟大的经典《奥德赛》也经过非常成功的阐释和模仿，出现了像《尤利西斯》这样的现代名著。

文本能否经得住"重写"，也是衡量经典文学的标准。所谓"重写"，就是复述文本某个典型或者主题，进行删削、添加、变更，并显示出创造性。文学家正是通过这种方式，强调传统的连续性和常新性。鲁迅的经典被反复重写，一方面表现历史循环重复的悲哀，另一方面也正透露出鲁迅的经典地位，说明他确实写出了"国人的灵魂"。例如，阿Q这个小人物的可怜相及其命运已经成为中国文学传统中的一个典型形象和母题，鲁迅以后有很多作家或者尝试用各种艺术形式对这个形象进行改造和丰富，或者对社会中与此类似的人物进行细致的刻画。鲁迅经典已经融化在后来的作品中，其精神通过解释者、改写者的笔延续其作用，其文本通过新的文本继续与读者对话。

鲁迅一生致力于在跨文化的重写中创造经典。他早期的翻译，吸收外国思想，在翻译和评论中使用对比、讽刺等手法，对中国文

---

1 孙郁《当代文学与鲁迅传统》，《当代作家评论》1996 年第 5 期。

化进行批判。鲁迅给我们的启示是：在传统中创造经典，也包括在批判传统中创造经典。鲁迅的经典作品，正是在正确地认识传统和现代的关系、认识中外文化的关系、认识传统与个人的关系的过程中产生的。在今后相当长的时期里，作家和文化批评者们将从他的作品中解读中国现代人面临的种种问题，从他走过的道路中吸取经验。

（原载《鲁迅研究月刊》2004年第12期）

悲剧、喜剧与整体的真实

鲁迅小说艺术特征浅识

作为舞台艺术形式的悲剧，在西方文艺史上有着丰富的理论与实践。这里只简单地提一下19世纪德国哲学家黑格尔的一个观点。黑格尔是把悲剧和喜剧都作为他的美学准则即理念的感性显现的形式，认为一出戏剧中，人物要组成一个有机的整体，在这个整体里，每个人物都有他的适当位置，按他自己的性格或所服膺的原则办事，因而组成一个有合理性的、稳定的结构，人们各守本分，用中国儒家的话说，就是"思不出其位"。悲剧的产生就起因于整体结构不稳定，人物之间出现冲突。虽然悲剧的结局凄惨，但黑格尔认为人物各按自己的性格和原则行事，都显示出正义性。他以古希腊悲剧《安提戈涅》为例。国王不许安提戈涅安葬她弟弟，否则就算违禁，要受惩罚，安提戈涅却从亲情考虑，坚持亲葬弟弟。双方发生冲突，其势不能两全。一面是国家的法律，需要遵守；一面是姐弟之爱，值得同情。这样说来，悲剧中就没有人们惯常所做的善恶区分，互相矛盾的因素本该和解，最终达到黑格尔的所谓最高理念的显现，其结果实际上就是悲剧的消解及其向喜剧的转化，"在这和解里还有一个因素，就是主体方面的满足感，从此我们就可以转到与悲剧对立的喜剧领域"[1]。

鲁迅对悲剧和喜剧有两句形象概括的名言:"悲剧将人生的有价值的东西毁灭给人看,喜剧将那无价值的撕破给人看。"[2]他只从一个方面谈一种感受,而对一部具体的作品,一个有机的整体,没有做过详细的论述。同时,也须指出,鲁迅本人在戏剧方面较少实践,他的论断毋宁说是他依据小说创作的经验得出的。我们说他的某篇小说富有悲剧色彩,某篇小说采用了喜剧手法,是悲剧喜剧理论的一种引申运用。鲁迅小说创作中悲喜剧手法的运用,情况颇为复杂,仅仅运用这些概念去描述鲁迅小说中人物命运的结局是不够的,同样,因为小说中同时运用了两种手法,同时出现两类人物,就说这是悲喜剧的结合,也是含混不清的。这种表面的、一般的区分使我们忽略了鲁迅创作小说的出发点。鲁迅是否在一开始创作时就有悲剧喜剧的鲜明意识,如他自己所说,要达到"撕毁"的目的?

鲁迅在创作小说时,的确有价值观方面的倾向性,但他不可能持有一个恒定的尺度,用以准确衡量什么是有价值的、什么是无价值的。他肩负启蒙的使命,有改造国民性的主张,致力于揭出社会的弊端,人民的病苦,而病苦和弊端往往是混杂纠结在一起的。在他的优秀的作品中,他总是避免偏向,甚或尽力压抑自己的倾向性,按生活的本来面目叙述描写。他据以观察生活进行创作的一种态度,即"整体的真实"。这种创作态度和描写方法较"现实主

---

1 黑格尔《美学》,朱光潜译,第3卷(下),北京,人民文学出版社1979年版,第312—315页。

2 鲁迅《再论雷峰塔的倒掉》,《鲁迅全集》第1卷,北京,人民文学出版社2005年版,第203页。

义""典型化"等概念更能恰当地说明鲁迅怎样以不多的短篇小说达到表达深广意义的效果。

英国作家、批评家阿道司·赫胥黎将（作为戏剧的）悲剧的真实与整体的真实作一比较，指出悲剧由于体裁的限制，须从整体的人生经验中摘取一部分用作材料；而相反，整体的真实就以人生经验的全部为素材，它超越了悲剧叙述方式的局限，以暗示的方式，向我们显示悲剧故事发生之前、之后以及同时在别的地点所发生的事。悲剧的真实是平稳流动的宽阔河面上或水下面或任一岸边的随意性的旋涡，整体的真实则尽力在展示这些旋涡的同时也描写全部河流的存在。[1]依照这样的标准，赫胥黎对史诗式的叙述给予极高的评价。他在文中举了不少例子，认为荷马、莎士比亚、费尔丁及现代的普鲁斯特、纪德、卡夫卡、海明威等作家都注重追求整体的真实。例如，资格最老、最伟大的荷马在史诗《奥德赛》中叙述海妖吞食尤利西斯的同伴，形象逼真，读之使人惊恐。回想起他们伸出四肢挣扎尖叫的情景，尤利西斯也觉得这是他们航程中所见过的最残酷的景象。但事过之后，当船在西西里海滩靠岸，水手们准备食品时，荷马却写道，他们把饭菜做得很精美，"他们吃饱喝足，想起他们的死难的同伴，伤心地哭起来，一面哭着，一面那睡意也轻轻地袭来"。这就是生活的本来面目，这就是整体的真实，不矫情，不夸张。如果是悲剧来表演场景，则必然要渲染景象的恐怖，要表现死者的可堪怜悯，生者的极度悲伤。悲剧真实的效果好似化学反应那么显明迅速，而整体的真实则更合乎日常人情物理。

赫胥黎所举例子全是西方著作，这里不妨举一个鲁迅极为推崇的，中国文学作品中的例子，来说明这种整体的真实所达到的高

---

1 Aldous Huxley, "Tragedy and the Whole Truth", in *The Music at Night*.

超的艺术境界。鲁迅在《中国小说史略》中这样评说《红楼梦》：
"全书所写，虽不外悲喜之情，聚散之迹，而人情世故，则摆脱旧套，与在先之人情小说甚不同……叙述皆存本真，闻见悉所亲历，正因写实，转成新鲜。"[1]如第四十四回"变生不测凤奶泼醋　喜出望外平儿理妆"中写平儿无故遭打，令人同情；但转眼之间，她就破涕为笑，去讨好错打了她的主子，不免令人气闷。作者对平儿是怜悯的，也曾叹息这个温柔女子的苦命，但具体到她的行事言语，就不再使用缠绵的感伤的笔调。小说不加修饰，只是顺着人物性格发展，合乎自然地写下去。鲁迅的小说《离婚》中也有类似的场面，当爱姑慑于官绅老爷的威权，终于屈服让步，同意离婚时，读者为失去一个难得的反抗形象而深深惋惜。但当我们了解了小说的背景，了解了小说中人物之间的关系，我们就会赞叹鲁迅严肃的现实主义态度，体会到鲁迅小说创作注重整体真实的特点。

　　鲁迅在处理悲剧题材时，将小说中虚构的世界和这个世界背后的现实看成一个有机的整体，十分清醒地观察造成悲剧的诸种力量，从而以这些力量构成一个稳定的结构。虽然鲁迅在叙述时惯用第一人称，但他往往将第一人称叙述者"我"从故事中提出，使其成为一个冷静的观察者。如《祝福》中的"我"是个局外人、观察者，作者通过他将祥林嫂的一生事迹加工、组织、剪辑，讲述给读者。"我"很少直接表示对祥林嫂的同情，甚至还不断地使自己与她保持距离，脱离干系，最后还要用一段近乎醉醺醺的文字将整篇小说的浓重的悲剧气氛冲淡。再看对故事本身的处理。祥林嫂是封建礼教的牺牲品，她的悲惨的命运是对礼教吃人的血泪控诉。这种血泪控诉通过什么来表现？恰恰是靠了整体真实的衬托，靠各种力

1　鲁迅《中国小说史略·清之人情小说》，《鲁迅全集》第9卷，第241—242页。

量的平衡，而不是单靠个人的苦难及惨死等事件本身。鲁迅所构建的鲁镇社会具有平衡的结构，它虽然是中国整个吃人社会的缩影，但至少它还包裹了一层冠冕堂皇的礼教的衣装，还貌似蕴含着某种合理性。如祭祀的禁忌是人们普遍具有的习俗，再嫁的寡妇不洁也是无论上下层人们共有的观念。祥林嫂被她婆婆从鲁四老爷家里抢走，鲁四老爷愤愤地说："可恶，然而……"虽然为丢了面子而恼怒，但也为这个行动合乎"道理"而自甘沉默：婆婆有权决定媳妇的命运。在所有这些"合理的"因素构成的社会里，祥林嫂被杀害了，但鲁镇却欢欢喜喜地过新年，生活的长川静静地向前流动。如果鲁迅刻意追求悲剧效果，反会不及这种从整体的真实里产生的悲剧效果有力量。相反，根据这篇小说改编的电影，因过多强调社会的不合理性（形之于人物面目）和惨痛结局（在一段画外音的深沉的控诉中瘦骨嶙峋的祥林嫂倒在雪地上），倒不及原著震撼人心。

鲁迅小说贯穿强烈悲剧意向的篇什很少。他顾及整体真实，考虑到事件的前前后后。其第一篇白话小说《狂人日记》所写狂人发疯及其沉痛言语颇具悲剧色彩，鲁迅将之与外国作家的同类作品进行比较后，认为自己的作品揭示礼教的弊端和毒害更为忧愤深广。[1]但小说中的狂人却没有狂易而死（像鲁迅读过的果戈理的同名小说中的主人公及《工人绥惠略夫》中的绥惠略夫那样），而是疯病一好即赴某地候补，也就是说，重新加入吃人者行列，将自己"四千年的吃人履历"续写下去。小说没有悲剧的结局，却有生活的真实和艺术的真实。鲁迅所说的忧愤深广，一方面指的是狂人用犀利的语言控诉封建礼教的毒害，一方面也指示出现实对于历史的延续和

---

1 鲁迅《且介亭杂文二集·〈中国新文学大系〉小说二集序》，《鲁迅全集》第 6 卷，第 247 页。

重复。悲剧是要死人的，这种传统的戏剧形式总是以流血和死亡引发观众的怜悯和恐惧；而小说在叙述生活的整体的一部分、一片段时，并不一定要那样做，甚至正因为人物没有流血死亡而更具悲剧性，更使人震恐。

在鲁迅的小说中，也有叙述近乎纯粹的悲剧故事的作品。因为过于单一地追求悲剧效果，有些篇什反成失败之作。如《白光》中的悲剧人物陈士成因科考落榜而精神失常，落水身亡。作者没有为我们提供更详细的背景，人物的命运是单一的，纯粹个人的，虽然他的命运在长期受科举制度桎梏的知识分子中有代表性。将他落榜后的表现同《儒林外史》中范进中举后的疯癫比较地看，《白光》的主人公身上明显缺少范进发疯的诸种诱发因素。在这个悲剧故事中，显然糅杂了作者的悲剧情绪：怜悯和哀伤。严格地说，作品应该以死亡的必然性而不是发疯和死亡本身来传达这种怜悯和哀伤。

因此，我们所说的"整体的真实"就包括人物性格和情节发展的必然性，及与此有密切联系的背景描写，后者正为小说提供着或明显或潜在的真实的整体。乔治·卢卡契（Georg Lukacs）在论述列夫·托尔斯泰（Leo Tolstoy）创作的艺术特点——史诗式的描写——时指出：

> 史诗式地表现生活整体——跟戏剧不一样——不可避免地必然包括表现生活的外表，包括构成人生某一领域的最重要的事物以及在这一领域内必然发生的最典型的事件的史诗式的和诗意的变革。黑格尔把这种史诗式的表现的第一个必要条件叫作"事物的整体"。这个必要条件不是一种理论上的发明。每一位小说家本能地感觉到，如果他的作品缺乏这种"事物的整体"，就是说，如果它不包括属于主题的每一重要的事物、事

件和生活领域，他的作品就不能称为完整的。[1]

卢卡契所说的史诗式的作品是指长篇小说。长篇小说有足够的篇幅作细节描写，对于人物与环境及人物与人物之间的关系可以进行全面的观察和表述。那么，短篇小说是否也能做到"整体的真实"？

鲁迅将短篇小说比作大厦的砖石，可以通过某种方式来反映整体的特点。短篇小说所反映的生活的片段是要以生活的整体作为背景的。用美国小说家海明威那个形象的比喻，它好似冰山浮在水面上的一部分，其在水中的基础部分极其庞大。鲁迅在短篇小说中当然不可能把背景细致地写出，他的描写手法是很简练的。人们都很熟悉鲁迅总结自己小说创作艺术特点时的那段话："……我力避行文的唠叨，只要觉得够将意思传给别人了，就宁可什么陪衬拖带也没有……我不去描写风月，对话也决不说到一大篇。"[2]为了弥补短篇小说在反映生活整体方面的不足，鲁迅特别注意粗线条勾勒，这种勾勒虽简短，但能使读者将存在于心中的能激起共鸣的诸种因素调动起来，在阅读过程中，作者与读者能够达成默契，收到事半功倍的效果。人们常称赞鲁迅小说是现代中国历史的画卷，是史诗，虽然从作品的数量而言，仿佛有些夸张，但在现代文学普遍贫弱的情况下，鲁迅的小说也足以担当这个称号。在分析鲁迅的小说创作时，人们常常把鲁迅塑造的各个阶层的人物形象归类，从中可以看出他观察生活范围之广及认识之深刻。更值得注意的是鲁迅塑造人

---

1 〔匈〕乔治·卢卡契《托尔斯泰和欧洲现实主义的发展》，黄大峰、赵仲沅译，《文学论文集》第 2 卷，北京，中国社会科学出版社 1981 年版，第 338 页。

2 鲁迅《南腔北调集·我怎么做起小说来》，《鲁迅全集》第 4 卷，第 526 页。

物形象的方法及为虚构人物配置环境的方法。鲁迅塑造人物，没有固定的模特，据所见所闻，杂取种种。他为所叙述事件安排的场景主要有鲁镇和未庄，他的人物大多在这两个地方活动。虽然他不像有些作家那样把短篇小说写成连续性的，但他的短篇小说的确存在着某种连续性。除了运用相同地点外，人物也有重出的现象。如《阿Q正传》中说到七斤："只有一件可怕的事是另有几个不好的革命党夹在里面捣乱，第二天便动手剪辫子，听说那邻村的航船七斤便着了道儿，弄得不像人样子。"显然是早先作的《风波》中的情节的延续。通过这种办法，鲁迅使他的小说的背景扩大，不少各自独立的故事可以互为背景并共同构成一个大背景。

除了背景的真实外，鲁迅也顾及事件的、人物性格发展的真实问题。鲁迅小说，是有自己的倾向性的，他说自己的创作是在听将令，怀抱的是启蒙主义的主张，要唤醒沉睡的人民起而反抗。[1]这种唤醒国民、进行反封建思想斗争的任务与他追求真实的艺术理想势必要发生矛盾。因为在一派浓重的黑暗中，只有一丝亮光才能使人们感到这周遭的黑暗。这亮光从何而来？当然只能从现实生活中来。这里应该特别提到鲁迅因为自己的思想倾向而对叙述作的调整，如《药》和《明天》结尾的安排，鲁迅自己承认不合乎艺术法则"不恤用了曲笔"[2]。实际上，这两处所谓"曲笔"并未曲到损害真实的地步。夏瑜的坟上出现小花，的确有些突兀，或者出于作者有意的安排，以安慰他悲伤的母亲，也为这篇色调阴暗的作品增加些象征性的亮色。不过，紧接着这段描写，鲁迅又用一个象征描写增加了坟地的阴沉的气氛，更加重了整篇小说的阴暗色调。迷信的夏大妈祈望那树上的乌

1　鲁迅《呐喊·自序》，《鲁迅全集》第1卷，第441页。

2　同上。

鸦飞上她儿子的坟头显灵，但她等了很久，那乌鸦终于阴鸷地飞向远方，使她更为怅惘和迷惑。《明天》中对单四嫂子想念死去的儿子难以入眠的描写，同样出现在小说的结尾。这里有两种可能，单四嫂子或者梦见她的儿子，或者梦不见。鲁迅没有写她梦见，也没有写她梦不见。虽不给以无情的一击，但也未曾给予特别的惠顾。这位下层妇女的命运已经注定，明天对她来说不是梦境。也就是说，生活的真实，并且是作为单四嫂子命运的整体的真实，已经通过她当天的所作所为，通过她周围各色人等的所作所为清晰而且完整地展现出来了。鲁迅的创作符合艺术真实的规律。他之所以特别提出这件事加以说明，恰恰因为他过于重视小说的真实性，因为他担心为了自己的倾向性使小说变得不合理和荒唐可笑。

在《呐喊》自序里，鲁迅说，他"不愿将自以为苦的寂寞，再来传染给也如我那年青时候似的正做着好梦的青年"[1]。这才是他要说的话，这才是他内心矛盾的真实反映。他曾多次说到这个意思，担心自己的文章太看得透，太"世故"，使青年人看了太悲观从而失去进取的力量。[2]这又从另一方面说明了鲁迅小说具有的真实的力量。因为他虽然有自己的启蒙主张，甚至还用了所谓的"曲笔"，但他不能改变叙述的进程，不能凭己意对现实加以修饰。黑暗反动的势力是如此巨大，足以压垮那些先驱者的肩膀，足以吞噬那些呐喊者的声音。在这种现实力量对比悬殊的形势下，鲁迅不能不顾整体真实的要求去造成虚假的胜利和空幻的希望，那不但失掉了整体的真实，使整体发生不平衡不协调，而且也损害了悲剧的真实。因为如前文所说，悲剧的真实也只能在一个稳定的结构里发生，才最具悲剧性。因此可

---

1 鲁迅《呐喊·自序》，《鲁迅全集》第 1 卷，第 441—442 页。

2 鲁迅《写在〈坟〉后面》，《鲁迅全集》第 1 卷，第 298—303 页。

以说，鲁迅因自己的作品忠实于生活的真实显得沉郁顿挫而深深感到的痛苦，是一种欣慰的甚至带着几分快意的痛苦。他没有想到要写得明亮些、开朗些，而在这种对整体的生活真实的忠实中，获得一种平衡。他必须抗击那庞大的黑暗势力的整体，只要他进行写作；否则他宁可悲剧式地结束，进入一种焦灼的"写不出"的状态。

总之，鲁迅的小说注重对整体真实的追求，即使是在要达到悲剧效果的时候，他也尽力提供一个整体真实的背景，而当整体的真实与悲剧的效果发生矛盾时，他总是让整体的真实取得主导地位，不生造不真实的、不合理的悲剧效果，不向感伤和幻想让步。我在本文开始时说过，鲁迅没有用一种悲剧或喜剧的设计来主宰他的作品的进程，他以整体真实为叙述描写的唯一尺度。只有这种真实感、这种真实的尺度才能帮助他正确处理题材，达到他的叙述目的。有时这个尺度还会帮助他改变叙述的原计划，这就更说明了悲剧、喜剧的价值不能或不可能永远成为鲁迅小说的主导意向，它们须在整体真实原则的指导下才能发挥其作用。鲁迅的杰作《阿Q正传》可以为此提供较好的说明。

《阿Q正传》的写作，按鲁迅自己的追述，是将他心中常萦绕的一个很有意思又很有代表性的人物勾画出来，最后在他的学生，杂志编辑孙伏园催促下创作出来，小说正是在孙伏园编辑的杂志上连载发表的。在连载过程中，有个有趣的插曲：鲁迅越写越认真，后来只好将它从"开心话"栏移到"新文艺"栏里。[1]由此可知，鲁迅原来抱了讽刺的态度，想喜剧式地处理这个题材。但当阿Q进入那个真实的环境中，作者渐渐失去对他的控制，不得不随着背景的变化改变自己的叙述语调。阿Q的行事言语是滑稽可笑的，鲁迅没有否

1　鲁迅《华盖集续编的续编·〈阿 Q 正传〉的成因》，《鲁迅全集》第 3 卷。

惜讽刺嘲弄的笔墨。但鲁迅对于他周围的各色人等也没有放过，两位地方阔家老爷以及他们的儿辈且不说，就连那些次要的角色，例如未庄的"浅闺"及"深闺"的情态就颇耐人寻味。假洋鬼子的老婆因为丈夫没了辫子而跳了好几回井；女人们本来见了阿Q就躲起来，及至得知他有些便宜的布料时，又都趋之若鹜；阿Q和吴妈闹了"恋爱"以后，人们是这么劝吴妈的："你到外面来……不要躲在自己房里想……""谁不知道你正经……短见是万万寻不得的。"这时候我们就颇有些赞成阿Q对此事的评论了："哼，有趣，这小孤孀不知道闹着什么玩意儿了？"虽然我们同时对阿Q的麻木感到可笑。总之，这里有整体的真实，鲁迅调动一切真实的因素来服务于他的目的，他不怕批评家说他悲观到认为"未庄里无好人"。

喜剧是理智地看待生活，悲剧是凭感情去体验生活。不过在具体作品中，会有这样那样的变化。鲁迅在《阿Q正传》中，讽刺嘲弄的喜剧性笔调发展到极致，阿Q的荒唐可笑也达到绝顶，但奇怪的是鲁迅在要"撕毁"的时候却有些踌躇起来。小说的结尾，描写阿Q赴刑场时的感觉及周围看热闹的人们，阿Q突然有了近乎悲剧式的恐怖。他一个人孤立于人丛中，就像置身于荒野，面对一群凶残的狼。这里是不是鲁迅不顾性格发展的逻辑，怜悯阿Q，在他临死前给他刹那的清醒？或者有人因此会认为这是作品的败笔。实际上，这恰恰说明鲁迅是在依据整体的真实来调整自己的叙述：阿Q不得不死，也不得不这么死。鲁迅曾调侃地说，他趁孙伏园外出，赶紧将阿Q"枪毙"了。[1]阿Q有自己的命运，是人们的期待甚或作者的计划所不能强制改变的。整体的真实主导一切，它使鲁迅在对整个未庄社会予以否定的同时，给这个面临死亡的未庄社会的一员以些许的

1　鲁迅《华盖集续编的续编·〈阿Q正传〉的成因》，《鲁迅全集》，第3卷。

怜悯和同情。在他的周围是比他更凶残、更荒唐的人们。借助这个悲剧式的结局，整篇小说的喜剧式讽刺效果也得到加强，虽然其中不免加添些苦涩和惨痛。《阿Q正传》最早的评论者之一周作人也曾谈及这一点："著者本意似乎想把阿Q好好的骂一顿，做到临了却使人觉得在未庄里阿Q还是唯一可爱的人物，比别人还要正直些，所以终于被'正法'了。"托尔斯泰在评论契诃夫的小说《可爱的人》时指出，契诃夫本想将主人公撞倒，但行文中将注意力集中于她，反把她扶起来了。[1]这可以拿来比方《阿Q正传》，鲁迅本想将阿Q这个无价值的麻木的灵魂撕碎了给人看的，但追求整体真实的主导意向使他多少改变了原来的意图，将之塑造成一个整体，并且是富有深刻意蕴的、真实的整体。

（原载《中国人民大学学报》1990年第3期）

---

[1] 周作人《阿Q正传》，1922年3月19日《晨报副镌》。

现实、历史与文化批判

《故事新编》作为《呐喊》《彷徨》的延续

一

1932年10月，鲁迅在为《自选集》写的序言中，概述了他的创作历程，谦虚地说在自己的文字中"勉强可以称为创作的"有五种，即《呐喊》《彷徨》《野草》《朝花夕拾》和《故事新编》。严格地说，截至那时，他的创作还只有四种半，因为《故事新编》虽已定下书名，却尚未完成——其出版日期在1935年12月。在谈到后两部作品时，鲁迅这样写道：

> "路漫漫其修远兮，吾将上下而求索。"
> 不料这大口竟夸得无影无踪。逃出北京，躲进厦门，只在大楼上写了几则《故事新编》和十篇《朝花夕拾》。前者是神话、传说及史实的演义，后者则只是回忆的记事罢了。

此后就一无所作，"空空如也"。[1]

　　语气里仿佛透露出鲁迅着重前三种而不大满意于后两种的意思。至少可以说，后段的创作在数量上不及前段。至于此后被鲁迅称为"空空如也"的时期，研究者们已给予相当多的注意。因为鲁迅的卓越才能，人们对于他的创作寄托了很大希望，他在世时就为此得到广大读者及文学批评家们的鼓励乃至批评。有的批评者认为，鲁迅放弃创作去写杂文是他过于热衷政治的表现，他受了共产思想的影响，忙于思想论战，没有创作的心境，逐渐使自己的创造力衰竭，想象力干枯。[2]这种从世界观与创作之间的关系着眼的批评，自有其一面的道理。思想上的发展变化的确不一定给创作带来什么好处；但另一面也应该注意，思想上的发展变化却也并不一定给创作带来损害。而且，这种看法并不是建立在对作品及思想意识形态与作品的关系的研究基础上，而是建立在一种推测上的。这样说来，另外一种推测也是成立的，即鲁迅的才能是卓越的，他完全有能力创作更多更好的作品，但因为现实斗争等各种因素，他主动放弃了文学创作的"名山事业"。[3]如澳大利亚学者梅贝尔·李

1　鲁迅《南腔北调集·〈自选集〉自序》，《鲁迅全集》第 4 卷，北京，人民文学出版社 2005 年版，第 469 页。

2　Tsi-an Hsia, "Lu Hsun and the Dissolution of the League of Leftist Writers", in *The Gate of Darkness，Studies on the Leftist Literary Movement in China*, Seattle, University of Washington Press, p.116. 当然，研究者夏济安也肯定了鲁迅仍然具有杰出的才能等，见该书 p.104.

3　鲁迅自己也曾说："我虽也想写些创作，但以中国现状看来，无法写。最近适应社会的需要，写了些短评……"鲁迅 1933 年 3 月 1 日致增田涉信，《鲁迅全集》第 14 卷，第 237 页。

（Maple Lee）在题为《论鲁迅小说创作的中断》[1]的文章中，认为散文诗集《野草》中许多篇都有相同旨意的象征，鲁迅通过这些象征意象宣布放弃文学创作，甘愿为现实的斗争做出牺牲。这里他对《野草》中象征意义的索解难免牵强姑且不论，事实上，创作之于一个作家并不是宣个誓、表个什么决心就能放弃了的，只要作家有创作力在，他就会拿起笔来，写出他之所感，不管中断了多少年。李所说的鲁迅某个时期写得少是确实的，但在这个时期，鲁迅非但小说创作很少（并不是绝对没有），连杂文也并不多，其原因鲁迅在广州时期的一些文字里有过说明。[2]根据一时一事的推测，不能断定鲁迅有放弃创作的意图。分析小说创作，又尤其要注重具体作品的分析。以下事实是应该充分注意的：鲁迅后期仍有创作的打算，他没有放弃他作为一个作家的本行，他想写小说，并且还想写长篇小说，如写红军斗争、写几代知识分子的命运等[3]；特别是，他在后期确有创作，即1934年到1935年创作了六部短篇小说，使《故事新编》得以成书。

依据这样一些事实，我把鲁迅小说创作，从《呐喊》《彷徨》到《故事新编》看作一个连续发展的过程，从具体作品的分析入手，简略谈谈这个过程前后发展变化的情况。

1　乐黛云编《国外鲁迅研究论集（1960—1981）》，北京，北京大学出版社1981年版。

2　如《三闲集·怎么写》，《鲁迅全集》第4卷，第18页。

3　冯雪峰《回忆鲁迅》，北京，人民文学出版社1981年版，第19、196—197页。

二

　　《故事新编》的成书过程历时颇长。其第一篇《补天》（收入《呐喊》时改名《不周山》）的命运更耐人寻味。鲁迅在该书的序言里说得很明白。《不周山》作于1922年，"那时的意见，是想从古代和现代都采取题材，来做短篇小说"[1]。就是说，鲁迅那时是将两种题材服务于共同的目的，也恰恰说明了《呐喊》与《故事新编》的一种有机的联系。鲁迅将《不周山》改名《补天》编入《故事新编》的原因，除了它是《呐喊》中唯一的一篇历史小说，以及鲁迅所说的与成仿吾赌气外[2]，还有一个原因，即这篇作品手法的特别，也就是现代人物及场景的插入。他原来的意图是依了弗洛伊德的学说来解释创造的缘起，但因中途停下看报，看到一个道学家批评青年人写的情诗，于是"当再写小说时，就无论如何，止不住有一个古衣冠的小丈夫，在女娲的两腿之间出现了"[3]。鲁迅对此很不满，曾说这样做破坏了小说的结构。[4]但正因为有这种现代场景人物的插入，遂使《补天》真正成为联结《呐喊》与《故事新编》的纽带：两部小说集的一个共同目的是现实斗争。这一点也能够说明为什么鲁迅在对这种手法不满的情况下，还在以后的创作中沿着《补天》的路子走下去。由于鲁迅有着坚定一贯的启蒙思想和批判精

1　鲁迅《故事新编·序言》，《鲁迅全集》第2卷，第353页。

2　同上。

3　同上。

4　同上。

神，我们甚至可以说，鲁迅小说创作沿着这条路发展是必然的，现实的斗争使他不得不如此。封建思想弥漫充斥，其毒害无孔不入。鲁迅在《呐喊》《彷徨》中介绍我们认识的四铭、鲁四老爷、高老夫子，以及《离婚》中那些大人老爷们，《长明灯》中的乡愿们，等等，无不是满口卫道言辞，包藏着可卑的用心。鲁迅在序言里用了"无论如何止不住"一句话很能说明问题，现实斗争不可避免地要干预他的叙事；而从另一面讲，鲁迅也在有意地用这种神话历史故事的滑稽改编来干预现实。

值得注意的是，在以后的许多篇小说中，鲁迅将这种穿插部分愈益放大加多，甚至于在一篇中自始至终或明或暗地包容、渗透着现代生活的场景。如《理水》就是对现实生活讽刺较多的一篇。三皇五帝时代是中国古代政治制度的完美时代，大禹是中国政治的理想人物，而在这样一个"黄金时代"里，鲁迅对于政治制度及英雄人物的歌颂很少，相反，他安排了很多官员、学者，做着丑恶、滑稽可笑的事业及学问。鲁迅用这些人物作为影射现代社会的工具或曰符号，他们的言行（甚而至于一些很细微的词句）和现代的官僚、学阀何其相似。通读全篇，鲁迅的侧重点放在哪里是很明白的，从题材的剪裁、叙述的意向及对人物的刻画诸方面都说明鲁迅把对现代社会的影射讽刺放在显著的位置上。

即便是在对历史人物颂扬的描写中，鲁迅也保留着一种批判精神，这种精神是和《呐喊》《彷徨》对现实生活的批判精神一脉相承的。鲁迅把对现实和对历史的批判融合在一起。他对民主主义革命的仁人志士是钦慕的、赞扬的，但他不能不指出他们的局限性和软弱性，毫不隐讳他们的失败以及导致失败的种种缺失。同样，他对历史人物也很少温情和客气。还以《理水》为例，大禹是鲁迅少年时代起就服膺的英雄人物，他的故乡有大禹陵。他青年时代写的

《〈越铎〉出世辞》上有"于越故称无敌于天下……其民复存大禹卓苦勤劳之风，同勾践坚确慷慨之志"[1]这样赞美的话。儒家经典更把大禹树为道义事功粹于一身的典范。鲁迅在小说中的确形象地表现了大禹济世爱民的勤苦、坚韧的品质。但鲁迅没有一味地沉醉在对他的颂扬里，他对于历史真实的追求在篇终时显现了："但幸而禹爷自从回京以后，态度也改变一点了：吃喝不考究，但做起祭祀和法事来，是阔绰的；衣服很随便，但上朝和拜客时候的穿着，是要漂亮的。所以市面仍旧不很受影响，不多久，商人们就又说禹爷的行为真该学，皋爷的新法令也很不错；终于太平到连百兽都会跳舞，凤凰也飞来凑热闹了。"[2]这种看似幽默的笔墨里含着一种悲哀：时间永是流逝，街市依旧太平。经过一场劫难，生活仍复常态。大禹的治水是成功了，然而成功之后这种一仍旧贯不是一种失败吗？用鲁迅其他文字中表达的某些观点来诠释鲁迅小说，是一种习见的办法。鲁迅那篇有名的论中国人的自信力的文章，常被用来作为鲁迅对历史人物积极评价的证明，大禹这个人物形象就无疑是鲁迅所说的"中国的脊梁"。[3]但这种诠释只有部分的正确性。从总体上说，鲁迅这种写法并不新，在《呐喊》《彷徨》中，鲁迅也没有悲观失望到看不见中国的脊梁，他赞扬那些前赴后继、坚贞不屈的革命者及满怀理想的新型知识分子。但另外一方面，史实及现实也足以证明，这些人物在历史的长河中并不占主要地位，他们的业绩往往被湮没或者被扭曲。我们不妨用鲁迅的另一篇杂文来作说明。在《扣丝杂感》中，他总结出一个"猛人"被包围的现象。其实仍是

1　鲁迅《集外集拾遗补编·〈越铎〉出世辞》，《鲁迅全集》第8卷，第41页。

2　鲁迅《故事新编·理水》，《鲁迅全集》第2卷，第400—401页。

3　鲁迅《且介亭杂文·中国人失掉自信力了吗？》，《鲁迅全集》第6卷，第122页。

鲁迅早期所说的"多数"对于少数的威压或吞没。"无论是何等样人，一成为猛人，则不问其'猛'之大小，我觉得他的身边便总有几个包围的人们，围得水泄不透。那结果，在内，是使该猛人逐渐变成昏庸，有近乎傀儡的趋势，在外，是使别人所看见的并非该猛人的本相，而是经过了包围者的曲折而显现的幻形。"[1]《理水》结尾的一段描写，不就是这种包围的活生生的写照吗？鲁迅不愿意离开真实去描绘"理想"，在现实中他看不到那种理想人物，同样，在史实乃至传说中，他也不能生造理想人物。历史和现实本来就是无情的。像处理《呐喊》《彷徨》中的题材一样，鲁迅在历史题材里也坚持严格的甚至冷酷的真实，尽管有时他以滑稽的笔调来表达。又如《非攻》中对墨子的描写，以往人们过多地强调鲁迅对墨子这位"脊梁"的赞颂。实际上《非攻》几乎完全取自历史记载，鲁迅没有进行多少生发改造。除了据史实对下里巴人歌唱场面的滑稽描写及对现实中某些观点如"民气论"的批判外，鲁迅所写的墨子埋头苦干、利济民生的精神，在典籍中是写得很多，也很明白的。值得注意的是，又是在小说的结尾，鲁迅描写了墨子解宋之围回到宋国时的情况，"一进宋国界，就被搜检了两回；走近都城，又遇到募捐救国队，募去了破包袱；到得南关外，又遭着大雨，到城门下想避避雨，被两个执戈的巡兵赶开了，淋得一身湿，从此鼻子塞了十多天"[2]。从这种调侃的笔墨中我们听到《呐喊》《彷徨》中那个悲哀的主题的回旋，先觉者、革命者得不到理解。这是鲁迅感触最深、论述最多、表现得最痛切的问题之一，也是他作为启蒙思想家遇到的最大的难题。

---

1 鲁迅《而已集·扣丝杂感》，《鲁迅全集》第 3 卷，第 508 页。

2 鲁迅《故事新编·非攻》，《鲁迅全集》第 2 卷，第 479 页。

历史和现实，在鲁迅的笔下，有着惊人的相似之处。在《呐喊》《彷徨》中，鲁迅以历史为隐含的大背景，其中的事件、人物多打着历史的印记。谈到做《狂人日记》的缘起时，鲁迅曾说："后以偶阅《通鉴》，乃悟中国人尚是食人民族。因成此篇。"[1]"偶阅"当然只是一个机缘，实际上他的思想是时刻萦绕在对历史对现实的批判上的，"吃人"的现象绝不只是《通鉴》上才有，它充斥于历史和现实中。这一点批评者一开始就注意到了，如茅盾说的阿Q这个人物形象是"中国人品性的结晶"，阿Q穿着现代衣装，却是古往今来不变的品性，正如同有着"几千年吃人履历"的狂人，谁不说他是个有着几千年麻木浑噩状态的"老Q"？[2]鲁迅善于通过典型的塑造，从普遍意义上提示中国社会的本质。鲁迅的这种方法到《故事新编》创作时期仍被通过另外的方式使用着。在前两部小说中，历史意识融入现实事件，渗透到现代人物的思想行动中去；而在《故事新编》中则相反，是将现代场景人物粘贴或插入历史故事中。读完《呐喊》《彷徨》，我们知道了满纸仁义道德的字缝里写着"吃人"二字；我们知道了封建思想的虚伪、恶毒和凶残；我们知道了国民所受的苦难，以及他们在专制统治下养成的麻木不仁的品性；我们知道了先进的知识分子的英勇斗争和惨痛的失败。这是鲁迅向我们展示的现实生活。读完了《故事新编》，在讽刺幽默的笔调带给我们的笑声中，人人都会有种苦涩和沉痛：现实总是绕着历史的圆圈循环运动，造物何独不厚于中国人！

1 鲁迅 1918 年 8 月 20 日致许寿裳信，《鲁迅全集》第 11 卷，第 365 页。
2 谭国棠、茅盾《通信》，1922 年 2 月 10 日《小说月报》第 13 卷第 2 号。

三

后期的鲁迅仍然是个启蒙主义者。他在揭示了现实的种种弊端之后，进而向这些弊端的老根刨去。我们感兴趣的是，鲁迅对现实又一次严重失望之后，在历史中能否找到给他以慰藉的东西？如果说他在广州期间所做的小说，因为正处于失望之中，对历史与现实交织而变本加厉产生的弊病怀着一腔愤懑，那么在上海的创作应该是冷静的对传统文化的批判了。如前所述，鲁迅这时期的创作不可能对早期的小说创作有一次大的超越。这里所说的超越指的是思想上的以及由此带来的对题材处理等方面的新手法。鲁迅确也在寻找民族的优秀品质，在几千年悠久的历史中他真的找到了体现这种优秀品质的人物。但遵守历史的真实，他不能夸大这些优秀人物的作用。这些所谓"民族的脊梁"在历史的大背景上，只不过是一些微不足道的点缀，后人将他们的一点行事、言语渐渐地放大，使之成为偶像，而对于他们所处时代及所作所为之具体情况却不加以详细考察。岂不知这些人或是帮忙，或是帮闲，或是作了无谓的牺牲，大有"具体人物具体分析"的必要。鲁迅是在作小说，自然不必如史论那样的一分为二，讲究唯物辩证，但他对历史真实是有一种相当令人钦佩的分寸感的。赞颂和讽刺都不过分，委实不是件容易事。

不过，我们仍然想在这种分寸感之外发现鲁迅所发现的新东西，即早期小说所缺少的东西。

首先应该提到的是《铸剑》，它在鲁迅小说中是相当独特的。大而言之，可以称之为民族精神的颂歌。复仇精神，在中国文学史特别在民间文学中曾得到充分展现。鲁迅的故乡曾经发生过的卧薪尝胆的故事，表现出的越王勾践的坚确慷慨之志使鲁迅感到自豪。《铸剑》中眉间尺为父报仇、自刎献头，这样的性格、行事是民间故事中常见的。鲁迅早就批评过老庄的"不撄"哲学和孔子的温柔敦厚的诗教。[1]他主张复仇，主张痛打落水狗，在中国六朝大隐逸诗人陶渊明的集子里，不随众赏玩"采菊东篱下，悠然见南山"的名句，而是多次提到诗人性情的另一面——"刑天舞干戚，猛志固常在"。[2]还有一种解释，说《铸剑》中的宴之敖者是作者自况，鲁迅是在影射他的弟媳——在一次家事纠纷中，他和周作人夫妇反目，被赶出了共同的居所——这也可以算是一种形式的"复仇"。[3]总体来说，鲁迅通过这篇小说展示了民族性格的优点，找到了值得赞美的东西。在作为历代帝王家谱的正史里，他只发现了"吃人"二字，而在民间传说中他发现并表彰反抗精神。当然，同时也须指出，鲁迅颂扬的只是一种精神力量，它不一定有什么切实的影响。小说中的宴之敖者既然有天下无双的利剑，为什么只能和皇帝同归于尽而不把复仇完满地进行下去？提这样的问题是没有意义的，鲁迅不可能这样写，因为小说并未负有解决问题的任务。历代舍生忘死、拼命硬干的人很多，其结果如何？成功的受包围而变质，不成功的似乎只做成一次无意义的骚动，甚或带来极大的破坏。鲁迅多次谈起张献忠在自己没有希望做皇帝时就大肆屠杀百姓的事，张献忠抱的是一个愚蠢而又残忍的念头：我把人杀完，谁也别想做皇帝。总之大

1　鲁迅《坟·摩罗诗力说》，《鲁迅全集》第1卷，第69页。

2　鲁迅《且介亭杂文二集·"题未定"草（六）》，《鲁迅全集》第6卷，第436页。

3　许广平《欣慰的纪念·略谈鲁迅先生的笔名》，北京，人民文学出版社1953年版，第24页。

家的思想超不出"子女玉帛"的框子。[1]宴之敖者同那些反抗者不同，他是一个彻底的复仇主义者，或者说是复仇精神的化身。他没有什么背景，不进入具体的事件和具体的时代，甚至连复仇的动机也不十分明了，似乎仅仅是为同情，甚至为复仇而复仇。在小说中虽然表面上他是一个主要人物，但实际上他的形象并不明朗，原因就在于他是一个化身、一个符号，是象征性的人物，颇类似《野草》中的过客。他代表的是复仇精神——中国大地数千年来徘徊前进的不屈的灵魂。

因此可以说，鲁迅在这篇唯一以饱满的热情歌颂英雄的小说中，没有也不可能提供给我们什么新东西，用以证明他处理历史题材的态度较之早期处理现实题材的态度有什么明显的改变。在正面人物身上，作者用的是严肃的叙述语调，几乎不对他们施用滑稽笔墨，这是少有的。我们前面说过，即使在大禹和墨子身上，这种笔墨也时或出现。在描写油锅大战一场时，作者的笔调大为舒张，几乎要失去观察者的冷静，而进入战斗的真实情景中了。但在结尾的葬礼一场，统治者的假哀戚和群众的真热闹又奇妙地混合在一起，作品又恢复了平静和滑稽的语调。最终，一个惊心动魄的复仇故事以奇妙的方式流传下去——统治者感到尴尬，老百姓觉得有趣。

鲁迅深通中国历史。要从历史中寻求正面的东西，使这门"残酷的学问"变成有益的启示，自然是鲁迅这样的启蒙主义者的任务。鲁迅在对野史的批判阅读中发现了一种反抗、复仇精神，那么在对作为民族性格、民族文化的根源的中国古代文化遗产进行观察、批判时，他是怎样做的呢？

知其不可为而为之，摩顶放踵利天下而为之，这是孔墨思想

1　鲁迅《准风月谈·晨凉漫记》，《鲁迅全集》第 5 卷，第 248 页。

的可取之处，不但理学的夫子们极力推崇，进步的历史观也如此评价。不过需要指出的是，这种精神同以上所说的复仇精神一样，只是一种基本的态度，它必须进入特定的环境，参与具体的事件，才能获得特定的价值。如果一味笼统地赞美这种精神，就免不了像鲁迅在《非攻》中批评过的民气论者一样，只强调虚空的民气，到头来什么事都做不成甚或坏事。如前所述，鲁迅对大禹和墨子的描写，并非存心讽刺他们，而是他的大历史观运用于小说的结果。鲁迅重视整个的历史发展结构，他追求整体的真实，不愿单单强调整体中的任一方面，只收到见树不见林的效果，《故事新编》中，他的叙述往往杂以滑稽，这些"油滑"笔墨与现实颇为贴近，同时他对历史上正面的精神性的因素的实际效果很感失望，其实际效果无疑要直接延续到现实中来。正因为《故事新编》有这样一个将历史与现实融合交织的特点，鲁迅作为一个现实主义者，也就不可能作超越历史因而也就超越现实的夸张性描写。

对于具体历史人物的评价：鲁迅基本上仍持早期的态度。对老子的哲学思想他早有反感，在《青年必读书》中说读中国书使人不能做事，大抵指的是道教学说。[1] 在《出关》中，老子的形象有些呆板，这可能是因为本篇直接从古代典籍上取材，新意不多所致。《出关》发表后，批评者们甚至说老子的形象里有鲁迅的影子，浸透着他本人的孤独的心绪。鲁迅写了《〈出关〉的"关"》[2] 一文做了答辩，说他对老子并无同情，毫不可惜地将他送出"关"去了。此后研究者对这篇小说的解释，大部沿着鲁迅指示的这个线路进行，认为是对老子及其思想的严厉批判。批判诚然是有的，但不能

1　鲁迅《华盖集·青年必读书》，《鲁迅全集》第 3 卷，第 12 页。

2　鲁迅《且介亭杂文末编》，《鲁迅全集》第 6 卷，第 536 页。

现实、历史与文化批判　　　　51

将鲁迅的某些观点生硬地运用于小说批评之中。鲁迅对小说中的人物老子、孔子、关尹喜等人是同等看待的，如孔子作为老子的学生出现，而并不主要显出思想与之相反的面目。老子留下来的著作是实在的，其生平事迹虽然有些模糊，类似一个传奇人物（如骑牛出函谷关等），但作为文化批判的对象，必须按他的学说及有关记载来改编，而不可能像在《补天》和《铸剑》中那样对素材进行大幅度的生发改造。而鲁迅对老子学说的批判，未超过他一贯的观点。实际上我们还可以找到相反的例证说明鲁迅并不否定老子哲学思想中蕴含的虽被称为早熟但显得高超的智慧。他曾将老子《道德经》中的一大段写成条幅赠送日本友人。[1] 对于庄子亦然。《起死》，是对其狡猾哲学的嘲弄，但他也在某些场合以不同的方式对其哲学思想及文学价值作了较公正的评价。[2] 总之，对于老庄的批判，其意图在小说中显得过于明显单一，从早先的对神话传说的敷衍生发降到对史料的简单编撰，不能不说是一种退步。只是插入现代场景这种表现作者机智幽默的手法还被广泛地使用着。

说到历史人物，自然不能忽略孔夫子。对孔夫子持怎样的态度，对评估鲁迅其时思想状态具有参照意义。孔子的行状在《故事新编》中没有专立一篇，而只在《出关》里有些片段描述。从鲁迅对老子孔子师徒二人的描写来看，并没有高扬或压抑其中的任何一个。一个呆若一段木头，一个拘泥虚礼，一派无聊气象。从鲁迅的整个思想看来，也许可以说鲁迅对孔子及其儒家学说的态度是复杂的。他赞赏"敏于事"者，讲事功，讲实效；他又厌

---

1 《鲁迅诗稿》附录，上海，上海人民美术出版社 1961 年版，第 53 页。

2 如《汉文学纲要》中的评价。鲁迅也曾说自己颇受了"庄周韩非的毒"，见《写在〈坟〉后面》，《鲁迅全集》第 1 卷，第 301 页。

恶孔子过于讲"礼仪"、讲"君君臣臣父父子子";他曾将孔子同后世的俗儒加以区分,注意还孔子及儒学之本来面目。鲁迅这种多方面的观察显然不可能锱铢不差地反映到小说中来。但由这种全面观察产生的具体评价的矛盾,却或隐或现地反映到《故事新编》的创作中。

例如,《采薇》中的伯夷、叔齐本是儒者服膺的道德完美的典范。孔子称赞他们是不念旧恶的仁人;孟子推崇他们是"圣之清者""百世之师";连庄子也说他们"高节戾行,独乐其志,不事于世"。[1]但一片赞扬声中,也有牢骚和怨恨。司马迁在传论中就为他们"积仁洁行如此而饿死"的命运鸣不平,由此不相信"天道无亲,常与善人"的说法。[2]不过鲁迅并未在小说中铺张这个观点,我们看不到鲁迅对这两位节义之士寄予同情的笔触。宋代王安石从这个故事中看出矛盾之处,他说:"天下之道二,仁与不仁也,纣之为君,不仁者;武王之为君,仁也。伯夷固不事不仁之纣,以待仁而后出。武王之仁焉,又不事之,则伯夷何处乎?"[3]他替伯夷打圆场说,他们二人是天下之大老,年事已高,从海滨到首都数千里,恐怕是想归西伯而志未遂,或死于北海,或死于路途中了。鲁迅将这个矛盾运用于小说中,伯夷拦着武王斥责他:"父死不葬,爰及干戈,可谓孝乎?以臣弑君,可谓仁乎?"在首阳山上还唱道:"以暴易暴兮,不知其非矣。"他将孟子说的"诛一夫纣"说成以暴易暴的无谓的权力更迭。轻一点说,这是害怕革命;重一点说,就是顽固保守。仁、爱人,他的确是有的。但智呢?套用孔夫子答

---

1 《论语》述而章、公冶长章;《孟子》万章下;《庄子》让王篇。

2 《史记·伯夷列传》。

3 《王文公文集·伯夷》。

问的方式，就是"吾不知矣"，见事不明，不能称为智者。小说中出现的那些次要角色，鲁迅对他们一律用一种调侃的笔墨，即便对孔夫子很佩服的"革命者"周公也给予同等待遇。按照鲁迅的历史观他应该赞成武王伐纣，这场反强暴统治的革命无疑是顺应民心、合乎"天道"的。但所幸伯夷、叔齐能把自己的主张坚持到底，这一点也许算是他们的行事中最可取的。唐代韩愈就发表了这样的看法："一家非之，力行而不惑者，盖天下一人而已矣；若至于举世非之，力行而不惑者，寡矣；至于一国一州非之，力行而不惑者，盖天下一人而已矣；若至于举世非之，力行而不惑者，则千百年乃一人而已耳。若伯夷者，穷天地、亘万世而不顾者也。昭乎日月不足为明，崒乎泰山不足为高，巍乎天地不足为容也。……夫岂有求而为哉，信道笃而自知明也。"[1]鲁迅在小说中没有像韩愈这样片面夸大，如此则不是小说而成为赞美诗了。说到这里，精神又成为题中应有之显著意义，伯夷的知天下非之而力行不惑的倔强劲儿与孔子的知其不可为而为之、墨子的摩顶放踵利天下而为之合流了。这些，加上前边提到的复仇精神，就是《故事新编》所赞美表彰的中国历史上的优秀品质。

这样说也许笼统了一些，实际上这些品质在鲁迅早期描写现实题材的小说中也有充分的展现。不过我们的收获在于，从鲁迅创作的发展中验证了小说乃至一切艺术形式的创作规律：必须诉诸一般人们的普遍的感情和生活的普遍规律。具体到中国的现实和历史，就是民族的内在本质，所谓的民族精神。虽然有些空，但它总是扶助我们站立的支柱、鼓舞我们前进的动力。这同时也提醒我们，企望鲁迅在小说创作中担当文化批判的重任、让他解说历史发展的本

1　韩愈《昌黎集·伯夷颂》。

质、让他充分展示自己新的历史观的命题，是过高的要求。

总之，《故事新编》与《呐喊》《彷徨》二者之间有一种精神上的联系。只不过在《故事新编》中鲁迅对现实的批判已不像在前两部小说集中那样明显、直接了。对遥远时代的事件和人物的回顾式描写，使他可以不那么"诚敬"，使他能够与之保持距离，抑制自己强烈的悲剧情绪，使他可以在自己的伤痛上涂一层油膏——行文以幽默滑稽出之。鲁迅称他的这种笔法为"油滑"，并且不满意地说："油滑是创作的大敌。"[1]但也正是这种普遍使用的油滑笔墨，做成了从《呐喊》《彷徨》到《故事新编》的鲁迅小说艺术的创造性发展。

（原载《鲁迅研究月刊》1993年第1期）

1　鲁迅《故事新编·序言》，《鲁迅全集》第2卷，第353页。

鲁迅、周作人与韩愈

兼及韩愈在中国文化史上的评价问题

一

2004年5月，我就林辰先生的《鲁迅与韩愈——就教于郭沫若先生》一文写了一篇读后感[1]，介绍了因郭沫若将鲁迅同韩愈比较而引发的一场争论。郭沫若在《写在菜油灯下》一文开头写道：

> 考虑到在历史上的地位，和那简练、有力、极尽了曲折变化之能事的文体，我感觉着鲁迅有点像"文起八代之衰而道济天下之溺"的韩愈，但鲁迅的革命精神，他对于民族的贡献和今后的影响，似乎是有过之而无不及。[2]

1 黄乔生《关于〈鲁迅与韩愈〉》，《鲁迅研究月刊》2004 年第 5 期。
2 1940 年 12 月《抗战文艺》第 6 卷第 4 期（鲁迅先生逝世四周年纪念特辑）。

正像英国将其杰出的文学家安放在威斯敏斯特大教堂的诗人角，从而象征性地给以文学史定评一样，鲁迅逝世后被尊为空前伟大的民族英雄和新文化的旗手。其地位不仅仅被列入"诗人角"而已。在汗牛充栋的鲁迅研究论著中，已颇多将鲁迅同中国古代作家进行比较，探讨其接受传统文化影响的文字。鲁迅同中国文学史上哪一（几）位作家有可比性？他受哪一（几）位作家的影响更深？唐代文学家韩愈对鲁迅的影响及二者之间的可比性以往几乎不大被注意。冯雪峰谈及鲁迅在中国文学史上的地位时，指出鲁迅和屈原、陶潜、杜甫等"连成一个精神上的系统"，"鲁迅是继承了他们的一脉的"[1]，就没有提到韩愈的影响。郭沫若尝试提起二者之间的可比性，立刻引来林辰的不同意见。具体情况，我在那篇读后感中已略做介绍。郭沫若1941年11月23日就林辰的批评写给后者一信[2]，解释了自己做那种比较的意图，申明他只感到二人的相同之处在"文体的千锤百炼"一点上。林辰在1986年出版的《鲁迅述林》[3]后记中引述了郭沫若信中辩解说明的一段话："余之比拟仅侧重其文体千锤百炼之一点，非有意对鲁迅贬价。有人曾因此骂余为'猫式恭维'者，余亦并不以此介意也。鹪鸟巢林，不过一枝，鼹鼠饮河，不过满腹，余对鲁迅之认识，并不深广，特一枝之巢，满腹之饮，想鲁迅如在，亦当不致以此为侮耳。"但林辰略去了其后一段

1 冯雪峰《关于鲁迅在文学上的地位——1936年7月给捷克译者写的几句话》，《鲁迅的文学道路》，长沙，湖南人民出版社1980年版，第14页。据冯雪峰回忆，鲁迅看后"笑着说：'未免过誉了，——对外国人这样说说不要紧，因为外国人根本不知道屈原、杜甫是谁，但如果我们的文豪们一听到，我又要挨骂几年了。'"见该文《附记》。

2 《鲁迅研究月刊》2003年第10期。

3 林辰《鲁迅述林》，北京，人民文学出版社1986年版。

话："在余之意，似宜视鲁迅为让大众共巢共饮之深林与大河，不必圣之神之，令其不可侵犯也。"郭沫若表明了反对神化鲁迅的态度，他的话隐含着对林辰不准比较、"坚决捍卫鲁迅"态度的不满。林辰在编辑文集的时候也意识到自己对韩愈及其领导的古文运动的看法有偏颇之处。总之，郭沫若的文章只有一点笼统的感想，缺乏详细论述，难怪引起林辰的不满。林辰的文章在纠正错误的同时，也不免偏颇和专断。

文章发表后，又看了一些材料，我觉得还有一些值得思考的问题：

第一，既然题目是"鲁迅与韩愈"，那么，鲁迅本人对韩愈的看法如何？林辰与郭沫若的争论中并没有涉及这个问题。

第二，韩愈在中国文学史上的地位，不像屈原、杜甫，他所遭到的批判要多得多；直到现在，仍时时成为批判对象。从人品上看，韩愈有可非议之处；而"五四"文学革命以后尤其是马克思主义文论占据主流时期，文学界存在着过于贬低韩愈的倾向，这是不争的事实。说到对韩愈的批评，有必要提起另一位现代作家：鲁迅的弟弟周作人。他的文学主张与鲁迅有很多相同的地方，他在文学革命中的理论家地位，一部分建立在他对古代文学特别是被新文学视为敌对的古代传统持激烈批判的态度上。他对韩愈不遗余力的批判在这方面很有代表性。因此，周作人的看法可作为鲁迅与韩愈比较研究的补充和参照，对认识韩愈在现代文化史上的影响或能有所启发。当然，这反过来对我们研究鲁迅和周作人的文化地位有参考价值。

第三，可以因此注意作家之间的可比性问题。应该说，鲁迅、周作人与韩愈之间都有可比性。

鲁迅、周作人反对古文，反对桐城派，但也不免受着这些强有力的文学流派和风气的影响，正如韩愈反对六朝文却也不能完全摆脱其影响一样——有时候反对也是一种继承。[1]文学史上各种思潮起伏消长的信息，从这些杰出人物身上显露出来。现在颇有人批评鲁迅，不满于新文化运动和白话文；有人将周作人奉为一代文宗，有人则竭力反对，如果放在整个中国文学史上看，就都司空见惯，不足为怪了。不同国度、不同时代作家的比较，能使我们获得新颖别致的时空感，认识文学传承、关联关系的复杂性。

二

　　"五四"文学革命的主要攻击目标就是以唐宋八大家特别是韩愈为宗师的桐城派古文。但具体情形较为复杂。文学革命的主要倡导者最初拟定的宣言有些内容较为宽泛。胡适所提"八事"中的反对陈词滥调，就同韩愈提倡的"力去陈言"雷同。胡适、鲁迅一代人成了开风气、划时代人物，其贡献和地位类似外国的但丁和中国的韩愈。这看起来奇怪，其实却很自然。熟悉中国文学史的人，可能都会生出郭沫若那样的联想。无独有偶，也曾经有人以几乎相同的理由把胡适比作韩愈。例如张岱年就说，胡适在中国文化史、思想史上的地位与韩愈有类似之处："韩愈提倡

1　如刘熙载说："韩文起八代之衰，实集八代之成。盖唯善用古者能变古；以无所不包，故能无所不扫也。"（《艺概·文概》）又蒋湘南在《与田叔子论古文第二书》中说："浅儒但震其起八代之衰，而不知其吸六朝之髓也。"（《七经楼文钞》卷四）

古文，'文起八代之衰'，取得了巨大成就。胡适提倡白话文，使白话、语体文成为学术上、政治上文章的主要形式，其影响是非常重大的。"[1]

鲁迅有关韩愈的论述很少，几乎没有正面赞扬过韩愈。但鲁迅的文章，像韩愈的文章一样各体皆备，并且很讲究文字技巧和章法。有一位外国学者在谈到鲁迅与韩愈的可比性时说："如果要举出鲁迅在中国历史上与哪一个人有可比性的话，那就应该是韩愈。他们都有聪慧的头脑、掌握词语的卓越能力、激烈的好辩性格和文学创造力；此外他们两个有时都能写得饶有风趣。而鲁迅不喜欢韩愈的事实，与其说否定了这种相像，毋宁说是确定了这种相像。"[2]这位研究者还以《华盖集》中《这个与那个·捧与挖》为例，说明鲁迅的文章与八股文的关联性。[3]鲁迅也许讨厌程式化的八股文，但青年时代的训练使他难免受到影响。

如果从鲁迅的教育经历中寻觅韩愈的影响，我们似乎只能找到负面的材料。祖父从京城邮寄《唐宋诗醇》给他们兄弟时，在附信中指示他们要学习李白、白居易和陆游的诗，而不要学习杜甫和韩

1 张岱年《论胡适》，《张岱年全集》第 8 卷，石家庄，河北人民出版社 1996 年版，第 544 页。

2 David E. Pollard, *The True Story of Lu Xun*, Hong Kong, Chinese University Press, 2002, pp.116—117.

3 大卫·伊·波拉德《鲁迅的杂文》，乐黛云主编《当代英语世界鲁迅研究》，南昌，江西人民出版社 1993 年版，第 137—138 页。波拉德总结道："应该记住，鲁迅在少年时曾做过八股文，现在如果没有留下任何痕迹将会是令人吃惊的。更重要的是，八股文这种形式是一种编纂典籍中处理一个经过长期演变而来的题目的方法——一种自然的发展，虽然不自然地受到人们的酷爱。它能够在鲁迅的手中变得非常有力并使它转换成一个现代的形式，而且八股文的一些特点至少大致上与文学创作相通。"（宋佳燕、黄学军译）

愈。[1]这当然是就初学阶段提出的建议，因为少年不宜学"杜之艰深"和"韩之奇崛"，类似郑板桥家书中所说，长辈不愿子弟受沉郁和悲伤情绪的影响[2]，而非否定杜甫和韩愈诗歌的价值。还应该注意的是，传统的文学史对韩愈诗歌的评价没有对他的文章评价高，除了肯定他在以文为诗方面有倡导之功外。目前我们还不能找到实际的材料证明鲁迅厌恶韩愈的文章。唐诗和唐宋八大家的古文是鲁迅时代每一个读书人的必修课，甚至可以说是中国传统文化常识的一部分，不必表现为公开声明。韩愈是中国文化史上引人注目的人物，这是无法回避的存在。虽然我们以前受鲁迅本人自述的影响，把应试教育看得利少弊多，而且总是强调鲁迅喜欢读野史和杂著，仿佛野史就是一切知识的来源，民间文化是主要的乳汁。实际上，那只是他课外的业余爱好，他的主要功课是阅读经典。韩愈倡导的古文运动作为对空洞的专尚辞藻、讲究声韵的骈体文的反动，在中国文学史上功不可没，影响深远。但到鲁迅青年时代，中国文学走到了另一个极端，就是八股文的僵化。桐城派古文遭到了激烈的反对。但后来派别斗争的事实，并不能否定鲁迅年轻时候所受时代风气的熏染。须知，鲁迅读书时期，新学还只能通过旧的文学形式来普及。他对流行的文章体式的熟悉程度，可以从他本人的一些叙述中读到："最好懂的自然是《天演论》，桐城气息十足，连字的平仄也都留心，摇头晃脑的读起来，真是音调铿锵，使人不自觉其头晕。这一点竟感动了桐城派的老头子吴汝纶，不禁说是'足与周秦

---

1 周作人《〈唐宋诗醇〉和鲁迅旧诗》，1963 年 3 月 20 日香港《文汇报》，收入鲁迅研究室编《鲁迅研究资料》第 3 辑，北京，文物出版社 1979 年版，第292—295 页。但周作人在文中又说，鲁迅并没有遵从这个指示，后来在留学时期爱读李贺（长吉）和温庭筠（飞卿）的诗。李贺善于用奇，颇受韩昌黎的影响。

2 郑板桥《郑板桥全集》第六编，扫叶山房 1924 年版。

诸子相上下'了。"[1]林纾的译文也是他曾经喜欢的，虽然后来口味有了变化。鲁迅对文字技巧十分讲究，曾在给周作人的信中说过"我实在有点好讲声调的弊病"。[2]而且，晚年还写道："我在私塾里读书时，对过对，这积习至今没有洗干净，题目上有时就玩些什么《偶成》《漫与》《作文秘诀》《捣鬼心传》……"[3]

鲁迅批评韩愈的几次，大多与新旧文化斗争有关。1927年，他在香港演讲《无声的中国》时，说到当时有人还在提倡文言文，指斥说，那是僵死的跟现代毫无关系的文章。他强调，旧形式（主要指文言文）绝对不能用，形式决定内容，古文即使有些新意，也还是不能为今天的青年们所理解。因为现在写古文，不是学韩愈，就是学苏东坡。他说："即使做得出，也是唐宋时代的声音，韩苏的声音，而不是我们时代的声音。然而直到现在，中国人却还要着这样的旧戏法。"[4]从这些论点中可以看出鲁迅当时的思想状态，他用的时态是"过去式"，他仍在怀念"五四"时代那令人神往的新旧斗争，在追怀自己的文学青春期——他以新文体的创作显示了文学革命的实绩。此外还要注意，他发表演说的地点是香港。白话文在大陆已经确立了主导地位，但在香港仍盛行文言。鲁迅的言论是有感而发。可以说，他向韩愈和苏东坡投过去的是一支"过时的"投枪。实际上，鲁迅当时已经在思考白话和文言的继承关系。当时，有人说他文章写得好，是因为他从古文受益不少，这引起了

1　鲁迅《二心集·关于翻译的通信》，《鲁迅全集》第 4 卷，第 380—381 页。鲁迅对严译的评价并不低，本文中即认为严译与赵景深译笔比较有"虎狗之差"。

2　鲁迅致周作人信（1921 年 9 月 8 日），《鲁迅全集》第 11 卷，第 402 页。

3　鲁迅《〈南腔北调集〉题记》，《鲁迅全集》第 4 卷，第 417 页。

4　鲁迅《无声的中国》，《鲁迅全集》第 4 卷，第 12 页。

他的反感。他在《坟》的后记中不满意当时"许多青年作者又在古文、诗词中摘些好看而难懂的字面，作为变戏法的手巾，来装潢自己的作品"，但他也提到如何将"活人的唇舌作为源泉，使文章更加接近语言，更加有生气"，这是一个问题，自己却还不能指出一条明确道路，只是隐约觉得还"须在旧文中取得若干资料，以供役使"。[1]

从行动上看，文学革命前他曾沉入古代，辑校旧书，抄录古碑，而在厦门时期，又开始整理古籍，讲授中国（汉）文学史，实际上是又一次进入古代文化，而且更为系统。这对他后来创作历史、进行文化批评小说产生了一定的影响。

封建卫道士的虚伪浅薄而顽固，是鲁迅文学作品中常见的讽刺对象。从有些角色的名字就能看出鲁迅的好恶，例如《肥皂》中的学程、四铭，《祝福》中的四叔（如果索隐式地探究起来，再加上那副脱落一半的对联，竟然与《四书》谐音）。但他很少批判历史上几位有名的道学人物。朱文公在散文中也只出现过一次[2]，并不特别给以讽刺；他年轻时甚至还赞扬过道学的宗师周濂溪[3]。而韩愈在他的文学作品中却没有出现过，反不如钱锺书在小说《围城》中拟出韩学愈这个人物形象的匠心独具。[4]鲁迅对道学的批判主要是从其

1　鲁迅《写在〈坟〉后面》，《鲁迅全集》第 1 卷，第 285—286 页。

2　鲁迅《从百草园到三味书屋》，《鲁迅全集》第 2 卷，第 278 页。

3　"好向濂溪称净植，莫随残叶堕寒塘！"（《莲蓬人》，1900 年作）《鲁迅全集》第 8 卷，第 470 页。

4　小说中人物此类取名，常常是在讽刺攀附者，而与被攀附者无涉，例如鲁迅笔下的高尔础（《高老夫子》）。韩愈研究本是钱锺书家学，其父钱基博著有《韩愈志》，上海，商务印书馆 1935 年初版，1958 年增订本。钱锺书本人在《谈艺录》中对韩愈多所论及，少有贬词。

虚伪和流毒上着眼。他是一位作家，一位文化批判者，而不是一位研究思想史、哲学史的学者。我们讨论鲁迅对韩愈的批评时，应该注意他的文学家的身份和他的作品的特点。

在杂文中，鲁迅对韩愈是持批判态度的。写于1933年、收入《准风月谈》的《同意与解释》讽刺韩愈对民众的凶恶态度——把人当作动物驱使。文中提到韩愈《原道》中的一段话："中国自己的秦始皇帝焚书坑儒，中国自己的韩退之等说：'民不出米粟麻丝以事上则诛。'"[1]不过，鲁迅批判韩愈这段话在《申报·自由谈》发表时被害怕淆乱尊卑上下秩序的统治者所任用的检察官删除了。

在接受了民主思想洗礼的现代人看来，韩愈是皇权的奴仆，专制制度的帮凶。鲁迅研究中国小说史，对唐代传奇文非常重视，编有《唐宋传奇集》行世。但传奇在唐代不受尊重，如鲁迅所说："论者每訾其卑下，贬之曰'传奇'，以别于韩柳辈之高文。"[2]这里的所谓"高文"，略有讽刺的意味。小说这种体裁的兴盛，是新文学成长的一个重要标志，而鲁迅正是以他的短篇小说"显示了文学革命的实绩"。以小说（传奇）来同韩愈代表的文学传统对立，自能体现一定的时代特征，但却是一个失之武断的观念。二者之间的复杂关系并非对立二字所能概括。[3]鲁迅时代文学观念演进，白话

1　《鲁迅全集》第5卷，第287页。鲁迅漏引了"做器皿，通货财"六字。"米粟"应为"粟米"。大约鲁迅引文只凭记忆，未查对原书。

2　鲁迅《中国小说史略·唐之传奇文（上）》，《鲁迅全集》第9卷，第70页。

3　例如，陈寅恪早注意到韩愈同小说的关系，20世纪30年代著有《韩愈与唐代小说》，原载1936年4月《哈佛亚细亚学报》（英文）第1卷第1期，程千帆中译文载《国文月刊》第57期，收入《闲堂文薮》，《程千帆全集》第7卷，石家庄，河北教育出版社2000年版。

文兴起，使文学作品更能让现代人感觉亲近，这是没有疑问的。但如果以现代文（小说、新诗、白话散文等）为中国文学的全部，却是一种历史虚无主义的观点，是现代人的僭妄态度。新文学只是文学发展的一个阶段，白话文并不能盖过一切时代的文学。白话文在现代文学中取得了统治地位，但不能数典忘祖，过河拆桥。主要受白话文教育成长起来的现代人，却常常忽略中国语言的丰富源泉，这当然要归咎于宣传上的偏颇给人造成的断裂的印象。这一层，在外国人眼里就更容易产生误解，他们竟会认白话文为"五四"一代人的发明创造。例如美国一家杂志评胡适为杰出人物，评语中就称赞他发明了"简语体文"！胡适听了也只有苦笑。[1]

总之，鲁迅对作为封建卫道士的韩愈是反感的。韩愈一生以卫道为己任，在《原道》里自视为继孟子之后的道统传人。其实在后人看来，道统里并没有他的位置，孟子之后，一跃到了宋朝，有张载，有二程，有朱熹。后来由于韩愈的文名极盛，加上苏东坡的鼓吹，不但奉他为文宗，而且"道济天下之溺"，便将他与孟子接续。[2]鲁迅和韩愈在中国文学史上的地位的可比性在于：鲁迅虽然不是新文学的发起人，但因为创作上取得的卓越功绩，使他同韩愈一样，一介文人而取得了思想家和导师的地位，产生的影响远远大于一般的文学家。鲁迅在20世纪三四十年代获得了毛泽东的高度评价，后来在毛泽东创立的共和国里享有崇高地位。[3]这情形，是郭沫若在1940年写那篇文章时所无法预料的。否则，他也不会贸然将一个

1　唐德刚《"我的朋友"的朋友》，《胡适杂忆》，北京，华文出版社1992年版，第200页。

2　苏轼《潮州韩文公庙碑》，《苏文忠公全集》后集卷十五。

3　中华人民共和国第一次文代会会徽图案由毛泽东、鲁迅的侧像和六面红旗构成。

有着浓厚封建思想的人物与鲁迅并列，更不会又拿一个清朝遗民王国维与鲁迅做比较研究而不对前者加以批判。[1]

回过头来看，郭沫若给林辰信中那句提醒对方不要神话鲁迅的话，是含有对鲁迅的意见的。关于两个口号的争论，他虽然不明说鲁迅狭隘，但也不承认自己有错误。[2]大抵创造社作家们自视为革命者，把鲁迅只看作同路人，甚至连是否同路人也成问题。所以对把鲁迅奉为革命文学的领袖，把一个文人确定为革命家、思想家和导师，同毛泽东一样具有指导一切的话语权威，他们是不满的。如此，创造社成员李初梨晚年仍然牢骚不断，非难鲁迅，其原委也就不难理解了。[3]

郭沫若反对个人崇拜的思想无可非议。他后来写《李白与杜甫》，原因之一也是反对个人崇拜："杜甫应该肯定，我不反对，我所反对的是把杜甫当为'圣人'，当为'它布'（图腾），神圣不可侵犯。"[4]可惜的是，在政治上，他对登峰造极的个人崇拜只能被动服从，常常因为政治需要而进行牵强附会的历史文化批判，甚且帮助制造个人崇拜。同韩愈一样，鲁迅的思想家地位也一直受着质疑。即如近年，还有人撰文，否定鲁迅的思想家地位。[5]鲁迅受

---

1 郭沫若《鲁迅与王国维》，1946 年 10 月上海《文艺复兴》第 2 卷第 3 期。

2 参见叶德浴《郭沫若对鲁迅态度剧变之谜》，《鲁迅研究月刊》2004 年第 7 期。

3 周海婴《鲁迅与我七十年》，海口，南海出版公司 2001 年版，第 294 页。"必须说明的真相"：（"四人帮"粉碎后，中国文联第三届全委会第三次扩大会议近代组的一次分组会上）"前辈李初梨说：'鲁迅算什么！郭沫若提出革命文学的时候，他还在喊虚无主义呢！'"

4 郭沫若致胡曾伟信，《郭沫若书信集》（下），北京，中国社会科学出版社 1992 年版，第 437 页。

5 例如王朔的《我看鲁迅》，《收获》2000 年第 2 期。

到的攻击其实并不比韩愈受到的攻击少。因此历来评价韩愈的种种意见，对我们研究鲁迅与韩愈的关系很有参考价值。至少让我们知道，像拥护和反对韩愈都是传统的一部分一样，反对和拥护鲁迅也都是新文学传统的一部分。

　　周作人对鲁迅的评价中也曾反对盲目的个人崇拜。鲁迅逝世不久，他在《关于鲁迅》一文中就指出，有关鲁迅的回忆和评论最重要的是"大家把他当作'人'去看，不是当作'神'"[1]。周作人参加日伪政府，战后受到审判，社会地位大大降低。与鲁迅享有的威望形成强烈的反差，这种反差促使他有所思考。虽然他没有资格再发表议论，而且因为与鲁迅的特殊关系也不便发表意见，但他私下发表的一些言论，还是透露了此类信息。例如他称赞曹聚仁的《鲁迅评传》道："尊著不当他是'神'看待，所以能够如此。死后随人摆布，说是纪念其实有些实是戏弄，我从照片上看见上海的坟头所设塑像，那实在可以算作最大的侮弄，高坐在椅上的人岂非即是头戴纸冠之形象乎？"[2]

　　周作人晚年仍然竭力批判韩愈，与他此种思想或有一定关系。

1　周作人《关于鲁迅之二》，1936 年 12 月 1 日《宇宙风》第 30 期，收入《瓜豆集》。

2　周作人致曹聚仁信（1958 年 5 月 20 日），《周曹通信集》，香港，南天书业公司 1973 年版。

三

　　周作人对韩愈的批判，出于文学革命的需要，是他理论建设的一部分。"五四"时代反对旧文学最激烈的言辞是"桐城谬种，选学妖孽"。但选学当时并不占多大势力。因此，批判桐城派就成了新文学的主要任务。作为新文学的理论家之一，周作人对包括桐城派在内的所谓"载道文章"的批判非常用力，而且坚持一生不稍懈息。他把这种文章的定式和与此相关的思维的定式看成是中国文化思想的大敌，把桐城派奉为楷模的八大家特别是韩愈视作千古罪人。

　　周作人的老师章太炎也反对八大家，但他着重批判宋六家，即所谓"吴蜀六士"，对唐朝的韩愈和柳宗元还有些好感。陈独秀斥责桐城派古文道："归方刘姚之文，或希荣誉墓，或无病而呻……摇头摆尾，说来说去，不知道说些什么。"[1]"五四"新文化先驱批判桐城派模仿八大家，只学腔调而没有新内容，最终走入僵化的死胡同。其实，桐城派学习的只是明代八股文家所选的八大家的文章，其所载之道乃是理学语录中的道，所谓等而下之。[2]胡适把梁启超的提倡小说以及严复和林纾的践行翻译看作桐城派适应时代有所变化而建立的功绩，虽然没有多大贡献，但应该给予一定程度的

1　陈独秀《文学革命论》，1917 年 2 月 1 日《新青年》第 2 卷第 6 号。

2　其实，清人蒋湘南早已指出这一点："非八家之弊古文，乃学八家者之弊八家也……数百年来所谓八家之文，则非古文也：韩皂欧台，沾沾自喜，语助星罗，吞吐否唯，其弊也奴。"（《与田叔子论古文书》，《七经楼文钞》卷四）

肯定。[1]

　　周作人把攻击的矛头直指韩愈和柳宗元，又尤以韩愈为攻击的总目标，真所谓"擒贼先擒王"。他认为，正因为八大家的古文本身就没有生命，所以才易于被人模仿。八股文和桐城派古文的罪过，责任要追究到八大家特别是韩愈身上。他常拿魏晋南北朝的文章来同八大家以后的文章比较，指出后者的问题，例如，在《我的杂学》中说："（六朝文）总是华实兼具，态度也安详沉着，没有那种奔竞躁进气，此盖为科举时代所特有，韩柳文勃兴于唐，盛行至于今日，即以此故。"[2]在所拟六朝散文教学纲要中说："不必持与唐宋古文较短长。近世论古文者以为坏于六朝而振于唐，然六朝文有为唐人所必不能为，而唐文则为六朝才人所不肯为矣。"[3]他还说过："六朝人的书用骈俪而质雅可诵，我尤赞成，韩愈文起八代之衰，其文章实乃虚骄粗犷，正与质雅相反……唐宋以来受了这道统文学的影响，一切都没有好事情……"[4]

　　周作人几乎不放过一切场合来攻击韩愈，有多篇专门辟韩的文章，内容涉及许多方面，尤多对韩愈继承和倡导的道统的抨击，表达了对专制思想的痛恨："韩退之的道乃是有统的，他自己辟佛却中了衣钵的迷，以为吾家周公三吐哺的那只铁碗在周朝转了两个手之后一下子就掉落在他手里，他就成了正宗的教长，努力于统制思想，其为后世在朝以及在野的法西斯派所喜欢者正以此故，我们翻

1　胡适《五十年来之中国文学》，《胡适文存二集》卷二，上海，亚东图书馆1924年版。

2　周作人《苦口甘口》，上海，太平书局1944年版，第57页。

3　周作人《六朝散文（课程纲要说明）》，未刊稿，收入陈子善、张铁荣编《周作人集外文》（下），海口，海南国际新闻出版社1995年版，第479页。

4　周作人《风雨谈·关于家训》，上海，北新书局1936年版，第84页。

过来看就可以知道这是如何有害于思想的自由发展的了。"[1] 周作人有篇文章还谈到韩愈的相貌，攻击及于人身："他的尊容是红黑圆大，唇厚，眼小如猪，我从前猜疑他好吃猪肉，身胖喜睡，后来看什么书证明他确实如此……"接下来自然就指摘韩愈的人品："他是封建文人的代表，热中躁进，顽固妄诞而胆小，干谒宰相，以势利教儿子，满口礼教，因谏佛骨谪官，立即上书哀鸣，登山怕下不来，号哭写遗嘱，这些行动正好配上那么的外表。我找坏文章，在他的那里找代表……"[2] 周作人主张文章应有质朴平实的态度，因此不喜欢韩愈那"装腔作势、搔首弄姿"的"策士之文"。[3] 他说韩愈比起古代大儒"气象愈小而架子愈大"[4]。柳宗元文章也存在同样的问题："柳君为文矜张作态，不佞所不喜。"[5] 周作人说自己对韩愈的批判不在其"道"，而在其文。其实，二者在他的笔下常常没有明显的区别。他往往以其"道"贬其文，以其文贬其人品。他抓

1　周作人《秉烛谈·谈韩文》，上海，北新书局1940年版，第212页。

2　周作人《坏文章之二》，1950年8月22日《亦报》，收入陈子善《知堂集外文·亦报随笔》，长沙，岳麓书社1988年版。这段话的大意与1935年1月所作《厂甸之二》中引述钱振锽《谪星笔谈》一段话相似："退之与时贵书，求进身，打抽丰，摆身份，卖才学，哄吓撞骗，无所不有，究竟是苏张游说习气变而出此也。"周作人加评语道："我对于韩退之整个的觉得不喜欢，器识文章都无可取……讲到韩文我压根儿不能懂得他的好处。"见《苦茶随笔》，上海，北新书局1935年版，第39页。

3　周作人《苦茶随笔·厂甸之二》，第40页。

4　周作人《文人之行》，1936年5月1日《宇宙风》第16期，收入《风雨谈》时改名《蒿庵闲话》。见《风雨谈》第165页。

5　周作人《药味集·再谈俳文》，新民印书馆1942年版，第212页。可比较他后期评价鲁迅的一段话："世无圣人，所以人总难免有缺点。鲁迅写文态度本是严肃，紧张，有时戏剧性的……"周作人致曹聚仁信（1958年1月20日），《周曹通信集》。

住韩愈文章文理不通的地方，如《送孟东野序》中的毛病，反复申说，嘲笑韩愈文理不通、事理不通和情理不通。周作人八十多岁还写了题目直露的《反对韩文公》一文。[1]他早期反对"文以载道"的韩愈文统，目的是对所谓的"言志派"文学加以褒扬。他对公安竟陵派的文学主张和实践大致赞词，是因为他们的文章没有架子，自由抒写。他说："正宗派论文高则秦汉，低则唐宋，滔滔者天下皆是，以我旁门外道的目光来看，倒还是上有六朝，下有明朝吧……公安竟陵一路的文是新文学的文章，现今的新散文实在还沿着这个统系，一方面又是韩退之以来唐宋文中所不易找出的好文章。"[2]

周作人曾经说过，他衡量中国历史上男子所为文章，看其是否有见识，有一简捷的办法，就看在两个问题上的态度：一是对待妇女的态度，一是对待佛教的态度。[3]衡量的结果，对待妇女，大部分中国古人都不及格；对待佛教，韩愈肯定在分数线以下。韩愈维护专制，限制思想自由，其反动性自不待言；其以文章载"道"，文章也因此要不得。新文学不是载道而是言志的文学，继承着公安竟陵派的文学传统，反对韩愈就是顺理成章的事了。

在周作人大量批判韩愈的言论中，偶尔也有一点儿肯定评价："平心而论，其实韩退之的诗，如《山石》，我也未尝不喜欢，其散文或有纰缪，何必吹求责备，但是不幸他成为偶像，将这样的思想文章作为后人的模范，这以后时代里盛行时文的古文，既

---

1 遗稿，1993 年 7 月 3 日《文汇读书周报》，另收入钟叔河编《知堂文类编》第 3 卷，长沙，湖南文艺出版社 1998 年版。

2 《〈近代散文抄〉·新序》（1932 年），《苦雨斋序跋文》，上海，天马书店 1934 年版，第 169 页。

3 《看书偶记·〈扪烛脞存〉》（1939 年 5 月 2 日），《书房一角》，北平，新民印书馆 1944 年版，第 113 页。

无意思，亦缺情理，只是琅琅好念，如唱皮黄而已，追究起这个责任来，我们对于韩退之实在不能宽恕。"[1] 其中的"不幸他成为偶像"一语值得注意，与前述郭沫若的"不必圣之神之"可谓异曲同工。不妨将他对韩愈的批评同他对鲁迅的影射批评结合起来看。他在《蒿庵闲话》一文中说自己之所以坚决反对韩愈，是因为韩愈言行不一致："至于以教训为事的权威们，我觉得必须先检查其言行，假如这里有了问题，那么其纸糊冠也就戴不成了……因为这个缘故，我对于韩退之便不免要特别加以调验，看看这位大师究竟是否有此资格，不幸看出好些漏洞来，很丢了这权威的体面。"[2] 但周作人的韩愈论的最大缺陷是没有正确评价韩愈的历史功绩。既然新文学是公安竟陵派文学的延续和复兴，那么，在某些方面"五四"文学运动与一切文学革命运动都有相同之处。《中国新文学的源流》发表后不久，就有人评论说："如此着眼，则民国的文学革命运动，溯流穷源，不仅止于公安竟陵二派；推而上之，像韩柳革初唐的命，欧梅革西昆的命，同是一条线下来的。因为他们对于当时矫揉造作的形式文学都不满意，而趋向于自我表现。韩的反对'剽贼'，欧的反对'挦撦'，与周先生所引袁中郎的话，何尝无巧合的地方呢？"[3] 其实，周作人并非不知道中国文化传统的重要性，在此之前曾提出新旧融合的主张，说："传统之力是不可轻侮的……超越善恶而又无可排除的传统，却也未必少，如因了汉字而声的种种修辞方法，在我们用了汉字写东西的时候总摆脱不掉

1 周作人《文学史的教训》，《立春以前》，上海，太平书局 1945 年版，第 125 页。

2 周作人《风雨谈·〈蒿庵闲话〉》，第 165—166 页。

3 中书君《中国新文学的源流》，1932 年 11 月 1 日《新月》第 4 卷第 4 期，收入陶明志编《周作人论》，上海，北新书局 1934 年版，第 155 页。

的。"[1]这当然也包括韩愈的文学传统。他还说:"同明代前后七子的假古董相比,我以为桐城派倒有可取之处。至少他们的文章比较那些假古董为通顺,有几篇还带些文学意味。而且平淡简单,含蓄有余味。"[2]认识是比较全面客观的,批评起来却毫不留情。

对于韩愈的具体文章的鉴赏和批评,周作人做了一些工作,但还显得不够。历史上拥护韩愈的一派如茅坤著有《唐宋八大家文钞·韩文卷》,清代林云铭著有《韩文起》,林纾著有《韩柳文研究法》,指出文章优点,颇为细致周到,足以启发后学。我们更愿意知道周作人的有独特体会的文字,不拘褒贬。因为他曾谦虚而又自负地说过,自己虽然文章做得不好,但鉴赏能力还是不错的[3]。可惜我们找得到的例证不多,如他说《原道》中的"幸而不见正于文武周公孔子也,亦不幸而未见正于文武周公孔子也",正是十足的八股腔[4];《居幽操》里替文王说话,有"臣罪当诛,天王圣明",周作人评论道:"真是什么话,为孟子与太史公所决不肯说的。"[5]却又转到思想上来了。

然而周作人本人的命运和韩愈却有类似之处,他作为新文学的大家,文章曾几何时也取得过韩愈文章那样的地位,独特的文风供人模仿学习。但他也和韩愈一样,有些好处不为人所欣赏,甚至遭到严厉的批判,主要的原因是他后来成为民族的叛徒,佳人做

1　周作人《〈扬鞭集〉序》,《谈龙集》,上海,开明书店1927年版,第67页。

2　周作人《中国新文学的源流》,北平,人文书店1932年版,第86—87页。

3　例如《谈文章》,《知堂乙酉文编》,香港三育图书文具公司1961年版。又如《坏文章》,1950年8月21日《亦报》,收入陈子善编《知堂集外文·〈亦报〉随笔》。

4　《坏文章(之二)》,1950年8月22日《亦报》,收入陈子善编《知堂集外文·〈亦报〉随笔》。

5　《古文的不通》,1951年6月29日《亦报》。

贼，人品大受损害。他的晚年境遇和身后命运竟还不如韩愈，文章几乎有湮灭的危险。道或人品对文章的影响在他身上又找到一个活生生的例证。例如，他的抄书之作，颇受非难。平心而论，他的抄书自有可取之处，实在不属于韩愈曾反对过的那种"剽窃"。其实，鲁迅也有一些抄录报刊或别人文字并加以简短评论的文章，却不但没有人说他文抄公，甚且被颂为创体。[1]周作人在为日伪政府服务期间，在多篇文章中提倡中国传统思想，倡导回归儒家传统。在《关于近代散文》中说："现今则以中国固有的疾虚妄的精神为主，站在儒家的立场来清算一切谬误，接受科学知识做帮助，这既非教旨，亦无国属，故能有利无弊。"[2]《中国的思想问题》《汉文学的传统》等也都申明儒家思想的正统地位，推崇中国本位文化，只是同韩愈的尊君抑民思想相反，他大讲孟子的尊民思想："民为贵，社稷次之，君为轻。"并且强调"唯我欲生，人亦欲生，我欲生生，人亦欲生生"[3]。虽然回归儒家传统，却自有其现实针对性。此时，他至少能体会到韩愈在"安史之乱"后讲道统的意义。早在抗战前夕，他已经意识到这一点，如在一篇文章中说："前两天有朋友谈及，韩退之在中国却也有他的好处，唐朝崇奉佛教的确闹得太利害了，他的辟佛正是一种对症的药方，我们不能用现今的眼光去看，他的《原道》又是那时的中国本位文化的宣言，不失为有意义的事……他这意见我觉得是

1　如《书苑折枝》，《鲁迅全集》第 8 卷。《"立此存照"》七篇和《题未定草》中一些篇目，《鲁迅全集》第 6 卷。

2　《关于近代散文》，《知堂乙酉文编》，第 64 页。

3　《汉文学的传统》，《药堂杂文》，北平，新民印书馆 1944 年版，第 3—4 页。

对的。"[1]

此时，他更热心地寻找中国的本位文化，肯定中国人民的本质是好的，而其思想本于儒家，孔子的伟大是因为他代表了中国思想的极顶，是所谓集大成者。他在《中国的思想问题》一文中说："中国人民生活的要求是很简单的，但也就很切迫，他希求生存，他的生存的道德不愿损人以利己，却也不能如圣人的损己以利人。别的宗教的国民会得梦想天国近了，为求永生而蹈汤火，中国人没有这样的信心，他不肯为了神或道而牺牲，但是他有时也会蹈汤火而不辞，假如他感觉生存无望的时候，所谓铤而走险，急将安择也。"[2]他因为提倡儒家思想（中国的思想）和中国本位文化而遭到日本作家的攻击，被视为"反动老作家"，引起一场笔战。[3]历史就是这样捉弄人，曾经全面否定韩愈的周作人，敌伪时期在文化思想上向韩愈的思想趋近。而他晚年的思想状态却停留在回忆自己在"五四"时期的贡献上，对韩愈的批评一如既往，没有改变，遂给人"活到老，反韩文公到老"的印象。他适应新时代反封建的要求大力批判韩愈，其实多数文章是在重复自己以前的话，并没有多少新意。[4]周作人对韩愈的攻击为我们提供了一个标本。他的评价有过于苛刻之嫌，也缺乏同情心和宽容，与他平时所标举的主张不相契合。这说明，至少在这个问题上，周作人所持的不是一位学者的态度，他的《中国新文学源流》与

---

1 《风雨谈·〈蒿庵闲话〉》。

2 周作人《中国的思想问题》，《药堂杂文》，第13页。

3 参见《"扫荡反动老作家"一案经过》，南京师范大学编《文教资料》1987年第3期，赵京华、许红梅编译。另参看《首都高等法院审判周作人档案资料》，孙郁、黄乔生主编《回望周作人·国难声中》，开封，河南大学出版社2004年版。

4 至少在《谈韩文》《坏文章之二》《古文的不通》《反对韩文公》中都批评了《送孟东野序》。

其说是一本学术研究的论著，毋宁说是一个文学流派的宣言。

四

中华人民共和国成立后，以辩证唯物主义历史观评价人物占了主导地位。但在韩愈评价上有一个例外，就是历史学家陈寅恪的《论韩愈》一文。

陈寅恪一贯坚持发扬中国文化的主张，他的文化理想简练地表达在20世纪20年代为王国维纪念碑写的铭文中，其中有："士之读书治学，盖将以脱心志于俗谛之桎梏，真理因得以发扬。思想而不自由，毋宁死耳。斯古今仁圣所同殉之精义，夫岂庸鄙之敢望。先生以一死见其独立自由之意志，非所论于一人之恩怨，一姓之兴亡。"[1]后来在《冯友兰〈中国哲学史〉下册审查报告》中，他又申述自己对中国文化发展的看法并展望未来发展趋向道："其真能于思想上自成系统，有所创获者，必须一方面吸收输入外来之学说，一方面不忘本来民族之地位。此二种相反而适相成之态度，乃道教之真精神，新儒家之旧途径，而二千年吾民族与他民族思想接触史之所昭示者也。"[2]他还说："窃疑中国自今日以后，即使能忠实输

---

1 《清华大学王观堂先生纪念碑铭》，《金明馆丛稿二编》，上海，上海古籍出版社1980年版，第218页。

2 陈寅恪《冯友兰〈中国哲学史〉下册审查报告》，《金明馆丛稿二编》，第251—252页。

入北美或东欧之思想，其结局当亦等于玄奘唯识之学，在吾国思想上，既不能居最高之地位，且亦终归于歇绝者。"[1]

20世纪50年代初，郭沫若邀请他到北京担任科学院中古历史研究所负责人。他不同意时兴的"先有马列主义的观点，再研究学术"的办法，提出要坚持自己的学术自由主张。在与劝说他赴任者的谈话中，他提到自己撰写的工国维纪念碑铭："碑文你带去给郭沫若看。郭沫若在日本曾看到我的王国维诗。碑是否还在，我不知道。如果做得不好，可以打掉。郭沫若是甲骨文专家，是'四堂'之一，也许更懂得王国维的学说。那么我就做韩愈，郭沫若就做段文昌……我的碑已经流传出去，不会湮没。"[2]1954年《历史研究》创刊，向陈寅恪约稿时，他在第一、二期上发表了两篇文章，一篇是《论李唐之李武韦杨婚姻集团》，另一篇就是《论韩愈》。[3]可见，他肯定和赞美韩愈，除了对中华文化复兴和延续寄托希望之外，还有现实原因：他反对举国尽是八股洋腔，生吞活剥马列主义术语。

陈寅恪没有批评韩愈的人品而影射郭沫若——韩愈的人品的确有无法遮掩的瑕疵——他的着眼点在韩愈的历史贡献，而不是斤斤于文人细行。陈寅恪从六个方面赞颂韩愈在唐代文化史和中国文化史上的特殊贡献。

一、建立道统，证明传授之渊源；二、直指人伦，扫除章句之烦琐；三、排斥佛老，匡救政俗之弊害；四、呵诋释迦，申明夷夏之大防；五、改进文体，广收宣传之效用；六、奖掖后进，期望学

---

1 陈寅恪《冯友兰〈中国哲学史〉下册审查报告》，《金明馆丛稿二编》，第251—252页。

2 陆键东《陈寅恪的最后二十年》，北京，生活·读书·新知三联书店1995年版，第112—113页。关于韩碑段碑故事，参见《新旧唐书·韩愈传》及李商隐诗《韩碑》。

3 陈寅恪《金明馆丛稿初编》，上海，上海古籍出版社1980年版。

说之流传。

第一点，韩愈《原道》一文追溯道统，并有自配孟子之意，历来攻击者颇多。但陈寅恪认为这是韩愈受禅宗教外别传之说影响，借禅宗故事来阐扬儒家道统。

第二点，唐朝儒学承接的是南北朝以来的正义义疏烦琐章句之学。韩愈看到儒家的积弊，扫除贾、孔烦琐章句，受新禅宗的启发，明心见性，直指人伦。《原道》的中心意思就在这里。韩愈因此奠定了宋代新儒学的基础。

第三点，《原道》中有些话鼓吹专制思想，为现代人所不满。实际上，这并不是韩愈的发明，而是儒家学说的原有之义，不过他说得更为精练，而且借了教科书的传扬，更深入人心罢了。陈寅恪指出，韩愈的"不事上则诛"有其时代性。当时佛教徒繁多，影响了国家财政和社会经济，如不纠正，加强税收，则国家有枯竭之虞。因此，韩愈提出的办法恰是匡世正俗的良策。而且还有更值得钦佩的地方：他排斥的道教鼻祖老子是唐皇室所攀认的祖宗，韩愈痛斥力诋，不稍讳避，显示出硬骨头精神。

第四点，韩愈谏迎佛骨得罪，"当时后世莫不重其品节"。陈寅恪认为，古文运动的起因是"安史之乱"及藩镇割据。安、史本为西胡杂种，起兵反叛，祸乱中原。因此，"尊王攘夷"就成为古文运动的中心思想。韩愈倡导古文运动，排斥佛教，都是为了保持儒家文化传统不使中断。

第五点，是陈寅恪对韩愈文学成就的评价："（韩愈）古文乃用先秦、两汉之文体，改作唐代当时民间流行之小说，欲借之一扫僵化不适用于人生之骈体文，作此尝试而能成功者，故名虽复古，实则通今，在当时为最便宣传，甚合实际之文体也。以文为诗，尤为独创。较之华译佛偈，有诗之优美，复具文之流畅，韵散同体，诗文合一，不仅空前，恐亦绝后。"

第六点，培养后进，开赵宋新儒学新古文之文化运动。

总之，"唐代之史可分为前后期，前期结束南北朝相承之旧局面，后期开启赵宋以降之新局面，关于社会经济者如此，关于文化学术者亦莫不如此。退之者，唐代文化学术史上承先启后转旧为新关捩点之人物也"。

今人对已经成为历史人物的陈寅恪应有同情理解。他不惜给韩愈以最高赞词，实是在浇自己的块垒。他看到中国古代文化受到严厉的批判，担心外国学说割裂或完全否定中国传统文化。但他的态度不能不说有些狭隘，他过于强调"不忘本来民族之地位"，而不大注意"吸收输入外来之学说"。他也曾论及外来思想被吸收后对中国思想的促进情况，例如，韩愈本人就受到佛教（新禅宗）的很大影响。佛教对中国文化产生影响，当然要经过中国人的消化吸收。陈寅恪也说："佛教学说，能于吾国思想史上，发生重大久远之影响者，皆经国人吸收改造之过程。"[1]既然如此，为什么现代中国就不能受西方文化（包括马列主义）的影响？他也可以寄希望中国文化最终吸收融合西方文化，改造使之适应中国国情。陈寅恪的文章发表后，引出了反对意见。有学者撰文，认为韩愈没有那么大的功绩，不同意陈文给予韩愈如此高的评价。[2]这位学者指出，韩愈的功绩在文学，而不在思想。

他后来还专门撰文讨论韩愈和柳宗元的文学评价问题，并且也

---

1 陈寅恪《冯友兰〈中国哲学史〉下册审查报告》，《金明馆丛稿二编》，第251—252 页。

2 黄云眉《读陈寅恪先生〈论韩愈〉》，《韩愈柳宗元文学评价》，济南，山东人民出版社 1957 年版，第67—100 页。

议及韩愈的人品问题："现在我们对韩愈的肯定，主要是韩愈的文学，不是韩愈的儒学。韩愈的文学，是有卓越的成就的，而他的儒学，则仅仅跨在文学的背上腾踔虚誉而已，它的本身谈不到有什么独立的成就。不但没有独立的成就，严格地说，韩愈还不是过去所谓真正的'守道君子'，韩愈的崇尚儒学，是言有余而行不足的。"[1]

陈寅恪是研究隋唐史的专家，他治史方法的一个特点是"以诗证史"，重视文学材料，著有《元白诗笺证稿》等，对唐代文学有深切的会味和丰富的研究成果。一个人总是从自己熟悉而且深有感触的地方立论。辩证法和一分为二，讲之容易，行之实难。思想学术，一时代有一时代的风气，每个人都有自己的兴奋点，是很难做到四平八稳、折中公允的。

陈寅恪对韩愈的评价对鲁迅研究者有借鉴的价值。鲁迅研究中有没有放大和拔高研究对象、让研究对象为自己的论点做注脚的情况？不但鲁迅研究者，研究任何一个历史人物的学人对此都应该有所思考。

五

千百年来，韩愈所受赞扬和攻击，起伏消长，从未停歇。虽然韩愈常被认为是开宋代新儒学先河的人物，但宋人却并不一味赞颂他。王安石嘲笑韩愈的诗很有名："纷纷易尽百年身，举世无人识

---

1 黄云眉《韩愈文学的评价》，《韩愈柳宗元文学评价》，第5—6页。

道真。力去陈言夸末俗，可怜无补费精神。"[1]程颐讥讽他道："学本是修德，有德然后有言，退之却学倒了。"[2]朱熹在韩愈文章解说和考证方面很下过功夫，著有《昌黎先生集考异》，但对韩愈也不无微词，如说"退之所原之道，未见探讨服行之效也"，是"无头学问"[3]。还说韩愈"裂道与文以为两物，而对于其轻重缓急本末宾主之分，又未免于倒悬而逆置之也"[4]。明代大儒王阳明说："退之，文人之雄耳。"[5]只称许他的文，并不赞佩他的学问道德。

新中国成立后攻击韩愈最有力者当推章士钊。他的《柳文指要》是一本尊柳抑韩的著作，其第六卷《第韩》集中火力攻击韩愈。

章士钊诋韩，有时代氛围的影响，与郭沫若的《李白与杜甫》产生的背景略有相似之处。郭沫若不满于杜甫崇拜而为李白辩护，章士钊不满韩愈取得的地位，起而为柳宗元鸣不平。他指出："韩为千年来文统偶像，道路以目，无敢谁何？中间复出眉山大苏，自进为护身韦陀。为韩辩护，遮掩丑迹。"[6]

章士钊著作中着力批判韩愈的专制思想，本是那个时代的主导话语，不足为奇。他在《辟韩余论》一节中述说自己的著书本旨和现实意义道："看到传统思想之惰力，犹未消散以尽，从来轩韩轻柳尊君抑民之复辟意向，恍若蠢蠢思动，遏制新机……解放十六年来，陆续发行之杂志论文，及专题著述，吾略略加以浏览，即发

---

1 《王文公文集》卷七十三。

2 《河南程氏遗书》卷十八。

3 《朱子语类》卷一三七。

4 朱熹《读唐志》，《朱文公集》卷七十。

5 《传习录》上，《王文成公全集》卷七十。

6 章士钊《柳文指要》，北京，中华书局1971年版，第1589页。

见为韩回护之文不少。窃思吾人于韩，并无先天仇恨，且有关文学上之成就，亦无意加以抹杀，惟吾民国也，彻底革命后人民协商共同创立之民国也。夫民出粟米麻丝，作器皿，通货财，旨在自卫卫国，而不在单独事上……倘不如上意则受诛，如退之言，民亦为上之俎上肉耳，退之直仇民耳，将古来历代相传或成或败之农民革命，以及近代中国源源不绝之工人罢工，吾人应予以何种历史价值也乎？由此看来，退之所谓道，不能不加以严格批判，退之之文与学，亦断不能无差别而滥予接受，此固非为柳子厚与韩退之争一日之短长也已。"[1]他是不是有感于当时政治上已经火热的个人崇拜而发这样的议论？内情现已无可探究。章士钊著作的优点之一是能举出实例，证明韩文的不足之处。但其中也颇有诛心之论，如说韩愈的赠序中大多怀有阴谋，《送李愿归盘谷序》为千古第一恶札，显示其恶劣人品，等等，虽然苛刻，但总算是很扎实细致的研究成果，是细读柳文并参较韩文发现的问题。

对韩愈评价最低的时期是批儒评法时期，自封继承道统的韩愈正好被戴上了儒家的帽子。以刘大杰的《中国文学发展史》为例，20世纪30年代该书初版中对韩愈有较为客观的评价，但在1973—1976年出版的第三次修改本里（篇幅大为扩充），每论一个作家，总要先论定是儒家还是法家。而韩愈这位"大儒"在书中却只占了一小节，还附属于具有朴素的唯物主义思想的法家柳宗元一章（第七章"柳宗元与古文运动"）之末。其评价多为贬低之词，虽然也貌似一分为二地说了几句表扬的话，如："（韩愈）思想内部，还存在一些非儒家的矛盾，同时在其仕途中，也遭受到一些压制和挫

---

1 章士钊《柳文指要》，第 1629—1630 页。

折，所以某些时期，他也能够写出少数较好的作品。"[1]但总体上持否定态度，又特别从人品上立论，把韩愈说成趣味恶俗、令人厌恶的人，如："韩愈不但爱官如命，也爱钱如命……不但自己爱官爱钱，对他的两个儿子，他也大力灌输富贵功名和读书做官的腐朽思想。"[2]

直到现在，褒韩贬韩的争论还在继续。例如，南京大学出版的思想家评传丛书《韩愈评传》[3]，就出现了几位著者在韩愈评价上意见不统一的情况，最后贬韩的一方占了上风。稿件被删改了的一方又将自己的原稿出版，并在后记中大发怨气。[4]道德人品在作家研究中显得相当重要，有时竟成了一切问题的关捩点。贬韩者几乎无例外地牵涉到韩愈的人品。韩愈的教子以利禄、上书求官乞怜等，屡屡被批评者翻旧账，描成丑态加以讥嘲。

与此类似，攻击鲁迅的人也不断尝试从道德人品上做文章。例如鲁迅逝世后不久，苏雪林就这样评价道："鲁迅的心理完全病态，人格的卑污，尤出人意料之外，简直连起码的'人'的资格还够不着。""我以为应当有个人出来，给鲁迅一个正确的判断，剥去这偶像外面的金装，使青年看看里面是怎样一苞粪土，免得他们再受欺骗。"[5]不但如此，鲁迅还有通谋敌国的嫌疑："且匿迹内山书店，治病则谒日医，疗养则欲赴镰仓，且闻将以扶桑三岛为终老之地。其赠日友携兰归国诗云：'岂惜芳馨遗远者，故乡如醉有

1　刘大杰《中国文学发展史》第2卷，上海，上海人民出版社1976年版，第282页。

2　刘大杰《中国文学发展史》第2卷，第288—289页。

3　卞孝萱、张清华、阎琦《韩愈评传》，南京，南京大学出版社1998年版。

4　阎琦、周敏《韩昌黎文学传论》，西安，三秦出版社2003年版。

5　《关于当前文化动态的讨论》(胡适、苏雪林通信)，1937年3月1日《奔涛》第1期。

荆榛',痛恶故国,输心日本之隐情,跃然纸上……内山书店,乃某国浪人所开,实一侦探机关……(鲁迅)始终匿迹其间,行踪诡秘,所为何事?且反帝之人,托庇日本帝国主义势力之下,其行事尤为可耻……综上鲁迅之劣迹,吾人诚不能不呼之为玷辱士林之衣冠败类,二十四史儒林传所无之奸恶小人。方当宣其罪状,告诸天下后世,俾人人加以唾骂……"[1]

直到今天,此类论调仍时有回响。[2]

六

现在韩愈的《原道》《送孟东野序》等文章和鲁迅的一些文章都被选入中学语文教科书,被学子们诵读。历史能不能用时间来纠正偏颇,或者把众多的偏颇合成一个正确,把多个片面的真理拼成一个完整的真理?更常见的情形是,我们仍然在根据个人的好恶承袭着、发展着某一种偏颇。鲁迅、周作人等人对韩愈的评价,在文化史上具有独特意义。这说明了,贬韩并不是在攻击传统,而是传统内部的争论,虽然在纠正偏颇的观点时又产生了新的偏颇。正如贬韩是中国文学传统的一部分一样,贬低鲁迅也是新文学传统的一部分。这就使得将鲁迅和韩愈这样的大作家进行比较更显得必要。但此中似乎还有更值得探讨的所在。例如,中国语言的传承和发展变

---

1 苏雪林《与蔡孑民先生论鲁迅书》,1937 年 3 月 16 日《奔涛》第 2 期。
2 如葛红兵《为 20 世纪中国文学写一份悼词》,《芙蓉》1999 年第 6 期。

化问题。语言是文学最基本也最重要的因素。韩愈在语言上留下了丰富的遗产，他的很多精警的句子周氏兄弟使用过，至今还被我们使用着。鲁迅和周作人晚年对汉语特点都有认真的思考，前者写了《门外文谈》[1]，后者撰有《十山笔谈》[2]，对丰富和发展汉语言提出了自己的看法。这其实是一个比载道和言志问题更重要更具根本性的问题。

本文提到的其他几个人，也都是文化史上具有代表性的人物。陈寅恪把韩愈视为一个维护中华文化的英雄，与他本人晚年思想状态有关。他把自己的文化理想倾注在韩愈身上。而他坚持中华文化传统的执着精神，在全球化大潮涌动的今天仍有一定的现实意义。近人在强调知识分子必须有独立人格时，往往以郭沫若为反面典型，而以鲁迅与之相对。鲁迅既与郭沫若有恩怨，陈寅恪不满他的趋时，周作人对其行为也颇有微词[3]，似乎郭沫若连韩愈也不如了。但我们必须注意他所处的时代环境。他研究古代历史人物时有褒贬的自由，但对鲁迅的巨大声誉就不能有异议；他可以任意批判古人，但必须五体投地崇拜今人；不但要崇拜文学家，而且更要崇拜政治家。他在《李白与杜甫》中批评李白道："其实李白的值得讥评处是在他一面在讥刺别人趋炎附势，而却忘记了自己在高度地

1　鲁迅《且介亭杂文末编》，《鲁迅全集》第 6 卷。

2　《鲁迅研究月刊》2003 年第 3 期。

3　周作人致鲍耀明信（1964 年 10 月 17 日）："对于郭公表示不敬，此已渐成为一般的舆论，听中学教员谈起，现在大中学生中间有一句话，说北京有四大不要脸，其余的不详，但第一个就是他……个人对他并无恶感，只看见《创造十年》（？）上那么的攻击鲁迅，随后鲁迅死后，就高呼'大哉鲁迅'，这与歌颂斯大林说'你是铁，你是钢'同样的令人不大能够佩服也。"《周作人鲍耀明通信集》（1960—1966），开封，河南大学出版社 2004 年版，第 357 页。

趋炎附势。"[1]这论述是客观公正的，但他自己后来又免不了蹈此覆辙，也成了讥刺对象。

比较虽不能完全契合对应，但这并不影响我们在杰出人物之间进行比较。不但不同国家的作家，就是同一国家的、同时代的或不同时代的作家都值得比较。作家之间相互赞许和批评，也能透露出一些文化史的深层问题。外国如托尔斯泰非难莎士比亚，中国古代如元微之的扬杜抑李、苏东坡的钦赞韩愈，现代的郭沫若对鲁迅态度的前后变化、鲁迅与茅盾的关系等等，都有研究的价值。

（原载《鲁迅研究月刊》2004年第10期）

1　郭沫若《李白与杜甫》，北京，人民文学出版社1971年版，第58页。

新时期鲁迅、周作人比较研究略述

鲁迅和周作人的比较研究是一个历史很悠久也很吸引人的话题。鲁迅和周作人"五四"前后即得文名，文化界将两兄弟并称。后来两兄弟失睦，永不相见，不但并不减少，甚至还刺激了人们对两兄弟的比较研究。及至周作人投敌叛国，使两兄弟的历史地位有了极大的差异。虽然仍有许多比较研究文章，但天平却大大倾斜，也多是将周作人尽力贬低，以衬托鲁迅的高大和完美。周作人几乎丧失了同乃兄相比的资格。这种局面持续了很多年。

20世纪80年代以来，随着思想禁区的开放，周作人的文学成就渐渐被研究界重视了。

因为研究鲁迅的需要，也因为有人曾试图为周作人翻案，而在研究周作人人生历程时又必然要涉及鲁迅，所以，两兄弟比较研究又趋繁盛起来。的确，两兄弟之间很有可比性：学识修养很近似，但结局迥异；名声都很高，但一个长期被誉为完美的圣人，一个则被视为十恶不赦的民族败类，被打入冷宫。

改革开放之初，周作人研究在经过了长期沉寂以后，由于资料的缺乏，自然先有一个材料积累和梳理的阶段。尽管如此，还是出现一些较有分量的论文。如李景彬的《论鲁迅与周作人所走的不同道路》。[1]文章重点强调兄弟之间的差异，即便在幼年时代，他们对劳动人民的态度也明显不同，更不要说留学时期至"五四"以后了。周作人逃避斗争，先是当了逃兵，后来做了叛将。李文的结论同20世纪三四十年代何其芳的观点一致，都认为周作人不认同革命事业，没有同广大人民一同前进，是时代的落伍者。

钱理群的文章《试论鲁迅与周作人的思想发展道路》[2]稍稍改变了此前对周作人的评价的基调，注意到他的思想发展的曲折性，体谅他本人在探索道路上的种种艰辛。作者比较说，鲁迅的道路完整体现了中华民族觉醒的历史发展方向及其全部丰富性和深刻性，而周作人的道路则表现了这个过程的复杂性和曲折性。但文章并没有突破长期以来主导学术界的政治理论框架。对于周作人的研究总有一种预设的尺度。1987年11月召开的鲁迅、周作人比较研究学术讨论会上，情况也大致如此。我们从会议发表的文章的题目可以略知当时学术话语的主调，如《潮汐有信 沉浮无情——论鲁迅、周作人所走的不同道路》《独立擎天的红桧与摇摆弯腰的杨柳——鲁迅与周作人思想文学比较论》[3]等等。

80年代出现的不少文章，除了比较鲁迅和周作人的不同道路外，对他们的散文等方面的成就也做了比较研究，虽然并没有脱离政治主宰思维模式的影响。例如李景彬的论文《鲁迅和周作人的散文创作比较观》[4]，就把周作人的散文看成闲适和消极思想的载体，

---

1 李景彬著，《文学评论》1980年第5期。

2 钱理群著，《中国现代文学研究丛刊》1982年第4期。

3 参看《鲁迅研究动态》1988年第1期。

4 李景彬著，《鲁迅研究动态》1988年第6期。

而较少注意周作人创作中的积极因素。

简单和武断还表现在对兄弟失和起因的研究上。周作人思想的落后，导致他同鲁迅分手，又导致他后来政治上的落后；或者说，他因为不听从长兄的帮助和劝告，最终导致失足落水。这是当时研究的基本思路。这当然也要归因于研究者还没有充分地占有资料。但也不容讳言，研究者过于强调两兄弟的差异，而忽略了他们的共同点。随着新资料的发现，如周作人日记（及现代其他作家的日记书信）的出版，当时人、当事者回忆录的发表等，研究者有了更为充分的材料作为依据。舒芜的几篇叙述鲁迅与周作人之间关系的文章[1]，是对这些资料较为全面的整理，可以视为比较研究的基础材料。即便是周作人攻击鲁迅的言论，系统整理出来，对比较研究也是很有参考价值的。此外，这方面还应该一提的是祝肖因的《周作人早期日记与鲁迅研究》[2]和赵英的《鲁迅与周作人的关系始末》[3]，两篇文章在时间上都早于舒芜的系列文章，前者以大量的材料，证明周作人为鲁迅研究所做的最重要、最值得称道的贡献，就是在其旧日记里保存了相当丰富的鲁迅青年时代活动的记录和鲁迅早期的诗文；后者试图对两兄弟关系做全面的考察。

有关鲁迅和周作人比较研究的专著，80年代已有李景彬的《鲁迅周作人比较论》[4]，该书严格地说是一本论文集，分成几个专题，比较了两兄弟所走的不同道路以及两人人格形成和发展的历程，比较了

1　如《不为苟异——关于鲁迅、周作人后期的相同点》，《鲁迅研究动态》1989年第5、6期合刊、第7期。参看舒芜《周作人的是非功过》，人民文学出版社1993年版，辽宁教育出版社2000年修订版。

2　祝肖因著，鲁迅博物馆鲁迅研究室编《鲁迅研究资料》第24辑。

3　赵英著，《齐鲁学刊》1982年第5期、1983年第2期。

4　李景彬著，天津，南开大学出版社1987年版。

"五四"以来形成的鲁迅的战斗杂文与周作人的闲适小品文这两种互相对峙的散文风格和流派，比较了两人代表的马克思主义文艺科学和资产阶级的创作自由论的演变。作者往往把两人置于对立的两极，从章节标题中可以分明看出，例如"'莱谟斯'和'罗谟鲁斯'""伟大的叛逆与平庸的'流氓'""民族英雄与民族罪人"等等，而缺少对两人的异中之同的细致分析。主要的原因自然是，当时的文化思想氛围，只允许强调两人的相异点。作者无法完全摆脱此种时代风尚。接下来是孙郁1997年出版的专著《鲁迅与周作人》[1]，较为全面地比较了两兄弟的思想、性格、文学成就和影响等，其中有很多独到的感悟，而且态度较为公允，更多同情体贴，避免了任意拔高和贬低。

随着鲁迅研究的深入和周作人研究的全面展开，比较研究也更加具体；而且研究者有了更开阔的视野，不但在两兄弟比较方面更加深入，而且还把他们放在新文学的大背景下，同其他文学家进行比较。从20世纪80年代到现在，比较研究取得了丰硕成果，出现了较有分量的论文：《论周氏兄弟的新诗》《鲁迅、周作人文学观发展道路比较研究》《周氏兄弟早期对文学功用的认识与日本文坛》《鲁迅、周作人早期儿童观比较研究》《两种美学矛盾观的对立和互补——鲁迅、周作人美学思想的比较研究》《崇高与和谐：鲁迅、周作人迥异的审美选择》《周氏兄弟的象征观》《周氏兄弟的文学史》[2]……这些文章从不同的侧面探讨了两兄弟文学思想发展道路的相同或不同轨

---

1 孙郁著，石家庄，河北人民出版社 1997 年版。

2 分别援引自郑子瑜著，《诗论与诗纪》，香港中华书局 1978 年版；钱理群著，《中国社会科学》1984 年第 2 期；何德功著，《河南大学学报》1988 年第 2 期；韩进著，《鲁迅研究月刊》1994 年第 2 期；邹华著，《鲁迅研究月刊》1991 年第 7、8 期；王同坤著，《鲁迅研究月刊》1996 年第 2 期；贺昌盛著，《鲁迅研究月刊》2002 年第 8 期；季蒙著，《鲁迅研究月刊》2002 年第 9 期。

迹。同时，也出现一些从比较文化的角度考察两兄弟异同的论文，如《日本白桦派作家对鲁迅、周作人影响关系新辨》[1]着重讨论两兄弟接受日本文化影响的差异，以及他们的日本文化观的异同；《故乡之思：一种精神现象的文化解析——鲁迅与周作人的文化心态比较》[2]，探讨了两兄弟"故乡感"的异同中体现出的文化心态；《人与鬼的纠葛：鲁迅、周作人、胡适比较》[3]，探讨了两人（以及胡适）民俗观的异同。关于鲁迅、周作人翻译的研究是一个非常丰富而又很难措手的领域，单独的研究既不多，比较研究的论文更为少见。张铁荣的《鲁迅与周作人的日本文学翻译观》[4]比较了两兄弟所走的不同的翻译道路，追踪他们翻译观变化的轨迹，其中一些观点颇能给人启发，如说周作人后期改变了翻译直接为现实服务的译学理论，转向对名著的翻译即"为书而翻译"；鲁迅因时代的影响，离开日本文学而转向俄苏文学，关心社会人生，吸纳新思潮等。文章还指出，他们的日本文学翻译虽然不同，却都能"让我们感受日本文化的同时，还能分别体会出那种强烈的鲁迅风和淡雅的知堂风"，因为翻译中"有一半是创作"。杨联芬的《〈域外小说集〉与周氏兄弟的新文学理念》[5]从清末民初文学发展的角度分析了在新文学发展中鲁迅和周作人合作翻译的短篇小说集的作用。这种翻译观念和文学史角度的研究是必要的，但我们更愿意看到具体的翻译作品的比较研究。

周氏兄弟比较研究给我们以下的启示：

---

1 王向远著，《鲁迅研究月刊》1995 年第 1 期。

2 李晓航著，《鲁迅研究月刊》1992 年第 1 期。

3 丸尾常喜著，秦弓译，《鲁迅研究月刊》1995 年第 6 期。

4 张铁荣著，《鲁迅研究月刊》2003 年第 10 期。

5 杨联芬著，《鲁迅研究月刊》2002 年第 4 期。

第一，比较研究的进步表现在对周作人的客观评价上，研究者在渐渐增加同情理解。一味斥责他自私自利、忘恩负义的论者越来越少了。周作人后来背上了大汉奸的罪名，被褫夺了公民权。应得的惩罚他自然必须领受，但不能把一切污水都泼到他身上。比较研究中出现的一些不足之处，多起因于对周作人的偏颇看法。这至少给我们这样的启示和教训：论人一定要顾及全面，不能因为后期的错误就连带否定其前期业绩。因此，比较研究中应该特别注意因外在因素而产生的巨大反差。鲁迅的崇高地位和完美形象对周作人是一种巨大的压力。在鲁迅形象的参照下，周作人的一切都好像出了问题，使比较难以做到不偏不倚。这就要求研究者摆正心态，把研究对象做平视而不是仰视看待。应该把鲁迅看作新文学的杰出代表之一，而不是唯一。现在，研究者加强了这种意识，对"五四"时期的知识分子都能给予适当的评价，其中自然也包括周作人。

第二，比较是为了更准确全面地分析和解决问题，而不是比高下，特别是在文学研究中。过去周氏兄弟比较研究中的一些成果，很容易让人想起中国文学史长期以来争论不休的李杜、韩柳优劣论。文学史上，或者褒李贬杜，或者扬韩抑柳，各有一班人呐喊助威。在周氏兄弟比较研究中，过去有褒鲁贬周一边倒的现象，人们习以为常。但如果反过来，有人在某些方面褒周贬鲁，马上就会引起舆论喧哗，招致攻击。其实，两种倾向都应该避免。因为审美眼光的差异，偏爱自然难免，但只要有理有据，不妨各自发表意见。文学研究不是排座次、争高下、逞意气。何况在许多方面，肯定了周作人，并不意味着贬低鲁迅。

第三，应该完整地掌握资料。有些论断之所以有偏向，缺乏说服力，是因为在没有充分掌握资料的情况下做出的。这当然受很多客观条件的限制，不能完全归咎于研究者，目前还有很多资料如周作人的书信和日记没有出版。有一点值得注意，亲友的回忆文字虽然颇有参考价值，但也需要认真辨别。恩怨梗于胸中，又受政治形势等因素的影响，往往难以做到公平公正。

第四，比较研究中还存在着一些较少触及的领域。对他们之间的分别，或者说对他们各自的独特性，还缺乏足够的分析。作为杰出的翻译家，他们译文的异同和得失如何，作为语言大师，他们的文风有何差异，也是着墨不多的题目，比较研究正可大有作为。过去，因为兄弟文章署名问题引发的争论，研究者们颇费了一番阅读和校勘的功夫[1]，在不知道周作人实际上早已指明了篇目的情况下，只好从语言和文风上做了细致的分析[2]。这么一逼迫，倒是个提醒：周氏兄弟比较研究还需要努力向细微处开掘。

2004年10月于北京

（原载《上海鲁迅研究》2005年第4期）

---

1 张菊香《鲁迅周作人早期作品署名互用问题考订》，《鲁迅研究月刊》2002 年第 6 期。

2 余斌《妄测》，《事迹与心迹》，南京，江苏文艺出版社 1999 年版。

略论鲁迅的自然科学修养

以鲁迅医学学习为中心

受过初等教育的中国人，都知道鲁迅写有《阿Q正传》《孔乙己》《祝福》等杰作，而且，通过几十年来收入语文教科书的《藤野先生》一文，知道他曾经学医。假如阅读范围更广一些，例如读过《呐喊·自序》和《朝花夕拾》中的几篇回忆文章，会知道鲁迅曾在海军学校就读，还学过几年采矿。按照今天的分科法，鲁迅是理工科出身。但鲁迅学医的时间不足两年，就弃医从文，后来没有当医生或从事科学研究，而成了文学家。这种情况，在中国现代文学史上并不少见，理、工、农、医出身而后转向文学的还有郭沫若、郁达夫、陶晶孙等，而且都曾留学日本。鲁迅的弟弟周作人，在日本注册的学科是土木工程，后来也"弃工从文"了。他们转向文学的原因以及所学自然科学知识对后来文学创作的影响，情形各自不同。这里只简要介绍鲁迅的自然科学学习过程及其自然科学知识与文学创作之间的关系，重点介绍一下最近发表的有关鲁迅医学学习的研究成果，具体地说，就是有关鲁迅在仙台医学专门学校的课堂笔记的研究成果。

最近几年，常听到批评家和文学史家（不但中国的，也有外国的）说，中国当代少有像鲁迅那样的文学家，鲁迅的优秀传统在当代缺少继承者。那么，为什么会如此？缺少科学训练是不是一个原因呢？我们能否得出结论说，伟大作家必须有较高的科学修养？检索文学史，我们会发现，古代的文学家，相对于今天的文学家而言，科学知识自然都显得不足，像张衡那样文理兼通的全才，毕竟不多见。但古代文学家也创作出很多优秀作品，后来的文学家无论如何难以企及。但不能因此说文学家不必要有科学知识，恰恰相反，他们必须具备他们自己所处时代要求于他们的科学常识。这一点鲁迅也注意到了。他在给青年朋友的一封信中就告诫他们不要专看文学书，同时也要注意科学知识修养。鲁迅指出，一般的"文学青年，往往厌恶数学、理化、史地、生物学，以为这些都无足轻重，后来变成连常识也没有，研究文学固然不明白，自己做起文章来也糊涂，所以我希望你们不要放开科学，一味钻在文学里。譬如说罢，古人看见月缺花残，黯然泪下，是可恕的，他那时自然科学不发达，当然不明白这是自然现象。但如果现在的人还要下泪，那他就是糊涂虫"[1]。我们不能用今天的科学知识水平来要求古人。鲁迅时代的文学家，当然也不能停留在杜甫或者蒲松龄的水平上。历来也有不少科学家，主

---

[1] 鲁迅致颜黎民信（1936 年 4 月 15 日），《鲁迅全集》第 14 卷，北京，人民文学出版社 2005 年版，第 77 页。

张自然科学工作者应该注重人文修养，以激发想象力，培养道德情操。爱因斯坦不但是伟大的物理学家，而且热爱艺术，尤其怀着强烈的社会责任感。钱学森也强调，人一方面要有文化艺术修养，另一方面又要有科学技术知识。他将人的智慧分为两大部分：量智和性智，缺一即不成智慧。由此提出"大成智慧学"理论。这里的"量智"主要就是指科学知识、科学思维，"性智"主要就是指文艺知识。[1]这些主张都显示了人文精神与科学相结合的重要性。

鲁迅是文学家，但又是学习自然科学出身，他在两者的结合方面所做的努力值得我们研究。

鲁迅在19世纪末20世纪初，是紧紧跟随着科学发展的潮流的。首先，他受到科学救国思潮的冲击，加入了追求科学知识的行列，以极大的热情吸收西方先进科学知识。当时存在一个热潮，鲁迅可以说是不自觉地卷入其中[2]；其次，他不但认真地学习西方科学史上的成果，写出科学史方面的论文，也十分重视当时的科学发展趋势，写出介绍最新科学研究成果的文章[3]；再次，他很重视科学知识

---

1 北京大学现代科学与哲学研究中心编《钱学森与现代科学技术》，北京，人民出版社2001年版，第13、14章。

2 从鲁迅的回忆中可见那时的风气："拼命尊孔的政府和官僚先就动摇起来，用官帑大翻起洋鬼子的书籍来了……"（《在现代中国的孔夫子》）"于是要'维新'，便是三四十岁的中年人，也看《学算笔谈》，看《化学鉴原》；还要学英文，学日文，硬着舌头，怪声怪气的朗诵着，对人毫无愧色……"（《重三感旧———九三五年忆光绪朝末》）

3 鲁迅《集外集·说鈤》，《鲁迅全集》，第7卷，第21—29页。如《说鈤》，鲁迅在日本留学时期所写的介绍"镭"的发现的论文，是中国最早介绍居里夫人这项成果的文章之一。

的普及，重视科学小说在传播知识中的作用。[1]

鲁迅从少年时代就喜欢动植物。他的回忆文章中有记述小时候饲养隐鼠的情节，因为可爱的隐鼠被猫吃掉而此后很久仇视猫。[2]在植物方面，他显示出极强的求知欲和认真实践的精神。例如，他喜欢种花，不但跟随长辈实践，还买来许多相关书籍，做深入研究。在实践过程中，看到书中不正确的地方就加以修正。他很爱看《花镜》，这是一本专讲园圃花木栽培的书，他不但读，而且抄，还找来几个版本加以校勘。《花镜》上说，映山红"须以本山土壅始活"。鲁迅经过实践，在书上加了批注，说这种花"性喜燥，不宜多浇，即不以本山土栽亦活"[3]。他还辑录了有关花木栽培的笔记《莳花杂志》。

鲁迅真正接触西方现代自然科学知识，是在南京。他18岁考入南京的水师学堂，后又转到矿路学堂。在这些新式学校里，他知道了世上还有所谓格致（物理学）、算学、地理、历史、绘画和体操之类，既让他感到新鲜，也极大地刺激了他的求知欲望。他还将自己采集的矿石标本带回家乡，给弟弟们观赏。据周建人回忆，鲁迅"采集了不少矿石标本，每次放假都要带回一些来，放在一个木匣里。记得有铁矿石，石英石，三叶虫化石，还有像石榴子一样的矿

1　鲁迅《月界旅行·辨言》，选自《译文序跋集》，《鲁迅全集》第10卷，第164页。鲁迅翻译了《月界旅行》《地底旅行》《造人术》等科学幻想小说。他在《月界旅行·辨言》中称科学小说："掇取学理，去庄而谐，使读者触目会心，不劳思索，则必能于不知不觉间，获一斑之智识，破遗传之迷信，改良思想，补助文明，势力之伟，有如此者！"

2　鲁迅《朝花夕拾·阿长与〈山海经〉》，《鲁迅全集》第2卷，第250页。

3　周建人《鲁迅与自然科学》，《回忆鲁迅》，上海，上海人民出版社1976年版，第49页。《花镜》批注本现藏绍兴鲁迅纪念馆。

石"[1]。作为教学内容的一部分，他曾到南京郊区的青龙山煤矿实习，实地考察，亲自操作，并带回矿石一包。[2]这样的实习，既让他获得科学实践锻炼，又让他认识到当时民族工业的惨淡境况。他后来留在记忆中的情形是"实在颇凄凉，抽水机当然还在转动，矿洞里积水却有半尺深，上面也点滴而下，几个矿工便在这里面鬼一般地工作着"[3]。他在这个学校的成绩不错，每次考试都名列前茅。他曾在一次演讲中说："我首先正经学习的是开矿，叫我讲掘煤，也许比讲文学要好一些。"[4]虽然是幽默的话，但也说明采矿是他的"本业"。他一生取得的唯一的文凭正是江南矿路学堂所发，上面注明，成绩列一等第三名。因为这个成绩，他被两江总督派往日本留学。原来打算继续学矿业，后来他自己选择了医学。至于学医的原因，他自己说是因为在南京时接触了一些化学卫生方面的基础知识，也看了一点医学史的书，知道西方医学是发达的，而且中国的东邻日本因为明治维新开始学习西方科学走上了富强之路，而所谓西方科学，最先进入日本的是荷兰人带进来的医学知识（日本称为"兰学"）。[5]另一个原因来自他本人的经验，即他的父亲三十多岁生病，他作为长子，在为父亲延医治病的过程中，耳闻目睹中医的种种表现。中医那一套"医者意也"的

1　周建人《鲁迅与自然科学》，《回忆鲁迅》，第49页。

2　《周作人日记》上卷，1901年11月7日，郑州，大象出版社1996年版，第262页。另，1901年3月28日（阴历二月初九），周作人曾给假期结束回南京的鲁迅寄矿石一包，大约是鲁迅遗忘在家中的。见《周作人日记》上卷，第205页。

3　鲁迅《朝花夕拾·琐记》，《鲁迅全集》第2卷，第307页。

4　鲁迅《而已集·革命时代的文学——四月八日在黄埔军官学校讲》，《鲁迅全集》第3卷，第436页。

5　鲁迅《集外集·俄文译本〈阿Q正传〉序及著者自叙传略》，《鲁迅全集》第7卷，第85页。鲁迅在《俄文译本〈阿Q正传〉序及著者自叙传略》也说："我执意要学医了，原因之一是因为我确知道了新的医学对于日本的维新有很大的助力。"

玄妙理论，以及寻找起来很费功夫的"甘蔗要经霜三年""蟋蟀要原配"等奇怪的最终却没有什么好效果的药引子，使他觉得中医耽误了父亲的病，害死了父亲。他得出的结论是"中医是有意无意的骗子"[1]，因此要学习西方医学。他选择的是比较偏僻的仙台的医学专门学校。我们讨论鲁迅的科学修养，应该重点考察这时期的医学训练。虽然他在南京求学时期认识到了医学的重要性，但那时所学是基础知识，以今天的标准看，相当于初中的数学、物理、化学、生理之类。至于采矿的知识，虽然较为完整一些，但也属于入门课程。相比较而言，医学训练则比较成系统。他留下的课堂笔记，可以证明这一点。他在《藤野先生》一文中说，他的课堂笔记中有一些曾由担任解剖学课程的藤野先生批改，他一直很好地保存着，可惜在一次搬家途中被运输公司弄丢了。记忆不确。后来发现，这些笔记本并没有交给运输公司搬运，而是留在故乡的亲戚家中。几十年后，亲戚将其捐献给了国家。[2]

二

关于鲁迅医学学习时期的研究，例如他的医学知识的程度、他的科学精神的养成、医学训练对他的文学创作的影响等，一直比较薄

---

1 鲁迅《呐喊·自序》，《鲁迅全集》第 1 卷，第 438 页。

2 医学笔记装订为六册：《脉管学》《有机化学》《五官学》《组织学》《病变学》和《解剖学》，现存北京鲁迅博物馆。

弱。以前的传记作者和研究者只是比较笼统地说鲁迅受过将近两年的医学训练，获得了比较扎实的医学知识，随后就突然转折，说起他弃医从文。于是，文学压倒了医学，也就是说，一下子将医学跨越过去，从此很少提起了。虽然他的医学知识还不足称为专家，但近两年的学习，毕竟让他接受了正规医学训练，培养了现代科学精神。

最近几年，因为对鲁迅医学笔记的深入研究而使上述景况得到了改变。仙台东北大学（它的医学院的前身就是鲁迅就读过的医学专门学校）在庆祝建校一百周年的时候，提出了研究鲁迅医学笔记的计划，于是，北京鲁迅博物馆将笔记的电子文本赠送给该校。随后双方共同组建了研究小组。首先是对笔记进行解读，打字排印，使一般读者可以阅读，同时请专家，从医学史、医学教育、鲁迅学习过程等方面进行深入研究。

学者们把重点放在被藤野先生批改过的部分，尤其是解剖学笔记部分，因为，一方面，鲁迅与藤野之间的师生爱敬是中日交流史上的一段佳话，从中可以看出藤野先生对鲁迅的指导过程；另一方面，解剖学是医学院的基础科目。过去有研究者说，藤野先生对鲁迅的指导并不成功，因为他对鲁迅笔记的批改过于琐细，满纸丹黄烂然，使鲁迅觉得难堪，自尊心受到伤害；再加上这学校的教学方法是死记硬背，难以激发兴趣，就使得鲁迅终于厌倦了医学。但鲁迅为长者讳，在文章中没有流露出这样的情绪，反而以友善的态度对老师表达了深深的感激。[1]这么说来，藤野先生的笨拙和死板也成了鲁迅弃医从文的一个原

---

1 〔日〕泉彪之助《藤野教授鲁迅的医学笔记》，见《鲁迅仙台留学 90 周年纪念国际学术》（文化讨论会报告论集）1994 年版。鲁迅文章中的记录不很准确。藤野先生批改得最详细的是他亲自讲授的《脉管学》。

因。过去研究者做这样的推断，是因为只看到一部分笔记，并不全面。将全部笔记解读后，研究者发现，鲁迅的笔记前后有较大变化，一开始的确记得并不好，除了医学知识上的错误和疏漏外，他的日文水平不高，常常出现语法错误，藤野先生也都加以改正了。藤野先生这种细致的批改是善意的，对培养一名医生，甚或对培养一般的人才，也都是必要的。后来鲁迅的水平渐渐提高，到"神经学"的最后部分和局部解剖学的后半部分，笔记中有不小一部分没有任何批改的痕迹。经研究发现，这部分笔记水平有了明显提高。当然，其中原因可能是多方面的：或者是因为老师忙于其他事务，没有时间修改；或者是记录准确，不需要批改，师生两人已经建立了信赖的关系；或者是因为鲁迅在藤野批改后又工整地誊录了一遍。如果是后两种情况，那么就可以说明鲁迅对藤野的教学水平已经认可，同时也说明他的学习态度十分认真。他甚至对藤野所画的图进行了认真的修改，绘制出很漂亮的解剖图。可能是不想让老师看到这个图，他没有把笔记交给老师。这说明，鲁迅最后端正态度，认真描绘解剖图，是藤野先生的批改产生了好的效果。[1]至于说这个医学专门学校的教学水平差，恐怕也不完全是事实，至少在鲁迅看来并不完全如此。因为，虽然鲁迅在课堂上也看到这里的老师们用的教材并不十分高明，有一些甚至是西方医学书的中文译本，有的简直就翻印自中国，说明日本医学界在这方面起步并不比中国

---

1 〔日〕刘田启史郎《没有批改的"解剖学笔记"的秘密》，见鲁迅与藤野先生出版委员会编《鲁迅与藤野先生》，解泽春译，北京，中国华侨出版社 2008 年版，第 84—90 页。

早。[1]但因为各种原因，中国在实践层面是大大落后了。医学院校在当时的中国毕竟还很少。尤其是解剖学这门基础课，中国医学界还没有普遍而充分地意识到它的重要性，在日本，却已在很认真地施行。鲁迅在课堂上解剖过很多个尸体，获得了准确的知识和真切的体验。[2]他后来对朋友说，自己通过解剖实践明白了"胎儿在母体中的如何巧妙，矿工的炭肺如何墨黑，两亲花柳病的贻害于小儿如何残酷"[3]。

从"医学笔记"的文体和解剖学术语的使用等方面解读藤野先生的批改内容，是最近研究的成果。藤野的批改中很多就日语修辞、措辞等方面的遗漏和错误的补充订正，其主要的目的当然仍是促进鲁迅对解剖学的理解。[4]还有的学者对批改中特别标明"注意"的地方进行了细致的考证，指出这些地方的确是解剖学的关键点，而鲁迅在图画和解说等方面的确存在这样那样的误解和标注不准确的问题。从十来处标有"注意"的批改看来，藤野的批改绝非多余。[5]

1　鲁迅《朝花夕拾·藤野先生》，《鲁迅全集》第2卷，第314页。《藤野先生》中记述道："他接着便讲述解剖学在日本发达的历史，那些大大小小的书，便是从最初到现今关于这一门学问的著作。"例如，1850年上海出版了《全体新论》，后传到日本，有1857年翻印本及1874年翻译版。中国最早的西医机构是天津医学馆，1881年设立，1893年改名"北洋医学堂"。

2　萧红《回忆鲁迅先生》，上海，生活书店1940年版，第22页。鲁迅在学医时"解剖过二十几具尸体"。

3　许寿裳《亡友鲁迅印象记·仙台学医》，上海，生活·读书·新知三联书店1949年版，第19页。

4　〔日〕阿部兼也《关于藤野教授对鲁迅"解剖学笔记"的批改》，见鲁迅与藤野先生出版委员会编，解泽春译《鲁迅与藤野先生》，第60—67页。

5　〔日〕刈田启史郎《关于鲁迅"解剖学笔记"中藤野严九郎批注的"注意"》，鲁迅与藤野先生出版委员会编《鲁迅与藤野先生》，解泽春译，第68—75页。

那么，鲁迅离开医学校究竟是什么原因呢？按照他自己在回忆文章中的说法，是受了幻灯片事件的刺激，感到中国人需要的不仅仅是能治疗身体疾病的医生，而更需要治疗精神疾病的思想者和文学家。[1]关于这个问题，医学笔记的研究者也有新的发现或推断。从笔记上看，鲁迅在幻灯片事件发生之前就已经厌倦了医学学习，原因是笔记的质量开始下降。[2]那么，能不能得出结论说，鲁迅在文章中虚构了情节，用幻灯片事件为自己的逃离找借口？在此之前，也有一些日本学者在鲁迅的文章中找到一些与史实不符之处，例如鲁迅所述从东京到仙台途中火车站的站名有误，所记开学时间不准确，和鲁迅同时在仙台留学的还有一位中国人但鲁迅在文章中压根儿也不提起，等等，都是细枝末节的事，年深月久，记忆不准确，是可能发生笔误的。[3]而有的研究者却以这些细节为依据，更推论漏题谣言和幻灯片事件证据不足，将之上升为大节问题，进而证明鲁迅这篇文章并非回忆录性质，而是虚构之作，所谓小说家言。[4]其有的说鲁迅留学后期课堂笔记记录得更认真，接受了藤野的教学模式；有的则说早已厌倦，准备离开。究竟哪一种说法对，还应该深入细致地探究。总体上说，鲁迅《藤野先生》一文所写是以作者留

1 鲁迅著作中多次写到这个场面，如《呐喊·自序》《藤野先生》和《俄文译本〈阿Q正传〉序及著者自叙传略》。

2 〔日〕坂井建雄《解剖学研究者所看到的鲁迅课堂笔记》，见《西安西北大学"中日鲁迅研究学术研讨会"论文集》，2008年9月。

3 〔日〕渡边襄《〈藤野先生〉评注》，见鲁迅与藤野先生出版委员会编《鲁迅与藤野先生》，解泽春译，第111—118页。

4 〔日〕大村泉《鲁迅的〈藤野先生〉是"回忆性散文"还是"小说"》，见《鲁迅：跨文化对话——纪念鲁迅逝世70周年国际学术讨论会论文集》，郑州，大象出版社2006年版，第285—296页。

学日本的经历为基础的，是回忆性质的散文，而不是虚构的文学作品。[1]这一点，日本的医学史和解剖学专家通过对鲁迅课堂笔记及当时历史情景的分析，也加以确认了。[2]

总之，对鲁迅医学笔记进行研究是很有价值的，可以让我们更真切地了解鲁迅医学学习时期的思想状态和科学修养。

三

鲁迅在医学专门学校的生活和学习虽然不十分愉快，但他对科学并没有产生恶感。这一段经历和所获得的知识，在后来的生活中时时发酵，有不少运用的机会。例如，他离开仙台后到东京，虽然以从事文学活动为主，但也没有停止对科学问题的思考，写了《人之历史》和《科学史教篇》等论文，前者介绍了达尔文的生物进化学说及其发展史略，后者考察西方自然科学发展的历史，阐述了科学在改造自然和改造社会方面所起的作用。[3]回国后，他仍然不断得益于这个时期的学习。例如在杭州、绍兴教书时，讲授的课

---

1 黄乔生《善意与温情——"鲁迅与仙台"研究的主调》，《鲁迅研究月刊》2006年第6期。

2 〔日〕坂井建雄《仙台医专的医学教育与藤野先生的授课情况，关于鲁迅的第一堂解剖课》，见鲁迅与藤野先生出版委员会编《鲁迅与藤野先生》，解泽春译，第52—59，76—83页。

3 《人之历史》介绍了德国科学家海克尔对进化论的解说，副标题为"德国黑格尔氏种族发生学之一元研究的诠解"。

程虽然不是专门的医学，但编写的讲义如《人生象教》[1]等，大量地运用了在医学校得到的知识。终其一生，鲁迅没有减少对医学的兴趣。他一直关注医学进步，购买了不少相关书籍，如《生理学讲本》，J.Steiner 著，马岛永德译，明治三十七至四十二年东京丸善书店改正版；《卫生学粹》，山田董著，明治三十九年东京丸善株式会社版；《增订解剖生理及卫生》，富岛满治著，明治四十一年东京南江堂书店版；（石川）《大生理学》（上卷），石川日出鹤丸著，明治四十二年东京富山房版；《生理学》（上下卷），桥田邦彦著，昭和八至九年东京岩波书店版；《比较解剖学》，西成甫著，昭和十年东京岩波书店版；《支那中世医学史》，廖温仁著，昭和七年京都书店；《人生遗传学》，神谷辰三郎著，昭和三年东京养贤堂；《细菌的猎人——细菌发现的历史》，和田日出吉译，昭和九年东京昭和书房版；《医学烟草考》，宇贺田为吉著，昭和九年东京隆章阁版；《细胞学概论》，山羽仪兵著，昭和八年东京岩波书店版；《人体寄生虫通说》，小泉丹著，昭和十年东京岩波书店版。[2]

那么，鲁迅的医学训练对他以后的人生道路产生了何种影响？这种影响给我们怎样的启示呢？

最近，大约是进入了所谓"读图时代"的缘故吧，书籍插图颇为时髦，对于图画的研究也十分热门。鲁迅医学笔记中的绘图，过去是很少有人注意的，而研究医学笔记，图画却是很重要的一部分，不容忽视。日本东北大学的医学专家们最近在这方面进行了初步的探讨。他们对比了鲁迅的绘图与当时日本医学院校采用的各种

1 唐弢编《鲁迅全集补遗续编》，上海，上海出版公司 1953 年版，第 591—841 页。
2 见北京鲁迅博物馆编《鲁迅手迹与藏书目录》，1959 年，内部资料。

教材上的绘图，借以了解当时的医学教育情况。医学绘图练习可以说也是一种追求真实的过程。藤野的教导对鲁迅养成求真求实的科学精神是很有用的。鲁迅在回忆文章中特别写到画图的事，说明这个情节当时给他留下了很深的印象。鲁迅笔记中所画解剖图，渐趋完整准确，表明他已经掌握了解剖学的本质，拥有从大局上考虑问题的素质；而且他还能吸收生理学等知识，对人体的构造有了较为充分的认识。实事求是的科学精神的培养，无论对于一名医生还是一名思想家，都是非常必要的。[1]绘画是鲁迅少年时代的爱好，他在这方面的扎实的基本功和严格的训练，有助于培养他看问题准确到位、抓住本质的素质。应该说，在仙台时期描画的大量的解剖图，更使这一素质得到磨炼和升华。还有学者注意到鲁迅医学学习期间所获得的关于人体的知识包括准确的绘图训练与其后来文学创作的关系。[2]如果把血管、肌肉看作现实社会的话，鲁迅也往往被评论者称为医生，更确切地说，是手握解剖刀的外科医生。他的文学主张与医学之间有象征性联系，与他曾经学过医学不无关系。他本人就说过，他的小说的题材，大多采取病态社会的不幸的人们，目的是在揭出病苦，引起人们注意，从而加以治疗。[3]这种类比式评论，在鲁迅研究史上屡见不鲜。实际上，鲁迅发表作品之初，手握解剖刀

---

1 〔日〕筱野公伸《鲁迅"既看到树木，也看到森林"——肉眼解剖学的学习和实习在医学教育上的意义和目的》，见鲁迅与藤野先生出版委员会编《鲁迅与藤野先生》，解泽春译，第91—101页。

2 Larissa Heinrich, *The Afterlife of Images: Translating the Pathological Body between China and the West* (Body, Commodity, Text), Duke University Press, Chapter 4, "What's Hard for the Eye to See: Anatomical Aesthetics from Benjamin Hobson to Lu Xun."

3 鲁迅《南腔北调集·我怎么做起小说来》，《鲁迅全集》第4卷，第526页。

的"医生"形象就成为评论者眼中鲁迅的标志性形象。我们见到的比较早的是张定璜的《鲁迅先生》。文中说鲁迅有三个特色，"是老于手术富有经验的医生的特色。第一个，冷静，第二个，还是冷静，第三个，还是冷静"[1]。

鲁迅在谈起自己怎么做起小说来时说，他创作所仰仗的全在以前所看过的百来篇外国作品和一点医学上的知识。[2]他的第一篇白话小说，"意在暴露家族制度和礼教的弊害"的《狂人日记》，文体上借鉴的是俄国作家果戈理的同名小说，但正如他自己所评价的：却"比果戈理的忧愤深广"。[3]之所以如此，一个重要的原因是小说准确地运用了医学知识和对现实生活的观察感受。他的一个在北方工作的表亲，得了精神分裂症，跑到北京来，就住在他的寓所里。他陪同亲戚上医院，最后派人将其送回故乡。[4]可以说，科学知识加上实际接触（等于临床经验），使他得以把神经分裂症中的妄想狂（paranoia）类型的种种表现刻画得细致入微，使他笔下的"吃人"的意象兼具高度的科学真实性和思想艺术性。

在鲁迅的小说中，有不少行医的场面，值得我们注意。这一方面是来自观察，另一方面不能不说是因为他本人对医学的敏感。他描写的大多数是中医行医的场面，如回忆散文《父亲的病》中写老中医为父亲诊病的过程，还有小说《明天》中那位医生的玄妙的理论，显然是建立在早期与中医打交道的经验上的。他笔下的中医和西

1　张定璜《鲁迅先生》，《现代评论》1925 年第 1 期。

2　鲁迅《南腔北调集·我怎么做起小说来》，《鲁迅全集》第 4 卷，第 526 页。

3　鲁迅《且介亭杂文二集·〈中国新文学大系〉小说二集序》，《鲁迅全集》第 6 卷，第 247 页。

4　周遐寿（周作人）《鲁迅小说中的人物》，北京，人民文学出版社 1957 年版，第 6—7 页。

医，差别颇大，写中医更具批判性，甚至可以说有漫画化倾向；写西医则寥寥数语却饱含赞赏。形象比较鲜明、给人印象较深的是小说《弟兄》中哥哥为弟弟请来外国医生的情节。因为是临时延请，医生迟迟未到。在焦急中，这位平素不信中医的哥哥不得不硬着头皮请来同寓的老中医。这样，中医和西医在这篇小说里作为竞争者同时出现了。结果是中医诊断有误，而且，当主人问这病最后能否医好时，中医的回答竟然跟几十年前为鲁迅父亲诊病的那位医生的回答差不多："可以（医）。不过这也要看你们府上的家运。"[1]西医呢，按按脉，解开衣服一查看，便断定为"measles"（疹子）。接下来，医生不再说话，径直向书桌走去，将一只脚踏在椅子上，拉过桌上的一张信笺，从口袋里掏出一段很短的铅笔，嗖嗖地写了几个难以看清的字，这就是药方了。鲁迅把西医的精明果断活灵活现地写出来了。

鲁迅对中医的态度是不能回避的问题。前面已经介绍过，他学习西医的一个原因就是对中医极度失望和痛恨。他一生不断对中医给予激烈的抨击，给人一种印象，以为鲁迅对中医深恶痛绝，竟达到了偏至的程度，甚至有可能被怀疑是在泄私愤，图报复。其实不然，鲁迅后来离开了西医，是不是可以说他厌恶西医了呢？没有，他一直是称赞西医的，不因为自己没有学成，就反过来说西医不好。即便他对仙台那个学校采用的教学法有所不满，也只是在个人书信上发发牢骚，没有在正式发表的文章中明言。[2]实际上应该这么

1　鲁迅《父亲的病》中老中医说："我这样用药还会不大见效，我想，可以请人看一看，可有什么冤愆……医能医病，不能医命，对不对？自然，这也许是前世的事……"《鲁迅全集》第2卷，第297页。

2　鲁迅致蒋抑卮信（1904年10月8日），《鲁迅全集》第12卷，第330页。

看，无论中医西医，凡是不合乎科学的，他都反对；合乎科学的，他便拥护。他所痛恨的中医是不负责任的庸医，是那种把医术拔高到玄学地位的所谓"儒医"，而对中国几千年传下来的医学实践中的精华部分是肯定的。他说："大约古人一有病，最初只好这样尝一点，那样尝一点，吃了毒的就死，吃了不相干的就无效，有的竟吃到了对症的就好起来，于是知道这是对于某一种病痛的药。这样地积累下去，乃有草创的记录，后来渐成为庞大的书，如《本草纲目》就是。"[1]这种常识，鲁迅自然不会违背。我们不能根据他的有些作品中有讽刺性的描写就认为他是完全否定中医。20世纪30年代初，他还翻译了日本人写的《药用植物》，包括药物160多种，其中不少药物是由中国传入日本的。他希望借鉴外国人对中医的研究成果，这意见和今天提倡的用科学的方法研究中草药是相同的。[2]这篇译文，在鲁迅逝世后出版的二十卷的《鲁迅全集》中是收录了的，但1958年出版《鲁迅译文集》时，出版者加了这样一个说明："二十卷《鲁迅全集》原有的《药用植物》一种，因系自然科学方面的专书，所以本版没有收入"。[3]这样做的原因，是太把鲁迅当作一个文学家，因而认为他的科学类文字没有价值。这种偏颇，现在应当纠正过来。[4]

中医的改良和进步，是其继续发展的必由之路。西方医学的发

1　鲁迅《南腔北调集·经验》，《鲁迅全集》第 4 卷，第 554 页。

2　〔日〕刘米达夫《药用植物》，王云五、周建人编《药用植物及其他（中学生自然研究丛书）》，鲁迅译，上海，商务印书馆 1936 年版。

3　人民文学出版社编《鲁迅译文集·编者说明》，北京，人民文学出版社 1958 年版，第 1 卷第 1 页。

4　该译文已收入北京鲁迅博物馆编《鲁迅译文全集》第 7 卷，福州，福建教育出版社 2008 年版，第 357—399 页。

达，是因为有科学精神。相反，中国在这方面相当缺乏。鲁迅就曾指出，做《内经》的人对于人的肌肉，的确是看过的，但似乎是只略略地看了一下皮肤下的一点，没有仔细审视，马马虎虎，所以很多东西没有搞清楚，得出了"凡有肌肉都发源于手指和足趾"的结论。宋朝的《洗冤录》，属勘定刑事犯罪的法医学的范畴，讲人的骨头，竟然说男女骨头的数量不同。中国古代的"仵作"（法医）对于人体的认识一向不太准确，有不少随意胡说的地方。[1]因此，他们提供给法官的证据也就很可疑，千百年来不知道酿成了多少冤案。医术是需要生理学和解剖学知识的，但中国医书上的人身五脏图，"真是草率错误到见不得人"。特别是妇科的医书，因为旧道德思想的影响，几乎都没有弄清楚女性下半身的解剖学构造，而"只把人的肚子看作一个大口袋，里面装着莫名其妙的东西"。[2]又如，关于牙痛的治疗，鲁迅曾是患者，有切身经验，他说："历试诸方，只有用细辛者稍有效，但也不过麻痹片刻，不是对症药。至于拔牙的所谓'离骨散'，乃是理想之谈，实际上并没有。西法的牙医一到，这才根本解决了；但在中国人手里一再传，又每每只学得镶补而忘了去腐杀菌，仍复渐渐地靠不住起来。牙痛了二千年，敷敷衍衍的不想一个好方法，别人想出来了，却又不肯好好地学……"[3]

但也有合乎科学的地方，如中国古代的虐刑，从周到汉，有一种施于男子的"宫刑"，也叫"腐刑"，即汉代著名史学家司马迁所受过的刑罚；对于女性的类似的惩罚，则称作"幽闭"。看起来

1 鲁迅《华盖集·忽然想到（一）》，《鲁迅全集》第3卷，第14页。

2 鲁迅《且介亭杂文·病后杂谈》，《鲁迅全集》第6卷，第171页。

3 鲁迅《华盖集·忽然想到（一）》，《鲁迅全集》第3卷，第14页。

好像古人早就懂得了解剖术。鲁迅说："那办法的凶恶，妥当，而又合乎解剖学，真使我不得不吃惊。"[1]可见，中国人并非不聪明，并非没有实践精神，问题出在没有充分的科学意识，而且只注重"统治"，不重视民生。

医学，严格地说，不应有中西之别，只应有先进落后之分。中国医学因为不讲究科学方法，明显地落后了，这是事实；鲁迅对中医的印象不佳，屡加抨击，也是事实；但他并非全盘否定中医，更是需要顾及的事实。

四

中国古代史上，科技发明颇不少。曾有外国学者写过皇皇数卷的《中国科学技术史》，成为一门显学。到了近代，中国的科技明显落后了。究竟为什么中国近代科学不发达呢？这个问题有很多学者探讨过。新文化运动是以"科学"和"民主"为号召的，自然不会忽略这个问题。有人从哲学上立论，认为中国人的思想是重人文社会的，不注重对自然的研究。特别是儒家学说，"不语怪力乱神"，堵塞了科学技术发展的道路。即便有一些科技发明创造，却又往往不能用在正当的地方。鲁迅总结得好：外国用火药制造子弹御敌，中国却用它做爆竹敬神；外国用罗盘针航海，中国却用它

1　鲁迅《且介亭杂文·病后杂谈》，《鲁迅全集》第6卷，第171页。

看风水；外国用鸦片医病，中国却拿来当饭吃。[1]这虽然说得有些绝对，但意思是不错的，中国人缺少善待科技发明的观念。这些发明，为什么没有在使用中发展呢？因为我们的思想观念中不重视自然科学。面对中国社会思想的昏乱，鲁迅希望能有一种像治疗重病的"六零六"那样，有一种叫作"七零七"的药，来医治思想上的病。这药唤作什么？外国早已发明出来，就是"科学"一味。[2]

但科学救国其实是一项非常艰巨的任务。中国文化中的糟粕总会沉渣泛起，将外来的好事物污染，科学也逃不脱这种厄运。鲁迅曾批评说："每一新制度，新学术，新名词，传入中国，便如落在黑色染缸，立刻乌黑一团，化为济私助焰之具，科学，亦不过其一而已。"[3]例如上海出现的"科学灵乩图"，就标榜为留德学生"纯用科学方法构筑，丝毫不带迷信作用"，实际上是一种牟利工具。鲁迅进一步批评道："'科学救国'已经叫了近十年，谁都知道这是很对的，并非'跳舞救国''拜佛救国'之比。青年出国去学科学者有之，博士学了科学回国者有之。不料中国究竟自有其文明，与日本是两样的，科学不但并不足以补中国文化之不足，却更加证明了中国文化之高深。风水，是合于地理学的，门阀，是合于优生学的，炼丹，是合于化学的，放风筝，是合于卫生学的。'灵乩'的合于'科学'，亦不过其一而已。"[4]总之，科学很难在中国扎根。要扎根，就必须有健全的人文精神作为优良的土壤。

鲁迅受了科学训练，熟悉科学发展史，了解当时先进的科学成

---

1 鲁迅《伪自由书·电的利弊》，《鲁迅全集》第 5 卷，第 18 页。

2 鲁迅《热风·随感录三十八》，《鲁迅全集》第 1 卷，第 329 页。

3 鲁迅《花边文学·偶感》，《鲁迅全集》第 5 卷。

4 鲁迅《花边文学·偶感》，《鲁迅全集》第 5 卷。

果，这使他更多地懂得客观世界的规律。他不但学识渊博，而且使用解剖、分析、综合等方法，看问题总能看到本质。鲁迅的文章那么简洁，那么有条理，获得"手术刀""投枪匕首"的称号，与他的科学训练有关。语言文字本来是人文性的，但也需要科学精神，这在今天已经没有什么疑问了。鲁迅翻译外国作品，主张"硬译"，为的是改造中国语文，使之更为精确。这种求真的精神，与文学创作中的现实主义精神是一致的。从鲁迅这一代作家的业绩中我们分明看到了文学的进化过程。在这过程中，科学精神起了重要作用。

在日本留学时期，鲁迅了解了西方的科学发展历程，同时也对社会与科学发展之间的关系进行了认真的思考。他不但强调科学的重要性，对人文精神和社会发展之间的关系也十分重视，视之为科学发展的基础。的确，科学和人文精神是人类发展的两翼，缺一不可。人文精神含有科学精神，才是合乎理性的、健康的；科学的发展必须以促进人的进步为目的，否则将是冷酷的，甚至是毁灭性的。就如同我们今天所说，文学家要有科学修养，科学家也要有人文修养。在《科学史教篇》中，鲁迅指出，科学发展首先要造就科学家，也就是说，人既是出发点，又是目的。没有思想健全、道德高尚的科学家，科学的发展就是空话。科学的发现发明来自科学家的激情。他还联系到当时中国的情形，指出中国正在向西方学习科学技术，追求船坚炮利，但很容易本末倒置，只学到枝叶，而不培植主干。假如只知道推崇科学技术，人类生活就会变得枯燥乏味，美感逐渐丧失，最终科学也随之消灭。鉴于此，鲁迅提出了自己的意见：既要有牛顿，也应该有莎士比亚；既要有达尔文，也要有卡莱尔。只有这样，才能使人性达成全面，不至于偏颇。到了晚年，他仍然坚持这种观点，为诗歌辩护道："在科学方面发扬了伟大的天才的巴士凯尔，于诗美也一点不懂，曾以几何学者的口吻断结说：'诗者，非有少许稳定者也。'凡是科学底的人们，这样的很不少，因为他们精细地研钻着一点有限的视野，便决不能和博大的诗人的感得全人间世，而同时又领会天国之极乐和地狱之大苦恼的精神相通。"[1]

据此，我们也就能更好地理解鲁迅在此之前弃医从文的原因。他写《科学史教篇》这篇文章，为自己从事文学事业找到了充足理由，使自己信心更为坚定地走已经选择好的道路。

总之，鲁迅一生学习科学知识，翻译科幻小说，撰写科学论文，认识了科学的重要性，同时也培养了自己健全的人文精神。他对中国历史、人类科学史和社会现实的认真思考，给后人的启示是多方面的。

（原载《上海鲁迅研究》2009年第3期）

1　鲁迅《集外集拾遗·诗歌之敌》，《鲁迅全集》第7卷，第246页。

20世纪70年代鲁迅批孔反儒形象的塑造

以"批林批孔"运动中鲁迅言论集为中心

一

鲁迅从少年时代起就诵读儒家经典,"几乎读过十三经"[1]。后来虽因家道中落,不得不放弃科考,进了新式学堂。但新式学堂"上午声光电化,下午子曰诗云",也说明他与儒家经典仍然保持着联系。几十年后,在新文化运动中,鲁迅宣称"孔孟的书我读得最早,最熟,然而倒几乎和我不相干"[2]。幼小时候读过的"子曰诗云",也"背不上半句了"[3]。显然是愤激之词,儿童少年时代记诵的章句不可能一下子从脑海里删除,也不可能不发生作用——无论这作用是正还是反。

---

1 鲁迅《华盖集·十四年的"读经"》,《鲁迅全集》第3卷,北京,人民文学出版社2005年版,第138页。

2 鲁迅《坟·写在〈坟〉后面》,《鲁迅全集》第1卷,第301页。

3 鲁迅《呐喊·一件小事》,《鲁迅全集》第1卷,第483页。

鲁迅的批孔言论，并不难找；但讲鲁迅与孔子的所谓缘分，材料却不多。"鲁迅"这一笔名，据他自己说，第一层意思是母亲姓鲁，第二层意思是"周鲁同国"，第三层意思是愚鲁而迅速。[1]在拟定笔名时，他脑海里也许就浮现出鲁国人孔子来。这虽然是一种猜测，但看他1933年给朋友的信中说的："在中国，也有人说要以孔子之道治国，从此就要变成周朝了罢，而我也忝列皇室了，真是做梦也未想到的幸运！"[2]也就不能算是胡乱攀附。

　　鲁迅因其在新文学上的杰出成就，被文学青年奉为思想界权威、导师，生前所获荣耀某种程度上甚于孔子。孔子弟子尊其老师为"夫子"，20世纪30年代文坛青年私下里称鲁迅为"老头子"，可以说就是"夫子"的现代语译文。荒煤在《老头子——纪念鲁迅先生》的开篇写道："在上海，凡是拿起一支笔写点文字的朋友们，谁都知道说出这三个普通的字，是含有一种如何敬爱的意义来称呼某一个人的。"[3]也有弟子仿照外国法，尊其为"迅翁"，奉入"托（尔斯泰）翁""莎（士比亚）翁"之列，曾使鲁迅本人颇感惶恐。鲁迅在1935年3月1日致萧军、萧红信中说："说起'某翁'的称呼来，这是很奇怪的。这称呼开始于《十日谈》及《人言》，这是时时攻击我的刊物，他们特地这样叫，以表示轻蔑之意，犹言'老了，不中用了'的意思；但不知怎的却影响到我的熟人的笔上去了。现在是很有些人，信上都这么写的。"[4]1934年9月15日鲁迅

1　许寿裳《鲁迅的生活》，《亡友鲁迅印象记》，上海，生活·读书·新知三联书店1949年版，第58页。

2　鲁迅致增田涉信（1933年10月7日），《鲁迅全集》第14卷，第263页。

3　荒煤《老头子——纪念鲁迅先生》，《文艺突击》1938年第1卷第1期。

4　《鲁迅全集》第13卷，第399页。

在日记中写道："下午诗荃来并赠印一枚，文曰'迅翁'，不可用也。"[1]鲁迅去世后，在延安举行的纪念鲁迅逝世一周年大会上，毛泽东在演说中把鲁迅同孔子做了类比："鲁迅在中国的价值，据我看要算是第一等圣人。孔夫子是封建社会的圣人，鲁迅是新中国的圣人。"[2]诗人郭沫若在东京的纪念会上，也做了类似的比较："夏殷周以后的伟大的人物，只有鲁迅先生一个人！""从前在中国最伟大的是孔子，他死后，有人曾经这样哀悼他：呜呼孔子，孔子孔子，孔子以前，既无孔子，孔子以后，又无孔子，呜呼孔子，孔子孔子。"郭沫若把这段话改写为："呜呼鲁迅，鲁迅鲁迅！鲁迅以前，无一鲁迅，鲁迅以后，无数鲁迅！"[3]最后一句虽然过分夸了海口，但贯通古今的气势和热切的期待显示出的敬仰之忱给人留下很深的印象。

鲁迅生活其间的晚清民国，见证了孔子在中国思想界权威地位的衰落。他亲历并且批评过政府倡导的两次尊孔。[4]中华人民共和国成立后，孔子的学说没有了政府的提倡，无法同西方传入的作为国家意识形态的马克思列宁主义分庭抗礼。自晚清废除科举后渐渐失去功能的各地文庙，多数被改建成博物馆或文物保管所。

然而，在20世纪70年代，孔子突然又被人们频繁提起，通过一

---

1 《鲁迅全集》第 16 卷，第 473 页。

2 毛泽东《毛泽东论鲁迅》，《七月》1938 年第 10 期。

3 郭沫若《东京"鲁迅追悼大会"郭沫若先生演词》，鲁迅博物馆鲁迅研究室编，《鲁迅研究资料》第 9 辑，天津，天津人民出版社 1982 年版。原载 1936 年 11 月 6 日东京《留东新闻》周刊第 53 期。

4 20 世纪两次尊孔，第一次是 1915 年，袁世凯政府提倡尊孔，鲁迅时任教育部社会教育司第一科科长，曾随同参加祭祀活动，私下里表达了抵触情绪；第二次在 1933 年，国民政府提倡尊孔，鲁迅的言论表明了讽刺态度。

场名叫"批林批孔"的运动，他的学说又为人们所了解。尽管将孔子与一个当代的"政治犯"相提并论，使他大受委屈，但读者在难得接触传统文化的年月，能从大量印刷发行的作为批判对象的反动言论中，从作为"反面教材"的孔子著作中，至少从鲁迅等人的著作的引文或注释中，了解到孔子的思想言论——尽管常常是片段，而且有时是经过歪曲的——多少能得到一些益处。

关于"批林批孔"运动兴起的原因及其与当时中国政坛的关系，很多论著都有涉及，这里不必烦言。一般认为，"批林批孔"根本上是要批"当代大儒"，批"周公"。[1]这场运动的关键词之一是"反复辟"。孔子主张"克己复礼"，高呼"吾从周"，他日思夜想的是"周公"，"周公"不在梦中出现他就觉得活不下去。[2]林彪是共产党员，本应信奉马列主义、毛泽东思想，但他念念不忘孔子的教导，常引用孔子的言行事迹来表明心志、教育子女、勉励部下。例如说"克己复礼""唯此为大"，抄录"君子坦荡荡，小人长戚戚"之类的孔圣教诲，要子女学习孔子"韦编三绝"的治学精神，等等，这与他表面上"毛主席万岁"不离口、《毛主席语录》不离手的形象差距不小。[3]他用孔子的"仁政""忠恕"来攻击现实的"独裁"，反对斗争哲学。[4]此类言行，在林彪毁灭后公之于众，成为将他和孔子捆绑起来批判的理由。

1　刘武生《周恩来的晚年岁月》，北京，人民出版社 2006 年版，第 288—290 页。

2　《论语·述而》："甚矣吾衰也！久矣吾不复梦见周公。"

3　广西大学中文系编《鲁迅批孔反儒杂文选》，南宁，广西人民出版社 1974 年版，第 14—15 页。

4　林彪及其追随者的不满现实的言论，据各言论集所披露，大概有：他们咒骂毛泽东是"当代秦始皇"，攻击知识青年上山下乡是"变相劳改"，"污蔑中国国民经济到了崩溃的边缘"，等等。

二

笔者迄今所见"批林批孔"运动中有关鲁迅批孔言论的出版物有:

《鲁迅论孔子》(内部发行,中山大学中文系编,1973)、《鲁迅批孔反儒文辑》(人民文学出版社,1974)、《鲁迅批孔作品选读》(人民文学出版社,1974)、《鲁迅批孔与批尊孔言论选辑》(北京人民出版社,1974)、《鲁迅批孔文摘》(天津人民出版社,1974)、《鲁迅批孔反儒杂文选》(广西人民出版社,1974)、《鲁迅批孔杂文选读》(广东人民出版社,1974)、《鲁迅反孔作品选讲》(首都师院师训班编,北京人民出版社,1974)、《鲁迅批孔文摘》(天津汉沽一中大批判组编,天津人民出版社,1974年5月)、《鲁迅批孔文摘》(内部发行,北京广播学院新闻系编,1974)、《鲁迅批孔文选讲解》(厦门大学中文系1973级工农兵学员编,陕西人民出版社,1974)、《鲁迅论法家文摘》(杭州大学中文系工农兵学员鲁迅著作学习小组编,1974)、《鲁迅批孔评法文摘》(山东人民出版社,1976)、《鲁迅批孔杂文选讲》(浙江人民出版社,1974),此外还有三本专著:《学习鲁迅批孔的历史经验》(内蒙古人民出版社,1974)、《学习鲁迅批孔评法的革命精神》(上海人民出版社,1975)、《鲁迅反对"孔家店"的斗争》(中华书局,1975)。文物出版社除了出版《鲁迅反对尊孔复古言论选辑》(1974)外,还发挥自身优势,编辑出版了《鲁迅批孔孟之道手稿选编》(线装本,1975)。

从时间上看,这些读物主要集中出现在1974—1975年,虽来势迅猛，但消歇也很快，显然是为了配合政治运动。所有的言论集书名，都不出现林彪之名，但出版说明，一般都点明是为了配合"批林批孔"运动。印制形式比起"文革"早期的《鲁迅语录》有很大变化，不再用红色塑料皮包装，而都是颇为简陋的纸封面，开本也放大为小32开。这些读物之所以不再叫"语录"，是因为"文革"后期"语录"这个名目归毛泽东专有，不像"文革"初期，对马恩列斯、鲁迅，甚至对林彪都可以使用。[1]

这些读物大多数采用"文革"时期语录的编辑体例，摘抄鲁迅文字，分类编排，每一类都有小标题，有的加编者按或题解。与"文革"时期鲁迅语录不同的一点，是这时的一些言论集全文选录鲁迅论述孔子和儒家的文章，称为"选读"，比摘句式的语录更能使读者得见文章的全貌。也有一些本子，是"选""摘"结合。

"文革"初期发行的《毛主席语录》，因为其时还没有批孔的任务，当然就没有批孔专辑；《鲁迅语录》中也只在"横扫旧思想、旧道德、旧礼教"部分收录几条涉及孔子的言论。按惯例，各部分言论要有毛主席语录即"最高指示"作为纲领。这一部分的纲领一般是："凡是反动的东西，你不打，他就不倒。这也和扫地一样，扫帚不到，灰尘照例不会自己跑掉。"[2]所选内容，大多是对现代人尊孔读经的批判。"批林批孔"运动期间出版的鲁迅言论集，自然也少不了收录毛泽东对鲁迅的评价，大多言论集以毛泽东在《新民主主义论》中那段关于"三家""五最"的论述置于卷首，

---

1 这个变化何时开始，现尚不得而知。

2 毛泽东《抗日战争胜利后的时局和我们的方针》，《毛泽东选集》第 4 卷，北京，人民出版社 1991 年版，第 1131 页。

此外多引用毛泽东关于封建文化的论述及其批尊孔的主张："在中国，又有半封建文化，这是反映半封建政治和半封建经济的东西，凡属主张尊孔读经、提倡旧礼教旧思想、反对新文化新思想的人们，都是这类文化的代表。帝国主义文化和半封建文化是非常亲热的两兄弟，它们结成文化上的反动同盟，反对中国的新文化。这类文化是替帝国主义和封建阶级服务的，是应该被打倒的东西。不把这种东西打倒，什么新文化都是建立不起来的。不破不立，不塞不流，不止不行，它们之间的斗争是生死斗争。"[1]这段话里，毛泽东虽然没有具体讲要彻底清除儒家思想，但"破""打倒"等字眼，为斗争的性质定下了基调。

不言自明，这些言论集都不会再选录毛泽东在延安陕北公学演讲中将鲁迅和孔子并列的圣人那段话，而这篇演讲在"文革"初期各种版本的《鲁迅语录》中却都是全文收录的。同理，毛泽东有关孔子的一些正面论述在这些言论集中也不可能出现。例如，毛泽东在《论新阶段》中讲到中国历史上的进步文化时说："从孔夫子到孙中山，我们应当给以总结，承继这一份珍贵的遗产。这对于指导当前的伟大的运动，是有重要的帮助的。"[2]选在这里固然不合适，即便是对孔子小有肯定的甚至是客观介绍的话也不宜选录，如："迈开你的两脚，到你的工作范围的各部分各地方去走走，学个孔夫子的'每事问'，任凭什么才力小也能解决问题……"[3]只能选毛泽东随意谈话中对孔子的一些负面评价。例如："孔夫子出身没落奴隶主贵族，也没有上过什么中学、大学，开始的职业是替人办丧

1　毛泽东《新民主主义论》，《毛泽东选集》第 2 卷，第 695 页。

2　毛泽东《中国共产党在民族战争中的地位》，《毛泽东选集》第 2 卷，第 534 页。

3　毛泽东《反对本本主义》，《毛泽东选集》第 1 卷，第 110 页。

事，大约是个吹鼓手。人家死了人，他去吹吹打打，他会弹琴、射箭、驾车子，也了解一些群众情况。开头做过小官，管理粮草和管理牛羊畜牧。后来他在鲁国当了大官，群众的事就听不到了。他后来办私塾，反对学生从事劳动。"[1]

三

与"文革"时期的语录一样，编者的意图既已明了，编辑方法就只能是"六经注我"，即先立定"批孔反儒"的主题，再从鲁迅著作中选取片段，汇集成册。

这些言论集一般分为两大部分，一部分是"批孔"，一部分是"批尊孔"。前者"揭露孔孟之道的反动本质"，后者"抨击历代统治者尊孔复古的实质"；前者指出孔孟之道乃"吃人"之道，后者揭露历代统治者并非真正尊敬孔子，而是把孔子当作"敲门砖"，用完即弃。

将批孔同批林结合起来，让鲁迅的观点发挥现实作用，是这些言论集的目的所在。有的言论集，在每一部分前都加了阐述编辑意图的"编者的话"或"解题"。有一本言论集在"孔丘的

---

1 北京广播学院新闻系编选的《鲁迅批孔文摘》就选了两段毛泽东关于孔子的谈话。该书第4—5页的注释中说：一段出自《在春节座谈会上的谈话》，见《毛主席论教育革命》（1964年2月13日），讲孔夫子反对从事农业劳动；另一段出自《一个在三年内增产百分之六七十的农业生产合作社》一文的按语，见《中国农村的社会主义高潮》中册（1955年）。

'复礼'是'反动，倒退'的纲领"一部分，首条选的是鲁迅《关于知识阶级》中的一段话："现在中国顽固派的复古，把孔子礼教都拉出来了，但是他们拉出来的是好的么？如果是不好的，就是反动，倒退，以后恐怕是倒退的时代了。"编者在题解中说："资产阶级野心家、阴谋家、两面派、叛徒、卖国贼林彪和他的死党，从1969年10月19日到1970年元旦，连写了四条'悠悠万事，唯此为大，克己复礼'的条幅。这就充分暴露了林彪反党集团迫不及待地妄图从根本上改变党在社会主义历史阶段的基本路线和政策，颠覆无产阶级专政，复辟资本主义的野心。"[1]把批判的主题点出来了——林彪就是复古派、顽固派。不了解当时的党内斗争情形、不熟悉当时流行政治语言的读者，看到这段话，很难明白其中的含义，更难把林彪书写的这条"语录"与鲁迅对孔子思想的批判联系起来。如果看了后面的注释，知道孔子在奴隶制崩溃、封建制兴起的时候叫嚷"复礼"，就是要恢复西周奴隶社会的统治秩序，再参之以马克思主义的奴隶制、封建制、资本主义、社会主义的社会形态演进学说，才能明白编者的用意。

在鲁迅有关"王道""仁政"的言论部分，有的言论集冠以这样的题目："'王道''仁政'是刽子手的假面具"。题解中这样评论道：林彪猖狂叫嚷"恃德者昌，恃力者亡"，借咒骂秦始皇焚书坑儒，恶毒攻击无产阶级专政，这充分暴露了他尊孔反法，攻击革命暴力，实际是要用反革命暴力颠覆无产阶级专政、

---

1 北京师范学院中文系编写组编《鲁迅批孔与批尊孔言论选辑》，北京，人民出版社1974年版，第1、16页。

复辟资本主义的反革命嘴脸。[1]当时思想界对秦始皇大加赞美，与毛泽东对秦始皇的评价有关。[2]毛泽东的一首七律《读〈封建论〉呈郭老》[3]，对学术界贬低秦始皇表达了不满，并将孔孟之道斥为"秕糠"。关于林彪攻击秦始皇，有一个选本透露："在一九五八年五月八日党的八大二次会议上，当毛主席讲到'秦始皇是一个厚今薄古的专家'时，林彪插话指责秦始皇，说'秦始皇焚书坑儒'，毛主席当即予以严厉驳斥。"[4]鲁迅本没有赞颂过秦始皇，但按照儒法对立的思维模式，秦始皇既然重用具有法家思想的李斯，施行焚书坑儒，他本人自然就是法家；鲁迅反儒，也可归入法家，因此也就是赞成秦始皇的了。于是，很多言论集摘录鲁迅的文字，在注释和解说中有意向"鲁迅肯定秦始皇"方面发挥。例如上海出版的一本书中有这样的题目：《秦始皇做的是"大事业"》[5]，后三个字出自鲁迅杂文《华德焚书异同论》。鲁迅在这篇文章中谴责中外两个暴君领导下的政府焚书的罪行，并比较二者的异同，指出了德国纳粹和秦始皇焚书罪恶有程度上的区别，纳粹德国的法西斯头子比起封建帝王，手段更其残酷，破坏性更加

---

1 北京师范学院中文系编写组编《鲁迅批孔与批尊孔言论选辑》，第1、16页。

2 中共中央文献研究室编《建国以来毛泽东文稿》第13卷，北京，人民出版社1998年版，第361页。

3 毛泽东《读〈封建论〉呈郭老》（1973年8月5日）："劝君少骂秦始皇，焚坑事业要商量。祖龙魂在秦犹死，孔学名高实秕糠。百代都行秦政治，十批不是好文章。熟读唐人封建论，莫从子厚返文王。"

4 北京师范学院师训班编《鲁迅反孔作品选讲》，北京，人民出版社1974年版，第95页。

5 上海人民出版社编《学习鲁迅批孔评法的革命精神》，上海，上海人民出版社1975年版。

彻底。[1]但选辑者把五十步和一百步之间的差别看成本质的不同，曲解鲁迅的本意，最后竟说成鲁迅称赞秦始皇对文化有重大贡献，是做了"大事业"的千古一帝。还有的言论集指出："同样是烧书，性质却不同。秦始皇焚书是针对反动奴隶主阶级的，性质是革命的、进步的；希特勒法西斯烧书，是针对革命人民的，性质是反动的、倒退的，后者跟前者'是不能比较的'。"[2]其实，鲁迅论历史人物是有好说好，有坏说坏，既谴责他们的罪恶，又不掩盖他们的功劳。他在一篇小文里不可能做全面评价，不能上升到历史观的高度。而且，如所周知，鲁迅的著作经常遭到政府言论审查机关的封禁和删改，他本人也曾遭通缉，虽然没有生命危险，比秦时儒生们的命运要好得多，但也不至于因此敬颂"皇恩浩荡"，对专制者顶礼膜拜。

鲁迅对中国历史上有些所谓"法家"人物所做的评价，并非系统和全面的，很多也非从哲学思想角度论述，但因为与毛泽东对这些人物的评价有相合之处，这时就有了用武之地。例如，鲁迅曾说过"曹操是一个很有本事的人"，毛泽东也赞颂过魏武帝，于是，就有一些论者拿鲁迅这句话来充分发挥。[3]鲁迅在学术论著中对历史人物所做的客观论述，本没有倾向性，也会被用来作为他反儒的证据。如鲁迅说过，汉高祖"不乐儒术"，本是史实，刘邦青年时代游手好闲，不喜欢读书，蔑视知识分子，后来当了开国皇帝。不乐儒术，自然是法家，所以鲁迅这四个字被反复引用。而鲁迅在另一处说过汉高祖是"无赖出身"，就不予选录了。类似的例子还有，

1　鲁迅《准风月谈·华德焚书异同论》，《鲁迅全集》第 5 卷，第 223 页。

2　厦门大学中文系编《鲁迅批孔文选讲解》，西安，陕西人民出版社 1975 年版。

3　见《学习鲁迅批孔评法的革命精神》，第 21—25 页。

鲁迅说"贾生晁错明申商",也说过李斯脱离儒家而行法家之术,原本没有是非评价,却也都被解释为鲁迅对他们的赞扬。[1]还有论者抓住鲁迅文章中的只言片语,以"武则天做皇帝,谁敢说'男尊女卑'?"拿来作为读后感的题目。[2]当时,帝王的优势很明显,不分男女,都归入法家之列。

编辑者和解说者先判定批判对象是罪人,那么,欲加之罪,何患无辞?例如,为了加重刘少奇、林彪的罪行,就把他们串联在一起,再把他们同孔子联系起来,如,解读者也找出在林彪之前被打倒的刘少奇的尊孔证据:"叛徒、内奸、工贼刘少奇,在他窃据了党和国家重要职位的时候,公然跑到山东曲阜去'朝圣',高叫什么'孔老夫子伟大''孔老夫子是圣人'。"[3]

选编和解读还有一个特点,是将这些现代"坏人"同敌对国家联系起来。如有的言论集的解说这样论述:林彪经营"他的法西斯小王朝",而苏修叛徒集团效法20世纪30年代的日本帝国主义,与他的超级间谍林彪遥相呼应,也大肆尊孔,妄图把中国变成它的殖民地。[4]既然卖国贼和帝国主义国家也尊孔,那么,孔子就是反动派和卖国贼的祖师了。卖国可是一桩不可饶恕的罪行。但可惜这些言论集的解说很难举出孔子卖国的言行,只好把鲁迅批判过的北洋政府和国民党政权的丧权辱国的行为同刘少奇、林彪拉扯在一起,又拉扯到侵略中国时期的日本和那时正同中国闹不和的苏联[5],牵强附会,实在经不起推敲。

---

1 见 1974 年杭州大学中文系编《鲁迅论法家文摘》。

2 上海人民出版社编《学习鲁迅批孔评法的革命精神》。

3 见北京师范学院师训班编《鲁迅反孔作品讲解》。

4 见厦门大学中文系编《鲁迅批孔文选讲解》。

5 很多文摘都在"卖国贼"上做文章,称林彪是"新沙皇"。

用摘录、编排、题解、注释的办法，将鲁迅塑造成反儒斗士，为达到这个目的，鲁迅的很多观点被歪曲或夸大了。其中还有很多自相矛盾的地方，如一面强调加强中央集权，反对割据势力，赞扬秦始皇统一中国，一面却指责孔子堕三都、出藏甲。遇到鲁迅论述不能符合现实意图，如鲁迅说荀况是儒者，但官方所立之历史上儒法斗争名单是把荀子归入法家，作为进步力量的代表的，这时候，只好以"鲁迅此处沿用旧说"马虎过去。[1]这些选本和文摘中确立的鲁迅形象，是"反儒"而非"反孔"的斗士。严格地说，就连"反儒"的提法也有问题。其实，鲁迅反对的并非全部儒家思想，而主要是后世的所谓"儒教"。[2]

四

在这些以"批孔反儒"为主题的言论集中，我们自然难以找到鲁迅正面肯定孔子的言论。事实上，鲁迅著作中正面赞颂孔子和儒家思想的文字本来就不多。

鲁迅在"五四"时代新旧文化斗争中说过一些激烈抨击儒家传统的话。但在新旧论战平息后，他的观点也渐趋平和。他提倡白话文，却并不完全排斥文言文。他说过："以文字论，就不必更在旧

1　见 1974 年杭州大学中文系编《鲁迅论法家文摘》第 2 页。

2　这些出版物中，定名最准确的是人民出版社的《鲁迅批孔与批尊孔言论选辑》和文物出版社的《鲁迅反对尊孔复古言论选辑》。

书里讨生活，却将活人的唇舌作为源泉，使文章更加接近语言，更加有生气。至于对于现在人民的语言的穷乏欠缺，如何救济，使他丰富起来，那也是一个很大的问题，或者也须在旧文中取得若干资料，以供使役……"[1]孔子删定的经典，无疑就是他所取法的"资料"来源之一。在鲁迅笔下，不但孔乙己这样的不及第读书人满口"之乎者也"——"多乎哉？不多也"，便是没有受过教育、连姓名都没有的阿Q，也常常"无师自通"地按照孔子的教训行事。

鲁迅作文，儒家经典词句不知不觉地流于笔端，或正面肯定，或用作讽刺、调侃的资料，如果不是带着批孔反儒的实用目的去阅读，有些是颇有趣味的。他用文言为朋友的父亲写的教泽碑文中出现了"君子自强，永无意必"[2]，就来自《论语·子罕》中孔子门人对老师的赞颂："子绝四：毋意，毋必，毋固，毋我。"《阿金》中说："昔者孔子'五十而知天命'，我却为了区区一个阿金，连对于人事也从新疑惑起来了，虽然圣人和凡人不能相比，但也可见阿金的伟力，和我的满不行。"[3]不但没有贬义，甚且在自谦中表达了"希圣"的意愿。

《再论雷峰塔的倒掉》中说："孔丘先生确是伟大，生在巫鬼势力如此旺盛的时代，偏不肯随俗谈鬼神；但可惜太聪明了，'祭如在，祭神如神在'，只用他修《春秋》的照例手段以两个'如'字略寓'俏皮刻薄'之意，使人一时莫名其妙，看不出他肚皮里的反对来。"[4]这段话，并非全是批判的意思，但因为下文鲁迅说"孔

1 鲁迅《坟·写在〈坟〉后面》，《鲁迅全集》第 1 卷，第 302 页。

2 鲁迅《且介亭杂文·河南卢氏曹先生教泽碑文》，《鲁迅全集》第 6 卷，第 203 页。

3 鲁迅《且介亭杂文·阿金》，《鲁迅全集》第 6 卷，第 209 页。

4 鲁迅《坟·再论雷峰塔的倒掉》，《鲁迅全集》第 1 卷，第 202 页。

丘先生是深通世故的老先生"，北京广播学院新闻系编《鲁迅批孔文摘》（内部刊物）选录者也就加以引申，说明鲁迅是在讽刺孔子手段圆滑。

更多的时候，鲁迅对孔子的"教导"表达了不满。如《礼》一文中说："'非礼勿视，非礼勿听，非礼勿言，非礼勿动'，静静的等着别人的'多行不义，必自毙'，礼也。"[1]虽然口气里含有埋怨情绪，但并非指控孔子教导的恶毒，而重点在讽刺读经之徒的迂阔。又如《十四年的"读经"》中讽刺读经的"孔子之徒"还不如不识字的妇女能实践。熟读《论语》感化不了德国兵，还不如参加第一次世界大战的目不识丁的华工勇立战功，等等，都属于这一类。[2]"孔子之徒"的行为出现了问题，不能把责任归咎于孔子，正如一个人自称为"鲁迅迷"，犯了错误，不能归咎于鲁迅一样。

儒家注重礼仪活动，烦琐的礼仪惹人反感，且易生虚伪，庄子、司马迁都曾加以批评。鲁迅在《十四年的"读经"》中，也指斥有人假借儒学的仁义道德掩盖丑行，教人"怎样敷衍，偷生，献媚，弄权，自私，然而能够假借大义，窃取美名"。"批林批孔"时期有的言论集在注释这段话时却说：鲁迅指责"万世师表"的孔子是一个"言行不符，名实不副，前后矛盾，撒谎造谣，蝇营狗苟"，"滑得可观"的大骗子[3]，并不符合鲁迅文章原意。鲁迅批判的对象是"曾经文明过而后来奉迎过蒙古人、满洲人大驾了的国度里"的自以为聪明的鼓吹读经的人，指斥的是后世儒教徒倡导的虚伪之风，而非断言孔子本人虚伪。按之史实，也实在难以把这些

1　鲁迅《准风月谈·礼》，《鲁迅全集》第5卷，第323页。

2　鲁迅《华盖集·十四年的"读经"》，《鲁迅全集》第3卷，第138页。

3　北京师范学院中文系编写组编《鲁迅批孔与批尊孔言论选辑》，第44页。

标签贴在孔子身上。编者联系现实,自然要拉扯林彪。林彪的处世态度,据说是"韬晦""忍耐""面带三分笑",主张"不说假话办不成大事",也就是后来总结的"语录不离手,万岁不离口,当面说好话,背后下毒手"。[1]林彪有什么罪恶,是怎样的人品,暂且不论,有一点是可以肯定的,他的这类行为并非孔子思想教导的结果。

鲁迅曾批评孔子的"毋友不如己者"是"势利"之言。[2]孔子这句话,倘若孤零零地摘出来,当然有势利的嫌疑。但如果放在上下文,知道听这话的对象是谁,就觉得孔子的原意不失为指出一种进步的路径。但编者通过解释,让人理解为"财产、地位、聪明才智不如己者",而不是"忠信不如己者",当然就可认定孔子是势利者了。[3]摘录者其实比鲁迅更甚,只考虑自己行文的方便,不考虑特定语境,不顾及原文本义及上下文关系,也不考虑被评判者的一生行状。[4]

《狂人日记》中狂人半夜看出"吃人"二字的场景,一向被解释为对儒学精髓的"仁义道德"的有力批判,也很容易就被人用来迁怒于孔子。注释者写道:"吃人!这是鲁迅通过'狂人'之口,对孔孟之道所作的最深刻、最本质的揭露。"[5]几乎所有的言论集都

---

1 中山大学中文系现代文学组编《鲁迅批孔杂文选读(续集)》,广东,广东人民出版社 1974 年版,第 54 页。

2 鲁迅《坟·杂忆》,《鲁迅全集》第 1 卷,第 237 页。

3 天津汉沽第一中学大批判组编《鲁迅批孔文摘》,天津,天津人民出版社 1974年版,第 8 页。

4 有的言论集解释为"意思是不要与不及自己的人交朋友"。这就是"语录""摘句"的弊端之一。

5 见北京师范学院中文系编写组编《鲁迅批孔与批尊孔言论选辑》。

选录了小说中这段描写。但鲁迅这里指的并不一定是《论语》等经典，他往往是指后世对孔子学说的歪曲，或者打着"仁义道德"的旗号欺骗人民的统治者及其帮凶、帮闲们的文字。鲁迅有几篇小说中的人物显露出旧礼教维护者的反动本质和可笑嘴脸，如《肥皂》《孔乙己》《高老夫子》里的形象，卫道士的虚伪和科举制度受害者的悲惨遭遇无疑使读者对儒家思想产生极大的反感。鲁迅讽刺的对象主要是那些把忠孝节义等健康的行为规范鼓吹到不近人情、令人厌恶的程度的理学家。

关于宽恕，孔子说："吾道一以贯之，忠恕而已矣。"鲁迅批孔反儒，反帝反封建，给人的印象是不讲宽容的，人之将死，其言仍不善。《死》一文中仍斩钉截铁地说："我一个都不宽恕。"在"以阶级斗争为纲"的时代，人们更多地重视鲁迅的斗争性，这"不宽恕"的言辞让读者听起来很过瘾解气。其实，他的"一个都不宽恕"也有特定的语境。事实上，他也曾犹豫不决："有时也觉得宽恕是美德，但立刻也疑心这话是怯汉所发明，因为他没有报复的勇气；或者倒是卑怯的坏人所创造，因为他贻害于人而怕人来报复，便骗以宽恕的美名。"[1]他强调的是人与人之间相互待之以恕，与孔子的教导同意。孔子一生讲仁恕，但却在做官期间杀了少正卯，使后来的批判者讽刺他的言行不一。此事是否属实，尚待讨论。少正卯是所谓"鲁之闻人"，史书上无生年而有卒年——亦即孔子诛之之年。注释者因此发挥道，少正卯"可能是后来法家的先驱者"。[2]这件事，也只说明孔门不是一味讲仁恕的事实。鲁迅对朱熹惩罚妓女的评论，很多言

1　鲁迅《坟·杂忆》，《鲁迅全集》第1卷，第236页。
2　见中山大学中文系现代文学组编《鲁迅批孔杂文选读（续集）》。

论集的解释都说这是鲁迅在讽刺孔子仁恕学说的虚伪性。而鲁迅的意思是，不该仁恕的时候就不能仁恕："道学先生遇见不仁不恕的人们，他也就不能仁恕。所以朱子是大贤，而做官的时候不能不给无告的官妓吃板子。"[1]

鲁迅遗嘱的第五条是："损着别人的牙眼，却反对报复，主张宽容的人，万勿和他接近。"[2]如果从反面理解，若遇见并不损人而主张宽容的人，鲁迅也是能够理解而且施行宽恕的。他说过，他虽有很多怨敌，"但实为公仇，绝非私怨"。[3]也就是说，如果是私怨，他是能够宽恕，而且早已宽恕了，不必要再来举办西方式的临终宽恕仪式。[4]

五

那个时代几乎所有的鲁迅言论集都选录了《在现代中国的孔

1 鲁迅《论俗人应避雅人》，《鲁迅全集》第 6 卷，第 211 页。

2 鲁迅《死》，《鲁迅全集》第 6 卷，第 635 页。

3 鲁迅致杨霁云信（1934 年 5 月 22 日），《鲁迅全集》第 13 卷，第 113 页。

4 马克思、恩格斯不信教，并且斥责宗教是麻醉人民的鸦片。在西方普遍信教的氛围中，马克思的安葬仪式虽然没有宗教色彩，但恩格斯在其墓前发表讲话，也还是讲到宽恕问题："马克思是当代最遭忌恨和最受污蔑的人。各国政府——无论专制政府或共和政府，都驱逐他；资产者——无论保守派或极端民主派，都竞相诽谤他，诅咒他。……而我敢大胆地说：他可能有过许多敌人，但未必有一个私敌。"详见恩格斯《在马克思墓前的讲话》，马克思、恩格斯《马克思恩格斯选集》第 3 卷，北京，人民出版社 1995 年版，第 776—778 页。

夫子》和历史小说《出关》，或全文照录，或拆成片段，分入各个类别。有一本文摘这样评论道："我国历史上反孔与尊孔的斗争，在鲁迅的作品特别是他的杂文中有着充分的、正确的反映。因此，我们在编选中除把《在现代中国的孔夫子》这篇光辉的马克思主义的讨孔檄文放在前面外，所选的一百多条语录均按写作或发表的年月日期加以排列，并稍加注释与说明。"[1]还有的言论集把这篇"有力的讨孔檄文""全文排在卷首，当作全书的导言"[2]。

《在现代中国的孔夫子》是1935年鲁迅为日本《改造》杂志所作文章，中译文最初发表于1935年7月在日本东京出版的《杂文》月刊第二号，题为《孔夫子在现代中国》。当时，日本汤岛建立了"圣堂"，国民政府派代表与孔门后裔一起应邀参加。鲁迅的文章主要是针对这些尊孔活动的。总起来看，鲁迅笔下的孔子形象，虽然不让人觉得亲近，但也不令人讨厌。令人讨厌的是后人对他的利用。鲁迅从这利用中总结出有名的"敲门砖"说。

鲁迅很关注这篇文章的反响，可见他是花了工夫，非常认真的。在给友人的信中，他表达了对文章在日本引起反响的喜悦。[3]文章对一个在中国历史上产生过巨大作用的人物做了比较全面的评价。他严肃地批评孔子的学说没有为老百姓着想，太专注于为统治者设计。这的确是孔子学说的根本缺陷，也是孔子不能同中国

1　北京广播学院新闻系编《鲁迅批孔文摘》，第132页。

2　北京图书馆编《鲁迅反对尊孔复古言论选辑》，北京，文物出版社1974年版，第156页。

3　鲁迅致增田涉信（1935年6月10日），《鲁迅全集》第14卷，第359页。信中说："《孔夫子》（指《在现代中国的孔夫子》——引者）也承夸奖，据说还有赞同的文章，闻之颇为安慰。"

普通老百姓相通之所在，由此造成中国封建社会政治体制的一大弊端：上下难以沟通，人民不得做主。

中国究竟应该有什么样的中心思想，使人民在日常生活中不但能从中找到行动的指针，而且找到心灵的归宿，鲁迅在这篇文章中没有说明，在晚年其他的言论中也没有明确地申说。他不满于孔子的思想，却不能建立一种能让整个社会信奉的思想——这样说，是对历史人物的苛求，正如把近代中国遭受的屈辱归咎于孔子及其学说也是苛刻之论一样。

言论集的编辑者强调鲁迅对孔子思想的批判，及后世统治者对孔子的利用，但较少注意到或者有意忽略了鲁迅对孔夫子的同情笔墨。文中有一段话将孔子一生行状写得很生动："孔夫子做定了'摩登圣人'是死了以后的事，活着的时候却是颇吃苦头的。跑来跑去，虽然曾经贵为鲁国的警视总监，而又立刻下野，失业了；并且为权臣所轻蔑，为野人所嘲弄，甚至于为暴民所包围，饿扁了肚子。弟子虽然收了三千名，中用的却只有七十二，然而真可以相信的又只有一个人。有一天，孔夫子愤慨道：'道不行，乘桴浮于海，从我者，其由与？'从这消极的打算上，就可以窥见那消息。"[1]

在很多言论集中，这些地方都是作为滑稽笔墨来展示，一般还加上"鲁迅笔下孔老二的丑恶形象"的标题。同样，鲁迅还有一篇文章，从孔子晚年"割不正不食""食不厌精，脍不厌细""不撤姜食"的饮食习惯，推定孔子有胃病。[2]多数言论集都将这种习惯作为孔子的"丑态"加以解说和批判。应该说，这里更多的是幽默之趣，而非讽刺笔法。

1　鲁迅《在现代中国的孔夫子》，《鲁迅全集》第 6 卷，第 326—327 页。

2　鲁迅《坟·杂忆》，《鲁迅全集》第 4 卷，第 518—522 页。

另一篇是小说《出关》中孔子的几段描写，除了形象地描写孔子拜见老子时听了老子的教训，亡魂失魄，像"一段呆木头"外，讽刺笔墨也不多。[1]鲁迅在解说创作意图时，明确指出，在情节设置、人物形象塑造方面，他是受了章太炎观点的启发。章氏在《诸子学略说》中说："老子以其权术授之孔子，而征藏故书，亦悉为孔子诈取。孔子之权术，乃有过于老子者。孔学本出于老，以儒道之形式有异，不欲崇奉以为本师；而惧老子发其覆也，于是说老子曰：乌鹊孺，鱼傅沫，细要者化，有弟而兄啼。（见《庄子·天运篇》。意谓已述六经，学皆出于老子，吾书先成，子名将夺，无可如何也。）老子胆怯，不得不曲从其请。逢蒙杀羿之事，又其素所怵惕也。胸有不平，欲一举发，而孔氏之徒偏布东夏，吾言朝出，首领可以夕断。于是西出函谷，知秦地之无儒，而孔氏之无如我何，则始著《道德经》，以发其覆。借令其书早出，则老子必不免于杀身，如少正卯在鲁，与孔子并，孔子之门，三盈三虚，犹以争名致戮，而况老子之陵驾其上者乎？"[2]章太炎将学术史与政治斗争紧密联系起来，以近代中国政治学术生态模拟古代情状，鲁迅虽然也"并不信为一定的事实"[3]，但现实中不无切身感受。他壮岁既遭围攻，被革命文学家贬作"封建余孽""世故老人"，斥为"落伍"；晚年面对左右两翼年轻人类似章太炎描述的孔子对待老子那种咄咄逼人的进攻势头，卧病应战，心力交瘁。鲁迅的伤心和反感不言而喻。按理说，《出关》中的老子形象应该有鲁迅的影子。但

---

1 鲁迅《故事新编·出关》，《鲁迅全集》第 2 卷，第 455 页。参见鲁迅：《从中国女人的脚，推定中国人之非中庸，又由此推定孔夫子有胃病（"学匪"派考古学之一）》。

2 章太炎《诸子学略说》，《国粹学报》1906 年第 4 期。

3 鲁迅《且介亭杂文末编·〈出关〉的"关"》，《鲁迅全集》第 6 卷，第 539 页。

当一位读者评论说他"读了之后，留在脑海里的影子，就只是一个全身心都浸淫着孤独感的老人的身影"[1]时，鲁迅声明说："至于孔老相争，孔胜老败，却是我的意见：老，是尚柔的；'儒者，柔也'，孔也尚柔，但孔以柔进取，而老却以柔退走。这关键，即在孔子为'知其不可为而为之'的事无大小，均不放松的实行者，老则是'无为而无不为'的一事不做，徒作大言的空谈家。要无所不为，就只好一无所为，因为一有所为，就有了界限，不能算是'无不为'了。我同意于关尹子的嘲笑：他是连老婆也娶不成的。于是加以漫画化，送他出了关，毫无爱惜……"[2]岂止是对其早年服膺的进化论的重申，更是积极进取的人生哲学的宣示。

鲁迅对孔子思想中的一些积极因素一直是肯定的。但"批林批孔"运动中发行的有些鲁迅言论集，在解说这篇作品时说：鲁迅"毫无爱惜彻底否定了老聃，同时也勾画出了为维护奴隶制奔走活动，'事无大小，均不放松'的阴谋家孔丘的丑恶面目"[3]。徒托空言既不好，积极进取又有夺权的嫌疑，真让人进退两难了。

1934年8月27日，《大公报》发表社评《孔子诞辰纪念》说："民族的自尊心与自信力，既已荡焉无存，不待外侮之来，国家固早已濒于精神幻灭之域。"提出应该弘扬民族文化，回归以孔子为代表的儒家传统。鲁迅写了《中国人失掉自信力了吗》一文，对这篇社评做了回应。其中一段话为读者所熟知，一贯作为鲁迅对中国民族积极进取精神的正面肯定："我们从古以来，就有埋头苦干

---

1 邱韵铎《海燕读后记》，《时事新报·每周文学》1936年第21期。

2 鲁迅《且介亭杂文末编·〈出关〉的"关"》，《鲁迅全集》第6卷，第540页。

3 人民文学出版社编《鲁迅批孔作品选读（试编本）》，北京，人民文学出版社1974年版，第137页。该书选辑鲁迅小说散文中"有关批判孔孟之道或有类此内容的作品九篇"。

的人，有拼命硬干的人，有为民请命的人，有舍身求法的人……虽是等于为帝王将相作家谱的所谓'正史'，也往往掩不住他们的光耀，这就是中国的脊梁。"[1]

有的言论集把《中国人失掉自信力了吗》编入"'天命论''天才论'是反动派统治人民的唯心理论"一类，说鲁迅在这篇文章中批判了孔子的运命说，肯定了劳动人民积极斗争改变世界的伟大创造力，又引用鲁迅的一句话"世界正是由所谓'愚人'造成，聪明人决不能支持世界"，证明普通劳动人民才是中国的脊梁。[2]但鲁迅所说"正史"中记述的脊梁式人物，出于各个阶层，包括读圣贤书出身、信奉儒家正统思想的所谓"士人"。读圣贤书出身的鲁迅其实也是在儒学传统的浸润中成长的，他主张为人生的文学，要挽救世道，端正人心，他的"救救孩子"的呐喊，着眼于天下国家和子孙后代。

孔子"知其不可为而为之"，堪称有拼命硬干的精神；如果把鲁迅列入"埋头苦干"一类人中，也不算夸张。

六

鲁迅在《在现代中国的孔夫子》中说，那些把孔子当作"敲门砖"的人，不但自己失败，而且带累孔子陷入了悲境："既已厌恶

1　鲁迅《且介亭杂文·中国人失掉自信力了吗》，《鲁迅全集》第6卷，第122页。
2　北京师范学院中文系编写组编《鲁迅批孔与批尊孔言论选辑》，第11页。

和尚，恨及袈裟，而孔子之被利用为或一目的的器具，也从新看得格外清楚起来，于是要打倒他的欲望，也就越加旺盛。所以把孔子装饰得十分尊严时，就一定有找他缺点的论文或作品出现。"[1]的确如此，后世对于文化先贤，特别是升为偶像的巨擘，严肃的批评和商榷有之，"抹黑"和"泼粪"的行为也有之，孔子和鲁迅都不能逃脱这样的命运。

评价古人，忌讳在人物的"私行"上做文章。但中国古已有之、至今不衰的"大批判"，往往无中生有，捕风捉影，因为不如此，就很难把一个人"批倒批臭"。对于思想家，特别是道学家，好事者、佻达人又特别想窥探他们的隐私，希望寻些破绽。

"子见南子"一事常被人当作孔圣人道德的"疑似"缺点，鲁迅私下里也有议论。鲁迅1934年6月7日致日本友人山本初枝的信中说："君子闲居为不善。孔夫子漫游一生，且带了许多弟子，除二三可疑之点外，大体还可以，但如果闲居下来，又当如何？我实在不能保证。尤其是男性，大概都靠不住，即使久在陆上住，也还是希罕陆上的女性。至于会不会厌倦，是个问题，但依我说，还是不要多说为好。"[2]从信的语气中推测，大约是在回答日本友人山本初枝所提出的"岛国男子对于女子容易变心"的问题。不过，这是一种非正式的、世俗的观点，而且表达得也不很明确——那也许本来就不是一个值得回答的问题。鲁迅所讲"二三疑点"很笼统，总体上却是在表扬孔子。鲁迅写过《关于〈子见南子〉》一文，摘抄报刊材料，自己的议论不多，所以"批林批孔"时期的鲁迅言论集多不收录。这篇抄录文件中，鲁迅并没有喊喊喳喳，而只对孔子

---

1 鲁迅《在现代中国的孔夫子》，《鲁迅全集》第6卷，第326—327页。

2 鲁迅致山本初枝信（1934年6月7日），《鲁迅全集》第14卷，第304—305页。

故里演出《子见南子》一剧引发的争端给予关注，剧本是在他主编的刊物上发表的，演剧活动遭遇了打击，他自然也负有责任。[1]他反对的主要是地方政府和孔子后裔利用这个事件，沆瀣一气，以政治力量干涉文艺。其实，从关于孔子见南子的相关记载中，他倒看到了孔子的可爱之处，说："即使是孔夫子，缺点总也有的，在平时谁也不理会，因为圣人也是人，本是可以原谅的……在那个剧本里，有孔夫子登场，以圣人而论，固然不免略有欠稳重和呆头呆脑的地方，然而作为一个人，倒是可爱的好人物。"[2]的确，孔门弟子将这件事记录下来，而且还如实反映子路的不满，既表现了孔子的性情，也表明了孔门的自由空气，体现了《论语》这部经典的朴实品格。

鲁迅本人承认他对孔子的确有些不恭敬，知道这一点，我们现在也应该能理解年轻人对鲁迅的不恭敬，二者有类似之处。鲁迅批评前人，自己又不免被后人指责，这种"恶性循环"，实属正常现象。鲁迅对孔子儒家的批判还能把握一定分寸，不算太"偏至"；"批林批孔"时期的很多鲁迅言论集编者就难以做到，对孔子的形象加以歪曲，使读者以为鲁迅对孔子十分反感。

孔子一生并不亨通，有时甚至颇显凄惨。晚年鲁迅写这些杂文和小说，在对孔子施以嘲笑的同时，又寄予同情，或不免联想到自己。孔子发牢骚说要到海外发展，身边至少有一个子路保驾。假如鲁迅远行（到苏联或日本），他的"由"在哪里呢？郁愤在心，积

1　鲁迅《集外集拾遗补编·关于〈子见南子〉》，《鲁迅全集》第 8 卷，第 316—336 页。《子见南子》是一出独幕话剧，林语堂编剧，最初发表于 1928 年 11 月《奔流》月刊第 1 卷第 6 号。

2　鲁迅《在现代中国的孔夫子》，《鲁迅全集》第 6 卷，第 328—329 页。

劳成疾，终未成行。孔子之言，仅为出于愤慨之假设；鲁迅有心而无力，实已处无奈之境了。

七

　　鲁迅之被选为批孔先锋，除了他自己对孔子有不恭敬言论外，实在有时代的原因。"五四"新文化运动时期的几个代表人物因为发表激烈的反传统言论，本来容易被贴上"批孔反儒"的标记。但论言辞激烈程度，鲁迅其实不如陈独秀或吴虞。无奈这两个人物在新中国都失去了"先进性"，只好由鲁迅担负重责了。

　　但如果看鲁迅后来思想的发展，并综合他的全部言论，就不会简单地给他戴上"反孔"的帽子。中国历史上出现过不少"非圣无法"的人物，魏晋时期阮籍、嵇康便是，后者的思想和文章鲁迅十分熟悉。但正如鲁迅所说，魏晋人物虽然表面激烈，实际上却是恪守礼教的迂夫子："老实人以为如此利用，亵渎了礼教，不平之极，无计可施，激而变成不谈礼教，不信礼教，甚至于反对礼教。——但其实不过是态度，至于它们的本心，恐怕倒是相信礼教，当作宝贝……""魏晋的破坏礼教者，实在是相信礼教到固执之极的。"[1]

　　"批林批孔"运动存在先天的矛盾。如果尊孔是为了维护现

<hr />

1　鲁迅《而已集·魏晋风度及文章与药及酒之关系》，《鲁迅全集》第3卷，第535—537页。

存秩序，亦即维护毛主席的权威，那么，批判孔子就没有正当的理由。如果说林彪"复辟"是为了否定"文革"，提倡仁政，讲求和谐，制止自相残杀，今天看来，这种批判就更没有合理性了。而含沙射影地批判"周公"，则仅仅"射中"一个"周"字，一般老百姓很难理解其中奥妙。此种政治斗争手段，仅当事人心知其意罢了。

鲁迅与林彪当然接不上头，为了批林而去批孔，又为了批孔请出鲁迅，这弯子实在绕得太大了。如果说孔子是这场运动的陪衬，那么，鲁迅也是。因此，鲁迅没有也不可能完成"批林批孔"的艰巨任务。这场运动的效果，如前所述，就是给全国人民提供一个读点鲁迅、捎带着也读点孔子的机会。

孔子历经尊崇和贬抑，至今仍屹立在中国文化史上。现在，孔子学院遍及世界，孔子的雕像，连同他删定的经典，"乘桴浮于海"，由在"批林批孔"运动前后成长起来的几代人替他实现着"海外发展"计划。中小学教科书里也选录了《论语》片段。甚至还有尊孔崇古之士开设读经班、国学班，用"四书五经"来教导童蒙。

"现代圣人"鲁迅，还要在文化发展的历程中经受风吹雨打。

（原载《鲁迅研究月刊》2010年第8期）

鲁迅语录阅读札记

　　本文所说的鲁迅语录，不只包括20世纪六七十年代印刷发行的像《毛主席语录》一样的红色（或棕色）塑料皮、64开本的书籍，也包括同时或此前此后出版的类似读物，有的名为语录，有的则以"言论集""言论选""名言录""妙语录""箴言""语粹"或"鲁迅论××"等名目出现。

　　语录，顾名思义，就是把说的话记录下来，本是传道授业时师生问答的记录，如《论语》。后世不少哲人、教育家及其弟子仿效此法。殆至近世，语录一度成为政治人物的专用体裁。

　　鲁迅是著作家，因此，从他的著作中选出来的段落的结集，严格地说并不符合语录的原义。而鲁迅平时的讲话，记录下来的却不多。现存鲁迅谈话，有的是讲演记录稿，如经鲁迅修改，收入文集，自然也视为著作；未经鲁迅审阅的，鲁迅本并不承认，入选"语录"，依据不足；同时代人回忆录中所记鲁迅谈话，可信度也成问题。许广平女士在鲁迅晚年时开始做一件工作，就是把鲁迅平日的零星谈话记录下来，像18世纪英国作家詹姆斯·鲍斯威尔（James Boswell）为了写大文豪塞缪尔·约翰逊（Samuel Johnson）的传记，经常跟随左右详细记录其言行那样。许广平与鲁迅朝夕相处，条件自然比鲍斯威尔更为优越。可惜这项工作起步太晚。鲁迅去世前，她只记录了三次。[1]

"文革"时期的鲁迅语录版本虽多，但多为非正式出版物。"文革"距今虽只四十多年，但时移世变，毛主席语录、鲁迅语录早入"古董"之列，搜求匪易。因见闻有限，本文只能做些零星的札记，全面深入的研究仍有待于渊博的学者。

一

鲁迅逝世后不久，就出现了"鲁迅语录"。例如《中流》杂志以"鲁迅先生语录"为"补白"，所录有《记念刘和珍君》中的激越抗议之言，也有"中国人不但'不为戎首''不为祸始'，甚至于'不为福先'，所以凡事都不容易有改革"这样的国民性批判话语。[2]

第一本鲁迅语录的编者是雷白文，其《鲁迅先生语录》以编年体方式，选取从1918年到1936年间鲁迅语录200条，1936年12月由编者自费印行，印数2220册。书名中以"先生"称鲁迅，说明鲁迅刚刚离世，文化人对他仍有一种若在身边的感觉。

该书《编例》说明了选录标准之一是"鲁迅先生平日所讲的话，由他人所记录的，也都录入"。即如该书扉页上的题记所引用

1　许广平《片段的记述》，《中流》1936 年第 1 期。

2　《中流》的哀悼鲁迅先生专号中就开始以鲁迅语录为补白，如第一卷第五期第271、278、303、309 页。以后很多期都有引用。

的"我好像一只牛，吃的是草，挤出的是牛奶，血。"本是许广平悼念鲁迅的诗《鲁迅夫子》中的几行。[1]这条语录所用比喻生动形象，易于记诵，唯欠缺一点谦虚精神，如果改成许广平赞颂鲁迅的话，就显得更为恰当。话说回来，如果鲁迅确实如此说过，实事求是，反更难得。雷白文因为重视语录的本义，收录他人记录的鲁迅话语颇不少。前面提到的许广平的《片段的记述》，几乎全被选入。此外还使用了内山完造、白危、唐弢等撰写的回忆录中所记的鲁迅谈话。

更多的文字还需要从鲁迅的著作中选取，虽然那时鲁迅著作尚未完整出版，有些年份，例如早期，不得不付之阙如。但其实鲁迅的杂文集《坟》中，就收录了1918年前的一些文章。作者出于何种考虑没有从《坟》中摘抄条目，《编例》中未加说明。

或因条件限制，或因编者粗心，有些入选条目显然不妥。例如，《海上述林》"现实"之部中的《文艺理论家的普列汉诺夫》里有一段话，是为普氏辩护的。从书后的《再记》中可知，编者把《海上述林》也算作鲁迅的著译了。其实那是瞿秋白的译文集。

该书的发行量在当时不算小。编者说，为了避免人们说他是"吃鲁迅饭"，在多次与鲁迅遗孀联系未果的情况下，他在后记之外，又加印了一页"再记"，连同勘误表，贴在书后，并引用鲁迅语录自我解嘲道："我并没有把鲁迅先生的'死尸'作为自己'沽名获利之具'，而因为如此，连姓名都是另外加上的。"

那么，化名雷白文者究竟是谁？该书刊载的鲁迅逝世前十天的一通手札影印件，透露出收信人费明君乃是语录的编者。鲁迅给他

1　许广平《片段的记述》。

的那封信，是关于《珂勒惠支版画选集》出版情况的。[1]

1939年，在桂林的宋云彬开始从鲁迅杂感集中选编《鲁迅语录》。在编辑过程中，《鲁迅全集》出版了。据他回忆，1940年初，他购买了一套《鲁迅全集》，系统阅读，继续摘抄语录。在编辑过程中，他看到雷编《鲁迅先生语录》，发现与自己的编选思路不一样，觉得自己可以进行选编。到1940年10月，他编的《鲁迅语录》由桂林文化供应社首印1.8万册，1942年3月再版加印3000册。一本书印两万多册，这在当时不是个小数目。因而，文化界就有了传言，说宋云彬在自己的出版社里得了很多稿费，在"吃鲁迅"。宋云彬只好写文章说明真情："《鲁迅语录》抽百分之十的版税，但当时定价低，实际上并未抽到多少钱，第一次的版税我曾托人带去捐给某学校了，但又不曾公开声明。"由此可见当时包括"语录"在内的鲁迅著作在读者中受欢迎的程度。

宋云彬这样解释他编选《鲁迅语录》的初衷："宋朝的理学家有语录，苏联的高尔基也有人替他辑语录，我何妨也来辑一册《鲁迅语录》。"宋云彬辑的《鲁迅语录》共360则，分上下编20个专题。所选只限于《鲁迅全集》，散见于报章的鲁迅谈话及书简中的语句都没有选入。

关于编选的方法，编者说，一开始是拿《鲁迅全集》，边读边

---

1 鲁迅致费明君信（1936年10月9日），《鲁迅全集》第14卷，北京，人民文学出版社2005年版，第164—165页。《鲁迅先生语录》刊载这封1936年10月9日信的手迹时，其上叠印的一张鲁迅照片覆盖了部分内容。《鲁迅全集》的注释这样介绍收信人："费明君（1912—1975），浙江宁波人。曾任汉口《平报》、南京《新京日报》文艺副刊编辑，当时（指与鲁迅通信时——引者）在日本留学。"又据查证，费明君新中国成立后任教于华东师范大学，1955年被打成"胡风集团"骨干分子，1973年死于劳改农场。参见陈梦熊《最早编印的〈鲁迅先生语录〉》，上海《文汇读书周报》第938期。

把里面的警句摘录下来。"最初选得很谨严，只拣句子简短而意境隽永差不多可以当作格言的，才写下来；后来觉得这个办法不对，重新再选。可是问题来了：有几篇文章，简直语语警辟，句句精练，把它全篇抄下来吗，那不成其为'语录'了，中间摘几句吗，则往往首尾不全，使读者看了莫名其妙。取舍之间，颇觉为难。"这段话倒说出了语录编选的最大难点。

宋编分类比较细。其显著特点是把整个上编的篇幅都献给了文艺。看子目，分得更细，文艺与现实，文学与革命，旧形式与大众化，连木刻、图画、艺术修养都有，但也有过于琐细的毛病，如中国书、外国书、古书、评选本。甚至还有"文艺家的联合"这样的题目。下编比较注重思想、文化、历史、社会。但也有"帝国主义、苏联、托派"这样的题目。有些还很注重意象塑造，类似现在的关键词，更加生动，如"狗、奴才、流氓、帮闲"。有些显然还没有想清楚，例如"破坏、革新（革命）、战斗（叫唤、活动）、牺牲"。最后的"杂类"大约是无法归类的，但头几条关于暴君统治，其实可以归入"历史、社会、文化等"一类。

编者在序言中说："分类也很难。宋儒语录，谈的无非是'理气''心性'之类，分别归类还容易；鲁迅先生的文章里可以说是无所不谈，要立几个大类把它分别归进去，往往是不可能的。然而不分类也不行，没有办法，只好在大体上把它分一下：先分'上编'和'下编'，每编再分若干类。"该书分类比较凌乱，大约是为了同第一本语录的编年有所区别而不得不分类，因时间仓促，他来不及细加斟酌。

除了雷白文、宋云彬编选的鲁迅语录，还有1941年4月由上海激流书店印行的舒士心编《鲁迅语录》和1946年10月由上海正气书局印行的尤劲编《鲁迅曰——鲁迅名言钞》。

舒士心编辑的《鲁迅语录》于1941年1月由上海激流出版社初版，也采用分类法：1.道德、思想、文化；2.解放、改革、反抗；3.文学与艺术；4.给青年的话；5.其他。这本语录还有以鲁迅出版社名义印行的一版，可见得到了版权所有人的认可。

《鲁迅曰》的封面上印着"讽刺幽默　针对现实"的标语。"曰"字显得颇为奇拔。鲁迅曾获得"民族魂"的称号，毛泽东在一次演讲中也称颂他是"现代中国的孔夫子"。"鲁迅曰"就把鲁迅同圣人并列了。但也许是担心一般人看不懂，编者添了一个副标题"鲁迅名言钞"。

该书分为15类：国家、社会、人民、青年、孩子、改革、文化、文学、文艺、文章、文字、女人、书、美术、杂谈。其编选过程很有趣，据编者说，原是为生病的孩子而选，为的是适宜儿童阅读。那么，鲁迅那些激烈的言辞应该少了吧？不然。第一条便是："凡有一件事，总是永远缠夹不清的，大约莫过于在我们中国了。"选自《不懂的音译》一文，本是对旧文明的批评，而非对国家的痛恨，放在"国家"类里不尽妥帖；又如关于牙痛，鲁迅说中国人马马虎虎不认真对待，也收在"国家"类里。编者可能是在浏览《鲁迅全集》时，见有"中国""国家"字样的段落，一律撮在一堆了。大抵这个时期的鲁迅语录，除了把鲁迅当作文学家这题中应有之义外，又突出鲁迅思想家的一面。鲁迅对文化、历史、国家等的论述占了相当多的篇幅。但哲学、法律方面的言论收录较少，那时，人们关心的问题并不是如何健全制度，而是战争、革命、改造国民性等更切实的问题。

此外，还有把鲁迅言论同其他作家言论合编一起的版本。如沙夫编的《作家语录》（桂林，综合出版社1943年版）。战时出版物纸张粗劣，版式简陋，错字不少，也没有前言和后记。该书选录中外35位作家的言论，中国均为现代作家，鲁迅居首，其他几位是郭沫若、茅盾、巴金、艾青和林语堂。亚洲其他国家只有日本的厨川白村和印度的泰戈尔。鲁迅语录共32则，每则不注明出处，也看不出时间顺序和分门别类。例如"真的猛士，敢于正视惨淡的人生，敢于直面淋漓的鲜血"，本是早期的文字，却排在最后；而晚年的"我是爱读杂文的一个"一段话，却排在靠前的位置了。

二

新中国成立后，鲁迅的地位虽然很高，但也许是国家百废待兴的缘故，很长时间内没有大规模的鲁迅著作出版。鲁迅语录这种小体裁不但没有新的品种，便是上述四种语录也没有重印。

鲁迅语录的大量出现，是《毛主席语录》兴盛以后的事。"文革"时期鲁迅语录最早出现的时间，目前尚未找到准确的材料。在1966年举行的纪念鲁迅逝世30周年大会上，出现了红皮本的《鲁迅语录》，由首都红代会新北大井冈山兵团"鲁迅纵队"编印。此书封面的大小、版式设计和字体都与当时的《毛主席语录》极为相似。扉页上有红色题词："毛泽东同志的伟大战友鲁迅精神不朽！让我们踏着文化革命先驱者鲁迅的足迹前进！让我们在伟大的毛泽东思想道路上前进！"查阅这次纪念大会的有关文件，这段话出自陈伯达所致闭幕词。那么，这本鲁迅语录可能是陈伯达指示或主持编写的。至于谁具体执行，在哪里出版，印刷了多少册，至今不明。

《毛主席语录》版本很多，有公开出版的，也有内部印行的，有油印的，也有手抄的。我所见到的几十种鲁迅语录，则有的叫语录，有的叫言论录（选），有的叫文摘，与《毛主席语录》在名称上不尽一致。

最早的鲁迅语录称鲁迅是"毛泽东同志的伟大战友"，系由当时主管意识形态的陈伯达和姚文元定调。早期的很多版本，都收录了陈伯达在纪念鲁迅逝世三十周年大会上的讲话。也有的版本全文收录或者摘编姚文元的文章。有的则将这两人的文字并列。我从旧书摊上买来的一本语录上，目录和正文中陈伯达的名字都被打了叉子，想必是原持有者在陈伯达也成了专政对象后所加。其中摘引的姚文元的一段文字可以拿来说明当时政治斗争中人物命运沉浮的常态："只有革命的人们，才有资格来纪念革命的战士，只有在新的历史条件下把革命继续推向前进，才是对于历史上无产阶级革命战士最好的纪念。"[1]

这些语录一般没有序言，而多以"后记"说明编辑思路。以北京师范学院"鲁迅兵"、北京鲁迅博物馆"红色造反队"和北京电车无轨一厂"烈火编辑部"编辑的版本为例，扉页上只有一行红字"献给无产阶级文化大革命"；标题页红色字体"鲁迅语录"，接下来的插页是毛主席评价鲁迅"三家五最"那段话，毛主席书写鲁迅诗《无题·万家墨面没蒿莱》手迹。再接下来是鲁迅照片，大多是鲁迅的"标准照"，即鲁迅50岁生日所拍、有横眉冷对风姿的照

1　陕西师范大学革命委员会"激扬文字"战斗队编《鲁迅语录》，第25页。

片。[1]紧随照片的是鲁迅手书"横眉冷对千夫指，俯首甘为孺子牛"一联。目录后的第一部分，是"毛主席论鲁迅"，摘录毛泽东各个时期对鲁迅的评价。

有的语录封面印上毛泽东军装像和毛主席语录："鲁迅是中国文化革命的主将，他不但是伟大的文学家，而且是伟大的思想家和伟大的革命家。"有的以毛泽东《在陕北公学鲁迅逝世周年大会上的讲话》为"代序"。毛泽东《在延安文艺座谈会上的讲话》对鲁迅的两句诗"横眉冷对千夫指，俯首甘为孺子牛"的解释，引用率也很高。毛泽东说，这两句诗"应该成为我们的座右铭。'千夫'在这里就是说敌人，对于无论什么凶恶的敌人我们决不屈服。'孺子'在这里就是说无产阶级和人民大众。一切共产党员，一切革命家，一切革命的文艺工作者，都应该学鲁迅的榜样，做无产阶级和人民大众的'牛'，鞠躬尽瘁，死而后已"。有一种语录上还引用了毛泽东的诗《七绝·纪念鲁迅》："真理在胸笔在手，无私无畏即自由。时光如涛荡泥土，砥柱触天立中流。"后加说明道："未经发表，仅供参考。"或者引用毛主席一段话，却署上"引自一九六七年六月十日张春桥同志的传达"，就很不合乎学术规范了。[2]可见当时编辑《鲁迅语录》的主要用意是用鲁迅的话来注解毛泽东思想。有了这个指导思想，鲁迅语录的第一部分几乎都是：对

1　也有语录本使用木刻鲁迅像，如毛泽东思想红卫兵福建师院中文系"凌云志"编辑的语录。上海市鲁迅纪念馆联合造反队、复旦大学中文系"鲁迅公社"、上海师院中文系"鲁迅兵团"编印的《鲁迅文摘》则使用了鲁迅 53 岁时为《活的中国》所摄照片。毛泽东主义红卫兵大连一中"火药兵团"编印的《鲁迅文录》则在封面使用木刻像，书中仍用"标准照"。关于鲁迅的"标准照"等，参见本书黄乔生《"开麦拉"之前的鲁迅——鲁迅照片面面观》。

2　南京无线电工业学校"东风"革命造反兵团编印《鲁迅语录》，第 4 页。

党和毛主席的无限敬仰、无限热爱；对无产阶级革命事业的坚定信念；热爱毛主席，拥护共产党；忠于毛主席的无产阶级革命路线。

有的版本，每部分都以毛主席语录作为导语，如"阶级和阶级斗争"部分的最高指示是："阶级斗争，一些阶级胜利了，一些阶级消灭了。这就是历史，这就是几千年的文明史。拿这个观点解释历史的就叫做历史的唯物主义，站在这个观点的反面的是历史的唯心主义。"连书中所附的"正误表"也少不了用最高指示提纲挈领："如果有了错误，定要改正，这就叫向人民负责。"[1]也有编辑者根据形势变化而自创体例。例如南京无线电工业学校"东风革命造反兵团"编印的语录（1968年3月）收录了《林彪同志委托江青同志召开的部队文艺工作座谈会纪要》。这个会谈纪要，"文革"初期的鲁迅语录并未收录。随着林彪地位的升高，江青要借重林彪的力量来抬高自己，因此有了这个文件。[2]这个纪要基本肯定了"以鲁迅为首的战斗的左翼文艺运动"，认为鲁迅提出的"民族革命战争的大众文学"口号，是"无产阶级的口号"，是正确的。但同时指出："有些左翼文艺工作者，特别是鲁迅，也提出了文艺要为工农服务和工农自己创作文艺的口号，但是并没有系统地解决文艺同工农兵相结合这个根本问题。当时的左翼文艺工作者，绝大多数还是资产阶级民族民主主义者，有些人民主革命这一关就没过去，有些人

---

1 如四川大学中文系革命委员会东方红"8·26"战斗团中文系分团暨南开大学卫东编辑部编印的两种《鲁迅语录》。有一个例外，北京师范学院"鲁迅兵"、北京鲁迅博物馆"红色造反队"和北京电车无轨一厂"烈火编辑部"编印的《鲁迅语录》第十三部分"改革创造、踏着先驱的足迹奋勇前进"所引最高指示为："人类总得不断地总结经验，有所发现，有所发明，有所创造，有所前进。——《周总理在第三届全国人民代表大会第一次会议上的政府工作报告》。"

2 刘武生《周恩来的晚年岁月》，北京，人民出版社 2006 年版，第 12—15 页。

没有过好社会主义这一关。"这里虽然没有断言鲁迅是否过关，但至少可以说明，鲁迅也有没有解决好的问题，并非"完人"。

几乎每本语录都有关于青年的一部分，无论是鲁迅逝世后，还是"文化大革命"中，因为这是一个很保险的题目。鲁迅也有进化论思想，一生愿意为青年服务，为青年呐喊。"文革"的主力——红卫兵们——都是青年，是鲁迅语录读者群的主体。大多数语录就把这部分题名为"青年"，有的则将"青年、妇女、儿童"编在一起，有的叫"激励青年斗志，培育新生力量"，有的叫"青年、学习"，有的则把相关内容编入"俯首甘为孺子牛"部分。这一部分引用的最高指示或者是"世界是你们的，也是我们的，但归根结底是你们的……"[1]或者是1966年毛主席给共青团九大的指示："青年人要敢想、敢说、敢做，要从各种狭隘限制中解放出来。"[2]所选条目如《灯下漫笔》中的"创造这中国历史上未曾有过的第三样时代（指劳苦大众翻身做主人的时代——引者），则是现在的青年的使命！"和《无声的中国》中的"青年们先可以将中国变成一个有声的中国。大胆地说话，勇敢地进行，忘掉了一切利害，推开了古人，将自己的真心的话发表出来"等，很切合"文化大革命"的主旋律。

但有些语录就收录了并非一味赞颂青年的话，也即鲁迅所谓进化论思想轰毁后的意见，如《三闲集·序言》中所说的："我在广东，就目睹了同是青年，而分成两大阵营，或则投书告密，或则助

<hr>

1　四川大学中文系革命委员会东方红"8·26"战斗团中文分团的《鲁迅语录》第297页。

2　南京无线电工业学校"东风革命造反兵团"编印《鲁迅语录》第192页。该书这一部分还有一条毛主席语录："我们一定要从上到下地、普遍地、经常不断地注意培养和造就革命事业的接班人。——转摘自《毛主席语录》第240页"。

官捕人的事实！"又如《导师》中的："近来很通行说青年，开口青年，闭口也是青年。但青年又何能一概而论？有醒着的，有睡着的，有昏着的，有躺着的，有玩着的，此外还多。但是，自然也有要前进的。"青年会分成各种派别，产生矛盾，互相残杀。这种场面鲁迅曾在广州亲身经历过。

有些语录很有针对性。例如，周扬倒台后出版的语录，就加入了批判周扬的条目。为了达到批判的目的，有的条目竟是长篇大论，失去了语录的本义。有的版本大段摘录鲁迅书信中的话，加以注解。如"我憎恶那些拿了鞭子，专门鞭扑别人的人们……"注释说："人们"当然是"指周扬一伙"。"我本是常常出门的，不过近来知道了我们的元帅深居简出，只令别人出外奔跑，所以我也不如只在家里坐了。"注释说："元帅指周扬。这个藏头缩颈、贪生怕死的胆小鬼却窃据了'左翼'的领导地位。"[1]南京无线电工业学校"孺子牛战斗队"在所编语录中收录了《鲁迅生平简介》（1968年3月），叙述到鲁迅去世时说："鲁迅因周扬、徐懋庸之流'大布围剿阵'，大要流氓术，'雄赳赳首先打上门来'的恶毒攻击，病势加重，虽经抢救无效，终于在上海山阴路大陆新邨寓所不幸逝世。""新南开"的《鲁迅文摘》（1968年1月）专设"对周扬一伙的斗争"一部分，杭州大学中文系革命委员会的《鲁迅语录》收录了1966年8月18日《人民日报》的编者按《周扬为什么拼命贬低和攻击鲁迅》；杭州大学和浙江人民出版社合编的《鲁迅言论辑录》转载了新北大公社文艺批判战斗团和人民文学出版社革命联合总部合

1　北京政法学院首都政法兵团红代会北京24中"12·26"战斗队编印《鲁迅言论录》，第180页。

编的《鲁迅三十年代对周扬一伙的批判斗争》。[1]

断章取义，是摘句固有的弊病。有的"言论选"只摘取合乎编者意图的话，而将上下文中不符合编者意图的话删去。如湖南人民出版社"红色出版兵"编辑的《鲁迅语录》在"创作方法"部分和新南开八一八编选的《鲁迅文摘》的"文艺的阶级性"部分收入鲁迅作于1931年的《答北斗杂志社问》。鲁迅原文共八条，编选者删掉了第五条和第八条。这两条的内容是："五、看外国的短篇小说，几乎全是东欧和北欧作品，也看日本作品。""八、不相信所谓中国的'批评家'之类的话，而看看可靠的外国批评家的评论。"这两段话极具战斗性和鲜明态度，但因为"东欧"有倾向苏联之嫌，日本的文学当时也已禁读，加上不读中国批评家的书而专读外国人的书，不免有"崇洋媚外"的嫌疑。可能因为这些原因，这两条被编选者舍弃了。

鲁迅思想的光芒和睿智毕竟是掩盖不了的。特别是关于文艺的语录，充满了真知灼见。而这一部分"文艺的继承和发展"所配的领袖的"最高指示"也颇有分寸："对于中国和外国过去时代所遗留下来的丰富的文学艺术遗产和优良的文学艺术传统，我们是要继承的，但是目的仍然是为了人民大众。对于过去时代的文艺形式，我们也并不拒绝利用，但这些旧形式到了我们手里，给了改造，加进了新内容，也就变成革命的为人民服务的东西了。"[2]

1　原载 1967 年 6 月《文艺战鼓》第 3、4 期合刊。

2　四川大学中文系革命委员会东方红"8·26"战斗团中文系分团的《鲁迅语录》、第 241—242 页。

三

    "文革"时期的鲁迅语录，从时间上看，以1966年到1968年为一个高潮。兰州大学中文系六七级红卫兵连"鹰击长空"、甘肃省戏剧艺术工作室"红三司"编的《鲁迅语录》"编后记"告诉读者，在此书出版之前，已经有十几种版本的《鲁迅语录》问世了。为了赶时间，也可能因为编辑力量不足，有些地方的《鲁迅语录》直接翻印北京的版本，如内蒙古宣教口"鲁迅兵团"就翻印了首都红代会新北大井冈山兵团"鲁迅纵队"编印的语录，首都红代会石油学院大庆公社编印的语录特地注明"据北京鲁迅博物馆《鲁迅语录》稿"。

    在那个时代，鲁迅语录的编选和印刷并不是轻而易举的事。广州红代会"钢三司"、华南师院中文系62级"红旗"编的《鲁迅言论选》（1968年1月）的编后记这样说："《鲁迅言论选》于去年十一月编就，以后在排印中，几番波折，历经辗转，受到多次干扰，关注她的人于百折中排除万难，付予努力，真可谓呕心沥血，而推迟至今始与读者见面。"编辑语录得力于"大串联"和"大协作"，是那个时代的特征。在首都红代会北京师范学院"鲁迅兵"等四单位编辑的《鲁迅语录》编后记中有这样一段话："《鲁迅语录》是革命大联合的产物，是革命大协作的结晶。在它编辑、整理、排印的全部过程中，得到了许多革命组织和革命群众的大力支持与热情帮助。"1968年5月长沙湖南人民出版社"红色出版兵"编辑的《鲁迅语录》后记中所列参加编辑的外地单位有北京师范学院"新师院公社"和鲁迅博物馆的"卫东联络站"。

鲁迅语录的编者大多是从事文字工作的专业人员。真正实现工农兵学鲁迅、讲鲁迅、用鲁迅还是有困难的。要想编得有个性、有特色，就必须要有水平较高的编辑或专业研究人员动脑筋，花工夫。当时很多青年跃跃欲试，想有所贡献。有篇文章提供了一点儿资料：

大约在1967年六七月间，世英（郭沫若之子——引者）向我提出一同编鲁迅语录。他说，这是音乐学院的一个学生让他编的，并许诺编好一定能印行。他如此描述那个学生："这个人只要想干什么，总是能干成的。"不久后我见到了这位能干的人物，他就是与世英一起去浙江料理后事的民英的好友铭述。世英对这项工作十分投入，我开始有些马虎，在他的感召下也认真了起来。我们各自通读《鲁迅全集》，详细摘抄卡片，然后把两个人的卡片放在一起，进行取舍和分类，拟定编目。我们常常为一条语录的取舍和归类相持不下，互相挖苦。有一回，编目已定，他又推倒重来，提出一个别出心裁的新方案，兴奋地说："如果你不同意这个方案，你就不是人！"我反唇相讥："看来你是现在才成为人的喽。"……他用的那套全集是他父亲的藏书，上面有郭沫若阅读时画的记号。……快到年底时，我们的工作已经完成，并由世英的未婚妻肖肖誊抄完毕，有厚厚一大摞，篇幅比当时人们编的版本都大得多，我相信思路也更为独特。不过，能干的林铭述始终未能把它印行，那一大摞稿子也不知去向了。[1]

1　周国平《我的心灵自传——岁月性情》，武汉，长江文艺出版社2004年版，第129—130页。

可以想见，当时有很多高校师生像郭世英那样参与了《鲁迅语录》的编选工作，但不能署个人名字，只能以组织的名义出版。编辑出版语录是为了革命事业，成品一般都没有定价。但也有例外，如湖南人民出版社"红色出版兵"编辑的语录，也许是职业习惯的作用，给语录定了价——0.40元。

有很多语录都是杂志编辑部组织人员进行的。陕西"激扬文字"编辑部的版本，不但有编者的前言，而且对书中的言论尽量多地加以注释，显示了严谨的编辑作风，虽然有的条目出处并不明确。例如，鲁迅等人为祝贺红军长征胜利发的贺电，后面加了注释"转引自北京鲁迅博物馆"，显然是从博物馆的展览上取来的，因为下面几行小字正是展览说明词："当以毛主席为首的中国共产党领导中国工农红军取得了二万五千里长征的伟大胜利时，鲁迅致电热烈祝贺。"[1]

"文革"中的鲁迅语录或言论集的编辑印行，可以分为前后两个时期。前期仿毛主席语录体式，自是时代风气使然。不但毛主席、鲁迅语录充斥，也有尝试将毛主席语录和马恩列斯语录合编的，甚至还出版过《林彪语录》。20世纪70年代初，特别是"林彪事件"后，高举语录本，钦诵最高指示的狂潮消歇，语录这个名目只有毛主席可以使用，"红宝书"形式的马恩列斯、鲁迅语录不再发行，而代之以言论集、言论选——实质上仍然是语录。

后期则社会稍稍安定，言论集的编纂渐渐转入科研院所和高校，一般都作为正规出版物出版。但鲁迅在舆论上充当先锋的角色没有改变。人民文学出版社1973年出版的《鲁迅言论选辑》，分专题出版了多辑：论无产阶级革命与无产阶级专政，论教育革命，

1　陕西师范大学革命委员会"激扬文字战斗队"编《鲁迅语录》，第3页。

论文艺革命，论科技革命，等等。"批林批孔"时期出版鲁迅有关孔子和儒家的论述，又掀起鲁迅语录出版的高潮，如《鲁迅批孔反儒文辑》（人民文学出版社，1974）、《鲁迅批孔作品选读》（人民文学出版社，1974）、《鲁迅批孔评法文摘》（山东人民出版社，1976）、《鲁迅批孔与批尊孔言论选辑》（北京人民出版社，1974）、《鲁迅批孔文摘》（天津人民出版社，1974）、《鲁迅批孔反儒杂文选》（广西人民出版社，1974）、《鲁迅批孔杂文选读》（广东人民出版社，1974）、《鲁迅反孔作品选讲》（北京人民出版社，1974）、《鲁迅论孔子》（内部发行，中山大学中文系编，1973）、《鲁迅批孔文摘》（内部发行，北京广播学院新闻系编，1974）、《鲁迅批孔文选讲解》（厦门大学中文系1973级工农兵学员编，陕西人民出版社，1974）等。[1]

此后几乎每次政治运动，都少不了鲁迅言论集配合出版，当然，规模要比"文革"鼎盛时期和"批林批孔"时期小得多。例如，为了配合"评《水浒》"运动，出版了《鲁迅关于水浒的论述》（人民文学出版社，1975年）、《鲁迅评水浒文章选读》（吉林人民出版社，1975）等。后者开头引用毛主席语录，是毛泽东论《水浒传》的两段话，一段主题是反对投降，一段谈宋江"屏晁盖于一百零八人之外"，"搞修正主义"的问题。卷首引用了鲁迅《流氓的变迁》中的一段话："一部《水浒》，说得很分明：因为不反对天子，所以大军一到，便受招安，替国家打别的强盗——不'替天行道'的强盗——去了。终于是奴才。"该书虽然只选了鲁迅两篇文章《流氓的变迁》和《谈金圣叹》，然而印数达到20万

---

1 关于"批林批孔"时期的鲁迅言论集，参见本书《20世纪70年代鲁迅批孔反儒形象的塑造——以"批林批孔"运动中鲁迅言论集为中心》一文。

册。"批邓""反击右倾翻案风"时期，则有《鲁迅反复辟反倒退反投降文辑》（武汉大学中文系、长江航运管理局宣传处编，1976）出版发行。1977年5月，为了配合揭批"四人帮"，北京人民出版社出版了《鲁迅论假革命的反革命者》（《读点鲁迅》丛书之一），选录鲁迅文字，并加注释，第一部分的标题是"他是一个假革命的反革命者——痛斥张春桥等人"。该书出版说明中有这样的话："为了配合广大工农兵学习鲁迅著作和当前斗争的需要，我们编辑出版了《读点鲁迅》丛书"。从编注队伍的构成可以看出那时社会上对鲁迅著作的熟悉程度和生产方式：北京国营曙光电机厂鲁迅学习小组、北京第二汽车制造厂鲁迅学习小组、北京沙河钢铁厂鲁迅学习小组、北京水泥砖瓦厂鲁迅学习小组、中国科学院文学研究所文艺理论组。这种专家和群众相结合的模式颇为常见，只是"工农兵"中"农"和"兵"却很少出现。

四

毛主席语录停止出版，是在粉碎"四人帮"、解放思想和批判"两个凡是"之后。在相当长一段时间里，鲁迅语录也从市面上消失了。

"文革"结束后又十多年，鲁迅语录重新出现。这个时期编印的鲁迅语录，同"文革"时的鲁迅语录、言论集相比，有很大不同，从突出鲁迅的革命性、阶级性，转移到强调鲁迅的个人性及思想的深刻性。语录编选者比较注重鲁迅前期思想，特别关注鲁迅对中国历史和国民性的深刻剖析。[1]

湖南师范大学出版社出版的《鲁迅语录》（1992，陈漱渝、耿之涛编），篇幅颇巨（500多页），分为文艺撷谭、创作自述、人物评估、华夏剖析和世情漫议五个部分。虽然是选段，但编者力图涵盖鲁迅思想各个方面，因而差不多有了词典的模样。北京华夏出版社的《鲁迅语萃》（1993，钱理群、王乾坤编）则试图用当时的学术流行语将鲁迅的思想脉络梳理清楚，劈头第一部分就是"一切都是中间物"，第一小类的标题则是："没有人能够答复'人生，宇宙的最后究竟怎样'"，一看便知，编纂者是专家学者。四川人民出版社出版的《鲁迅语录》（1995，单力主编），虽然也有"论阶级""论斗争"之类的栏目，但同"文革"时的内容大不一样了。中国文联出版公司的《鲁迅箴言录》（1999，廖诗忠编），所设大标题有"解剖我自己""这样的战士""挖掘劣根，鞭笞弊端""冷眼中的世人与世事""文学及文坛及书"，突出了鲁迅个人精神生活及其独特思想，特别强调了鲁迅的自我解剖精神、鲁迅对国民性的批判、鲁迅的韧性战斗精神，意在显示鲁迅个人的独特魅力。广州花城出版社出版的《鲁迅语录新编》（2006，林贤治编注），也具有同样的特点。北京京华出版社出版的《鲁迅语录》（2004，张小星编），用了红色套封，虽然不是"红宝书"的规格，但也让人产生某种联想。这个版本给每条语录都加了标题，虽然有些标题不一定准确，但在概括方面做了努力。人民文学出版社出版的《鲁迅名言录》（2004，蔡昇曾、郑智编选），配以鲁迅所

1　杭州大学中文系革命委员会《鲁迅语录》编辑小组编印的版本后记中说："收入语录近五百条。以鲁迅后期的言论为主；对于前期作品中，虽然受了一定思想的局限，而议论精辟，见解独到的言论，亦酌情作了选录。"第248页。

编《近代木刻选集》作品。此外还有中国广播电视出版社的《鲁迅语录》（1992，劳马编）、天津社会科学院出版社的《鲁迅警世名言》（1991，李瑞山选编）等，兹不一一列举。

2010年3月，生活·读书·新知三联书店出版的《鲁迅箴言》是这类体裁的最新品种。分12类，共收录365条箴言。这本箴言没有收录讲话及未经鲁迅审定的演讲稿，口语化、漫谈式的段落很少。它去除了"文革"时期语录的那些革命性、战斗性言辞，没有了资产阶级、无产阶级、革命、叛徒、走狗等字样，尽量避免断章取义的任意编排，从学术上说是相当严谨的。编者强调鲁迅是中国20世纪新旧文化交替时期出现的文学家、思想家，对中国文明的反思极为深刻，批判也极其尖锐。关于中国历史，该书所选内容在比例上显得不均衡，"中国的脊梁"部分条目偏少，也就是说，鲁迅正面肯定中国民族性的文字不多。这样编排对于反思中国文化是颇具参考价值的。

《鲁迅箴言》的署名是"本书编辑组"，比"文革"时期的不署个人只署单位如鲁迅博物馆"红色造反队"鲁迅语录编辑组更加神秘。

2011年，在鲁迅诞辰130周年纪念日前夕，生活·读书·新知三联书店与日本的平凡社联合出版了中日文对照的鲁迅箴言，该书从《鲁迅箴言》的365条中精选130条，重新编排，分为六章：第一章"世界如此广大"，第二章"世相的花"，第三章"中国的脊梁"，第四章"做人"，第五章"希望正如地上的路"，第六章"读·写·思考·实践"。

事实上，这并不是第一个鲁迅语录的日译本。早在20世纪50年代，鲁迅的学生增田涉就编译了一本《鲁迅语录》。[1]增田涉在《编

---

1 〔日〕增田涉译《鲁迅の言葉》，大阪，创元社1955年版。

后记》中说，这本语录以舒士心编辑的《鲁迅语录》为底本，分类也从舒编，只将舒编的最后一部分"其他"全部删除了。书后附一个简要的《鲁迅年谱》。

2011年中日双语版的解说中，有这样一段话："鲁迅的文章其实不难，我初学中文时，日常会话且不论，为提高读解能力使用的课本是《野草》及《狂人日记》等小说原文，为此在很长时间里，我固执地认为鲁迅的词汇和文体颇为难懂，因为当时对评论和书信，几乎只读过译文。然而读完本书我才发现，鲁迅笔下的文章，尽管饱含讽刺与隐喻，却极为明快、简洁、易懂，《鲁迅箴言》可以作为接近鲁迅文体的入门书。"

语录选自文章，虽然脱离上下文，在意义上或者可能会有些损失，并且有断章取义的可能性，但也正因为脱离了上下文，使文字显得更有针对性，也更容易理解，容易记诵。

该书在中国和日本同时出版，同步发行。日本著名作家大江健三郎为本书题词："鲁迅的一篇篇小说、随笔是世界近现代散文之王，选取一行行就成为最好的诗集。"[1]鉴于这种编辑方式适合当前的阅读潮流，而大量翻译和出版鲁迅著作目前尚有困难，因此，鲁迅语录外文版倒是一个很好的方式。[2]

1　"文革"时期的鲁迅语录大多收录鲁迅诗歌，有的根据内容分列各类，有的则单列一类。新时期的版本也有这种体例，如单力主编的《鲁迅语录》，成都，四川人民出版社 1995 年版。

2　因为"文革"期间将毛主席语录作为向外输出革命理念的一种手段，因此翻译成多种外文发行。很少发现英文版《鲁迅语录》。在英文网站上搜索，可以找到的例子是："怀疑并不是缺点。总是疑，而并不下断语，这才是缺点。"（"To be suspicious is not a fault. To be suspicious all the time without coming to a conclusion is the defect."）

五

对鲁迅语录的历史回顾，我们可以得到有关鲁迅著作阅读和接受过程的资料。这种接受方式同全集、选集甚至单行本发行、中小学教科书收录等既有相同之处，也有很大差异。

提起鲁迅语录，人们很容易想到政治利用，这种利用以文本的减缩和重新编排为主要标志，要求话语的精练化——或者说——口号化，因此，断章取义、省略、连缀等手段司空见惯。我们从"文化大革命"时期的鲁迅语录中的确看到不少政治化处理的实例。但必须重申一个事实，鲁迅语录和毛主席语录有很大的不同。鲁迅语录早于毛主席语录，它不是毛主席语录的副产品。

既然并非政治化产品，鲁迅语录就应当也必定会有长久的生命力。这生命力来自鲁迅文字本身的品质。鲁迅著作语言精粹、凝练，见识高超，决定了他的文字适合选编为语录。这里不妨引用一段郁达夫的评论：

> 如问中国自有新文学运动以来，谁最伟大？谁最能代表这个时代？我将毫不踌躇地回答：是鲁迅。鲁迅的小说，比之中国几千年来所有这方面的杰作，更高一步。至于他的随笔杂感，更提供了前不见古人，而后人又绝不能追随的风格，首先其特色为观察之深刻，谈锋之犀利，文笔之简洁，比喻之巧妙，又因其飘溢几分幽默的气氛，就难怪读者会感到一种即使喝毒酒也不怕死似的凄厉的风味。当我们见到局部时，他见到的却是全面。当我们热中去掌握现实时，他已把握了古今与未

来，要全面了解中国的民族精神，除了读《鲁迅全集》以外，别无捷径。[1]

鲁迅语录与古代语录如《论语》看起来似乎很不同，但其实也有相通之处。鲁迅的语录不乏片面、激烈的言辞，可能会被指为缺少谦恭温和。其实，孔子也发誓赌咒，也辩解，也抒情，也埋怨；他有论断，有好恶，并非每件事都折中。鲁迅虽然也曾批孔，但对孔子的很多言论是认同和赞赏的。现在孔子语录也盛行起来了，古今"圣人"完全可以并行，不一定非要互相排斥。

鲁迅语录同理学家语录也不是没有承接关系的。宋明理学家喜欢语录体裁。他们多言天道、人性，有时还带些禅机。他们人生体验深刻，富于道德热情，像《朱子语类》《传习录》《呻吟语》等，现在仍亲切可读。文学家鲁迅的文字少教训，多对话和交流，注重形象，诉诸情感，虽少言天道人性，但也蕴含着充沛的道德热情。

正如选段或折子戏是一出戏的精华那样，一段话、一条语录，形状显得醒目，内容启人深思。人们做文章，不可避免地引述他人的话语和思考成果，无论是成篇选录，还是只言片语地引用。鲁迅本人善于使用这种形式，他的作品又成了广大读者、作者引用的经典文本。

技术的进步使人们之间的交流方式大大改变。当今，"段子""微博"越来越吸引人们的注意力和广泛参与，以至于有人担

1　郁达夫《回忆鲁迅——郁达夫谈鲁迅全编》，上海文化出版社 2006 年版。原载 1937 年 3 月 1 日日本《改造》第 19 卷第 3 号。

心，段子文学、语录将成为这个时代的标志性文学体裁。文章（或者说语录、段子）越来越短，越来越精粹，可能改变人们的阅读习惯。这究竟是文化的进步，还是倒退，值得观察和深思。

在欣赏语录的同时，也须时时警觉：片段不能代替全体，一叶不能障目。郁达夫推荐读者阅读的是《鲁迅全集》，而不是《鲁迅语录》。不妨看看鲁迅对"选本"的意见：

> 选本可以借古人的文章，寓自己的意见。博览群籍，采其合于自己意见的为一集，一法也，如《文选》是。择取一书，删其不合于自己意见的为一新书，又一法也，如《唐人万首绝句选》是。如此，则读者虽读古人书，却得了选者之意，意见也就逐渐和选者接近，终于"就范"了。[1]

选本尚且如此，寻章摘句就更要谨慎对待。鲁迅也早有警示：

> 还有一样最能引读者入于迷途的，是"摘句"。它往往是衣裳上撕下来的一块绣花，经摘取者一吹嘘或附会，说是怎样超然物外，与尘浊无干，读者没有见过全体，便也被他弄得迷离惝恍。[2]

语录无论说得多么精彩透辟，也不能"一句顶一万句"，成为千秋万代有效、五湖四海通用的真理。读者须持慎思明辨的态度。岂止是名人名言，便是人民群众智慧结晶的谚语，也应作如是观。

---

1 鲁迅《集外集》，《鲁迅全集》第 7 卷，第 138—139 页。
2 鲁迅《且介亭杂文二集·题未定草（七）》，《鲁迅全集》第 6 卷，第 439 页。

谨诵鲁迅语录作结:"谚语固然好像一时代一国民的意思的结晶,但其实,却不过是一部分的人们的意思。"[1]

(原载《鲁迅研究月刊》2011年第6期)

---

1 鲁迅《南腔北调集·谚语》,《鲁迅全集》第4卷,第557页。

中国菜与性及与中国国民性之关系略识

从鲁迅《马上支日记》中的两段引文说起

一

《马上支日记》是鲁迅1926年7月写的日记体文章，记录当时的经历和感想，虽非精心组织之作，却也保存了一些生动有趣的材料。文中提到，7月2日[1]，他在北京东单一家兼售日文书籍的商店东亚公司购买了日本人安冈秀夫著的《从小说看来的支那民族性》。鲁迅一向重视外国人所著研究中国国民性的书籍，在日本留学时期就阅读了涩江保翻译的美国传教士阿瑟·H.史密斯（Arthur H. Smith，1845—1932）的《中国人气质》[2]，印象深刻，或有助于他思考中国国民性的改造问

---

1 据鲁迅日记，该书实际购买时间应为6月26日。

2 〔美〕阿瑟·H.史密斯《中国人气质》，〔日〕涩江保译，东京博文馆明治二十九年（1896）版。(Arthur Henderson Smith, *Chinese Characteristics*, New York, Fleming H. Revell Company, 1894.)

题。[1]鲁迅读了安冈秀夫的书，认为该书受到史密斯著作的影响："（著者）似乎很相信Smith的*Chinese Characteristics*（《中国人气质》——引者），常常引为典据。"[2]语气里含有视其为模仿之作的意思。接下来，鲁迅没有对这本书做更多的评价。但在八年后的一个场合，他又谈起这本书，评论道："《从小说看来的支那民族性》……其中虽然有几点还中肯，然而穿凿附会者多，阅之令人失笑。"[3]显然就是当时的印象。

购得此书一个多星期后，鲁迅在7月4日的《马上支日记》中，又谈起阅读安冈氏著作的感想。这次的话题关乎中国的饮食。安冈著作最后一章"耽享乐而淫风炽盛"中引用了威廉士（Samuel Wells Williams, 1812—1884，中文名卫三畏，以下使用中文名）所著《中国》（*The Middle Kingdom*）一书中从中国人的饮食习惯推论其为好色的民族一段话：

> 这好色的国民，便在寻求食物的原料时，也大概以所想象的性欲底效能为目的。从国外输入的特殊产物的最多数，就是认为含有这种效能的东西……在大宴会中，许多菜单的最大部分，即是想象为含有或种特殊的强壮剂底性质的奇妙的原料所做……[4]

---

1 鲁迅在日本留学时期可能读过这个译本。参见李冬木《关于羽化涩江保译〈支那人气质〉》；参见张梦阳《鲁迅与史密斯的〈中国人气质〉》；刘禾《跨语际实践——文学，民族文化与被译介的现代性（中国，1900—1937)》，宋伟杰等译；李冬木《鲁迅怎样"看"到的"阿金"？——兼谈鲁迅与〈支那人气质〉关系的一项考察》。

2 鲁迅《华盖集续编·马上支日记》，《鲁迅全集》第3卷，北京，人民文学出版社2005年版，第358页。

3 鲁迅致陶亢德信（1933年10月27日），《鲁迅全集》第12卷，第468页。

4 安冈秀夫《从小说看来的支那民族性》，东京聚芳阁大正十五年（1926）版，第160—161页。

鲁迅说，他对于外国人指摘中国缺点的言论，向来并不反感。但对这段论述却大不以为然，视为不合情理的奇谈怪论。鲁迅此处的原话是"看到这里却不能不失笑"。接下来，他从两方面加以反驳。一方面，"筵席上的中国菜诚然大抵浓厚，然而并非国民的常食"；另一方面，"中国的阔人诚然很多淫昏，但还不至于将肴馔和壮阳药并合"。

　　这位美国传教士是在自己有限的见闻基础上做出这样的论断的，如果对情境加以限定，用词更准确一些，或许不至于引起鲁迅的反感。这段论述中"最多数""最大部分"等词语，使他的论点显得偏激，尽管从原文看来并没有达到如此严重的程度。[1]鲁迅的批评，自然也是从自己的经验和见闻出发的。字里行间，我们分明体会出他在为中国菜乃至中国人（至少是普通民众）辩护。但他从以上两方面进行的反驳，看起来却不很有力。接下来，他也没有继续谈论——这一点可以理解，鲁迅这篇文章是日记

---

[1]　鲁迅"日记"中的引文系他本人所译。译文中出现了"最多数""最大部分"这样的词语，与原文稍有出入。

　　试比较原文："Many articles of food are sought after by this sensual people for their supposed aphrodisiac qualities, and most of the singular productions brought from abroad for food are of this nature. A large proportion of the numerous made dishes seen at great feasts among the Chinese consists of such odd articles, most of which are supposed to possess some peculiar strengthening quality." (S. Wells Williams, *The Middle Kingdom*, Vol. 2, Ch. 13, p.50, New York: Wiley and Putnam, 1848.) 安冈书中的日译文为："此多情なる国民は、食物の原料を求めるに當りても、多くは其想像せる性欲的効能を目標として居る。国外より輸入せられる特殊産物の最多数は、右の効能を含むと認められた物である…大宴会に於ける数多き献立の大部分は、或特殊の强壮剤的性質を含むと想像せられる奇妙な原料から成り立って居る。"显然，原文的用词不如两种翻译文本的用词绝对化。鲁迅译文，比日译文多了一个"最"字，比原文多两个"最"字。尽管如此，原文语气的夸张性仍是明显的。

体的随笔，而非逻辑性很强的论辩文字。

安冈秀夫引用的卫三畏的《中国》，是一本西方汉学名著，篇幅要比《中国人气质》大得多，而且成书时间也早得多。这部百科全书式的著作出版后几十年间一直是外国人研究中国的必备之书。然而，也许是因为史密斯的著作简明扼要而易于流传的缘故吧，他的著作在中国倒比卫三畏的大部头《中国》名气大。[1]鲁迅显然没有读过《中国》一书，对卫三畏的生平缺乏了解，他的著译中提到这位传教士只此一次。《鲁迅全集》注释对这位美国传教士的介绍也显得简略："威廉士（S. W. Williams, 1812—1884），美国传教士。1833年（道光十三年）来华传教，1856年后在美国驻华公使馆任职。《中国》一书出版于1848年，1883年修订再版。"[2]单看这条注释，读者对这位教士难得较深的印象。如果因为这段引文，使鲁迅，并且通过他，使中国读者对这位美国传教士留下坏印象，则对威廉士是不公平的。而史密斯的《中国人气质》中至少五次引用了卫三畏的著作，足以证明史氏是将其视为经典作家的。例如，在"孝道"（Filial Piety）一章中，史密斯引用卫三畏的话道："把中国人的'礼'的观念译作英文的'ceremony'是不周密的，因为'礼'不仅包括外部的行为，而且涉及了所有规范理解及其行为动机的正确原则。"使读者见识了卫三畏对中国文化的观察，也让读者约略感受一下他作为英华词典编纂家的严谨。又如，"多神论，泛神论，无神论"（Polytheism, Pantheism, Atheism）一章引述的是："我们对孔子作为圣人所产生的影响，和其思想对民族产生的束缚作用的估计，是无论如何都不会过高的。他确立的道德标准

---

1 涩江保在《中国人气质》译本序言中比较两书时，也指出此点。

2 鲁迅《华盖集续编·马上支日记》，《鲁迅全集》第3卷，第358页。

在其后的年代里产生了无法估量的影响。所有有良心的人都要接受这道德标准的评判。"[1]读过《中国人气质》的鲁迅，对这本书所受卫三畏的影响应当有所觉察，但可惜的是，在《马上支日记》和其他文字中，他没有留下更多的论述。鲁迅将其名字译作"威廉士"（当时也有人译作"卫廉士"），可能不知道他还有"卫三畏"这个颇有中国文化内涵的名字。如果当时鲁迅能够得到和阅读《中国》这样比较全面和公正的著作，他对《中国人气质》以及对美国的中国研究水平的看法也许会有所不同。

在后来几十年间，因为中国社会内部的动荡及国际关系的复杂变化，卫三畏对西方中国学研究的贡献长期得不到应有的肯定。[2]直到2004年，卫三畏的巨著《中国》的中译本才与读者见面。[3]

二

卫三畏1812年9月22日出生于美国纽约州由提卡的一个印刷商之家。19岁入本州特罗伊市仁塞勒技术学校学习。1833年被美国新教

---

1 〔美〕阿瑟·H.史密斯《中国人气质》，张梦阳、王丽娟译，兰州，敦煌文艺出版社1995年版。

2 在20世纪90年代中期出版的《中国人气质》中文译本的译者评析中有这样的论述："经过半个多世纪的长期积累，才于1894年出现了史密斯这部最系统、深刻、独到的研究著作——《中国人气质》。"没有提到史密斯的这位老前辈，更没有对卫三畏的地位给以恰当的评价。见张梦阳、王丽娟译《中国人气质》。

3 〔美〕卫三畏《中国总论》，陈俱译，陈绛校，上海，上海古籍出版社2005年版。

组织美部会派往广州，担任传教组织的印刷工。1838年至1851年，在广州负责印刷《中国丛报》（*Chinese Repository*），同时他也是丛报的编辑和撰稿人。1835年，他到澳门，完成了麦都思（W. H. Medhurst）所编《福建方言辞典》（*Kok-keen Dictionary*）的印刷工作。1837年，他到日本访问，执行的是送几个遭遇海难的日本水手回国的任务。与这些水手的相识和相处，促成他学习了日文。几年间，他和日本人合作，将《圣经》中的《创世记》《马太福音》《约翰福音》等译为日文。1837年至1841年，他负责印刷裨治文（Elijah Coleman Bridgman，第一位来华的美国新教传教士）的《广东方言中文文选》（*Chinese Chrestomathy in the Canton Dialect*），其中将近一半内容由他本人撰写。1844年11月，他返美度假。因编辑《中国丛报》的需要，他计划购买一套新的中文字模。为筹集资金，在随后的三年多时间里，他在美国各地发表演说，介绍中国的社会生活、历史及风俗。这些讲稿后来成了他的《中国》一书的雏形。1853年和1854年，他作为译员参加了佩里（Perry）将军对日本的远征。1855年，他到了北京，担任美国驻华使团的译员和秘书。1858年，协助美国驻华公使列卫廉（S. R. Reed）同中国谈判，签订了《中美天津条约》。在担任使馆秘书和译员期间，他九次出任美国驻华使馆临时代办。1876年他返回美国，次年就任耶鲁大学新创设的中国语言及文学讲座教授，这是美国首个汉学教授职位。1848年，他的全面介绍中国历史文化及晚清社会现状的著作《中国——中华帝国的地理、政府、教育、社会生活、艺术、宗教及其居民概观》（中译本《中国总论》出版，1883年修订再版）。卫三畏因这本书被美国联合学院授予荣誉法学博士学位。该书分上、下两卷，凡23章（增订本26章，副题改为"中华帝国的地理、政府、文学、社会生活、艺术、历史及其居民概观"），从中国的历史地理到风土人情，从政治经济到文学艺术，几乎无不涉及。尽可能客观地评价中华文明的成就和落后之处，是作者为本书确定的目标。卫三畏在序言中说，他撰写此书的目的之一是要在西方读者中"为中国人民及其文明洗刷掉如此经常地加于他们的那些独特的几乎无可名状的可笑印象"，他要中国文明"放在适当的位置""努力展现其国民性更好的特点"。他充分认识到儒家思想在中国社会中的重要地位，认识到儒家思想对中国人的心理和行为的巨大影响，因而对孔子的学说给予了高度重视。他赞赏孔子的政治清白必须建立在个人正直的基础上的主张，以及孔子肯定的自我反省、自强不息的精神。他甚至将孔子的儒家学说和佛教、基督教以及伊斯兰教相提并论，认为它们同样具有永恒的价值。这在西方研究者中是首次。书中对鸦片战争作了较为详细的叙述，视角与材料都比较新颖。他指出，鸦片战争时期的英国人是贪婪的，他们与其说是打开中国的大门，毋宁说是从中国获得了极大的利益。可见，卫三畏对中国的态度基本上是公平的。在《中国》修订本中，他还对刚刚发生的太平天国起义进行了分析。在中国长期生活的卫三畏同情中国人民的苦难境况，谴责腐败、犯罪和种种非人道行为。1859年，他用中文写了一本小册子《对卖身他国者的警告》，揭露葡萄牙人欺骗中国劳工签订卖身契的卑劣行径。他写道：

　　这本小册子已经印刷了六次……两周间卖出了六千册。中国劳工在那些人贩子手中所受的虐待可谓骇人听闻。在澳门，没有一个中国人敢到葡萄牙人家中或船上工作，他们很担心被绑架并被偷偷卖掉。1858年被掳往境外的中国人达一万多人，今年从这里被掳走的已有五千人。葡萄牙人异常残忍并且肆无忌惮，他们利用本地人作为打手，其残忍超过他们十倍”[1]

晚年，他对美国国会提出的非人道的驱逐华人的《中国移民法案》深恶痛绝，因为这拂逆了他心中最深刻的情感：对中国的尊敬和爱。他写道：

> 在加州和内华达州，对中国人的恶意已经在许多党派的议案中提出来。其中，来自亚拉巴马州的雪莱要求把十二万五千在美国的中国人都关在蛮荒的区域中，使其“尽可能远离白人区”，在那里给每个人土地四十英亩，禁止他们离开，美国人，除牧师和传教士以外，不得进入这个区域（7800平方英里），否则将被处以剥夺公民权和五年以上牢狱的惩罚，并且不能获得赦免。这样，我们发现了什么是不可饶恕的罪行——至少对一个美国人而言。这个议案是具有同类性质的企图以不光彩的手段驱逐中国人的议案中的一个。在十八个月中它们的数量达到六百个。[2]

年老体衰的卫三畏放下修改《中国》的紧迫任务，撰写了一篇严正驳斥这些荒唐观点的论文，表达了对中国文化的理解、尊重和热爱，同时也对美国政界人士对中国历史文化和现实的隔膜程度感到震惊。论文中有这样一段：

1　Frederic Williams, *Life and Letters of Samuel Wells Williams, LL.D*, New York, G. P. Putnam's Sons, 1889, reprinted 1972, SR Scholarly Resources Inc.

2　Frederic Williams, *Life and Letters of Samuel Wells Williams, LL.D.*

加州法庭想以立法来反对中国人时，草率地将中国人同印第安人等同起来，颇有些离奇古怪。生理学家查尔斯·皮克林将中国人和印度人归为蒙古人，而加州的最高法院却认为"印第安人包括汉族和蒙古族人"。在发生概念错误的同时，它还支持着一种错误的观点。它把现存最古老国度的臣民和一个从未超越部落状态的种族相提并论；把这样一个其文学早于《诗篇》和《出埃及记》、用一种如果法官本人肯于学习就不会视之为印度语的语言写作的，而其读者的数量超过了其他任何民族的作品的民族，与最高写作成就仅为一些图画和牛皮上的符号的那些人混为一谈；把勤奋、谨慎、技艺、学识、发明等所有品质和全部保障人类生命和财产安全的物品与猎人和游牧民族的本能和习惯等同。它诋毁了一个教会我们如何制作瓷器、丝绸、火药，给予我们指南针，展示给我们茶叶的用处，启示我们采用考试选拔官员的制度的民族，将其与轻视劳动，没有艺术、学校、贸易的那个种族归为同类，后者的一部分现在还混迹于加州人中间，以挖草根谋生。[1]

　　当然，卫三畏毕竟是一个传教士，他一生活动的目的，是把基督教传入中国，让他的上帝在中国这个具有深厚文化传统的地方获得更多的信众。

　　顺便提一句，卫三畏在技术学院的同学达纳（J. D. Dana，1813—1895），后来成为著名的地质学家、矿物学家，著作颇丰。鲁迅青年时代学习采矿，读过江南制造局印行的达纳的著作《金石

1　Frederic Williams, *Life and Letters of Samuel Wells Williams, LL.D.*

识别》，并在书上写下不少批注。[1]卫三畏和达纳通信频繁，友情甚笃。鲁迅不谙英文，无缘看到相关材料，因而对卫三畏没有产生连带亲近感，文章中遂一笔带过了。

卫三畏还著有《简易汉语教程》（*Easy Lessons in China*, 1842）、《英华分韵撮要》（*Tonic Dictionary of the Chinese Language of Canton Dialect*，1856）、《汉英韵府》（*A Syllabic Dictionary of the Chinese Language*）、《我们同中华帝国的关系》（*Our Relations with Chinese Empire*，1877）等。卫三畏于1884年在康涅狄格州纽黑文去世。

三

卫三畏对中国菜颇涉性欲的论述并非无中生有。他曾标榜说，他的著作基于自己在中国的见闻。他长期生活和工作的中国南方地区，饮食上追求滋补强身的风俗可能盛于北方。直到今天，中国南北饮食中都不乏这样的观念和实例。卫三畏初到中国，由于新鲜感和好奇心，在给父母的信中，将品尝中国菜的感受写了下来。例如，在给母亲的一封信中，他详细描绘了参加中式晚宴的见闻感受，并兴味盎然地列举一些菜品：燕窝、莲子、猪舌、鱼肚、鱼

---

1 鲁迅在《在现代中国的孔夫子》中说："属于科学上的古典之作的，则有……代那的《金石识别》……"《金石识别》原名《矿物学手册》，中译本玛高温口译，华蘅芳笔述，清同治十一年（1872）上海江南机器制造局藏版，木刻线装，12卷。鲁迅所有的一部为六卷，现藏绍兴鲁迅纪念馆。

翅、海蜇、鱼头等。[1]但在中国生活几十年后，他写《中国》一书时，就不客气地指出，中国烹饪艺术还远未达到完善的程度——他指的是很多细节并不讲究。[2]后来，因为看到中国传统中医药中使用的种种奇怪的药引，及某些地区餐桌上的各种爬行动物乃至与人类亲近的猫、猴子等，好奇心转为厌恶感，再加上所见所闻菜与性能力之间关系的种种讲究，获得了深刻的印象，遂有了上引那段论述。鲁迅也曾到过华南——他在那里是被视为"北方佬"——不过为时短暂，并没有留下多少有关饮食的记载，但可以推论，他对食用生猛的习俗，是厌恶的。至少，对中医使用的一些奇怪的"药引子"，鲁迅当能与卫三畏同意。卫三畏书中罗列的药引，很可能会使鲁迅想起小时候为父亲治病的老中医让他踏破铁鞋去寻找的"平地木""经霜三年的甘蔗""原配蟋蟀"之类。

从《马上支日记》上下文看，卫三畏的观点遭到批评，还因为受了安冈观点的牵累。因为紧接着，鲁迅引述了安冈书中的一段文字，在他看来，就不只是奇谈怪论，而简直是荒谬了。安冈为了证明卫三畏的上述观点，进一步举例并发挥道：

笋和支那人的关系，也与虾正相同。彼国人的嗜笋，可谓在日本人以上。虽然是可笑的话，也许是因为那挺然翘然的姿势，引起想象来的罢。

鲁迅批判的重点正是安冈的这段话。卫三畏的《中国》，鲁迅未曾寓目，而这本日文书却是刚刚买到和阅读。鲁迅说，笋是中

1　Frederic Williams，*Life and Letters of Samuel Wells Williams, LL.D.*

2　S. Wells Williams，*The Middle Kingdom*，Vol. 1，p.781.

国南方人民常吃的一种菜，他自己在故乡就吃了十多年，"现在回想，自省，无论如何，总是丝毫也寻不出吃笋时，爱它'挺然翘然'的思想的影子来"。鲁迅总结道："笋虽然常见于南边的竹林中和食桌上，正如街头的电干和屋里的柱子一般，虽'挺然翘然'，和色欲的大小大概是没有什么关系的。"他还说："我没有恭逢过奉陪'大宴会'的光荣，只是经历了几回中宴会，吃些燕窝鱼翅。现在回想，宴中宴后，倒也并不特别发生好色之心。"

应该指出，鲁迅的批评部分地依据个人的体验，既然是个人的，也就不一定具有代表性。完全否定中国菜与性欲的关系，无疑要走向另一个极端。既然阔人有大餐可吃，有"饱暖思淫欲"的条件，也就有条件将滋补品加入菜肴，而"上行下效"，社会风气也就不能不受影响。例如，关于虾与性欲的关系，连鲁迅也承认："在中国也听到过这类话。"上层社会的实践会演化为一种普遍的风气，这类事例屡见不鲜。此外，因为形状相似而想象其有刺激性欲效果的物品，日常生活中也是存在的，例如鲁迅文章中提到的肉苁蓉。鲁迅辩解说，那是药，不是菜。但既然可以入药，根据中国"药食同源"论，也就有可能被加入食品，端上餐桌。实际上，肉苁蓉今天仍被广泛使用，其中多有以滋补强身为号召者。

安冈氏在引述《中国》一书时，并未注意到，该书第六章谈到在中国普遍被食用的笋时，有这样的描述：和尚们也大量种植竹子，竹笋可以使用，竹节中提取的竹黄可拿到市场出售。[1]如果照安

---

1 "(Bamboo shoots) are cut like asparagus to eat as a pickle or a comfit, or by boiling or stewing. Sedentary Buddhist priests raise the Lenten fare for themselves or to sell, and extract the tabasheer from the joints of the old culms, to sell as a precious medicine for almost anything which ails you."竹黄(tabasheer)作为药品，这里说"差不多包治百病"，似也可做强身之物。但药典中并没有特别说明其与助长性欲有关，否则将不但增添"淫风炽盛"的例证，而且连带损害寺院的名誉。

冈的说法，则寺庙里早就应该禁止和尚们种植和食用竹笋了。

但鲁迅在文章中对卫三畏还有更进一步的批评："研究中国的外国人，想得太深，感得太敏，便常常得到这样——比'支那人'更有性底敏感——的结果。"诛心之论，略显刻薄，但也在情理之中。因为中国社会上常常有此类性心理曲折表现的事例。正如鲁迅所说，在《红楼梦》里，"道学家看见淫"，因为心中有鬼。——攻击别人，往往是在暴露自己。安冈氏在书中就举出中国小说《留东外史》攻击日本人的事例："这一种不知作者的小说，似乎是记事实，大概是以恶意地描写日本人的性底不道德为目的的。然而通读全篇，较之攻击日本人，倒是不识不知地将支那留学生的不品行，特地费力招供出来的地方更其多……"鲁迅同意他的观点，认为批驳了安冈关于笋与性的论述，"并不足证明中国人是正经的国民"。在现实中，中国人的不正经，正表现在有些所谓卫道士"自以为正经地禁止男女同学，禁止模特儿"这些事件上。

鲁迅并没有进而对这位一门心思想象着"挺然翘然"的研究者和那位夸大中国菜中性欲成分的传教士做更多的抨击，而是点到为止，遂即把批评的矛头指向中国的"正人君子"了。

卫三畏是一位新教传教士，父母都是虔诚的长老会信徒，他从小受到的是禁欲的教育。1875年，他从中国回美国，途经欧洲，参观了许多教堂。他的观感是，那些雕像、绘画和装饰对加强教徒的虔诚心起不到好作用。在给亲友的信中，他对欧洲大陆那光辉灿烂的宗教艺术的教育作用提出质疑，从中可窥见其清教徒性情之一斑。他说，一个人站在安特卫普大教堂里，关注更多的是鲁本斯的《耶稣受难图》，而不是布道或《圣经》。他庆幸自己不是在那样的环境中接受宗教的。他还写道："最近我又饶有兴味地重读了上帝传给摩西的命令：将迦南的绘画和肖像全部销毁，以免使以色列人堕入偶像崇拜……有纯洁信仰的团体一旦与登峰造极的雕塑、绘画等艺术结合在一起，精神的东西便堕入世俗的色情和肉感。"[1]"不见可欲，使心不乱"，颇类中国"道学家"的口吻。他批评中国饮食中的性欲成分太多，与批评欧洲教堂里宗教绘画和雕塑太肉感是一致的。

四

关于安冈秀夫的生平和著作，《鲁迅全集》的注释更为简略："《从小说看来的支那民族性》，1926年4月东京聚芳阁出版，是一本贬损中华民族的书。"[2]安冈秀夫生于1873年，1892年毕业于庆应义塾大学，1893年开始供职于《时事新报》，1923年任该报主笔。安冈对神学、文学、历史和美术等感兴趣。著有《日本与支那》（1915）等。《从小说看来的支那民族性》从中国元明清小说中寻找例证，罗列起来，证明中国民族性格的某些特点。该书取材甚广，《水浒传》《三国演义》《金瓶梅》《炀帝艳史》《今古奇观》《痴婆子传》等都在引用之列。虽然有些材料运用得不一定贴切，但总的来说，显示出作者对中国文学的熟稔。如所周知，鲁迅在中国小说史研究领域成就卓著，有《中国小说史略》行世。他在囊中羞涩时选购了安冈氏这本书，可能与他的学术研究有关。

1　S. Wells Williams, *The Middle Kingdom*, Vol. 1, p.781.

2　鲁迅《华盖集续编·马上支日记》，《鲁迅全集》第3卷，第358页。

的确，小说中有很多描写民间生活习俗的详细而生动的材料。在7月5日的《马上支日记》里，鲁迅这样写道："我们国民的学问，大多数却实在靠着小说，甚至于还靠着从小说编出来的戏文。"因此，鲁迅并没有抹杀这本书的参考价值。他说："中国人总不肯研究自己。从小说来看民族性，也就是一个好题目。"而且，鲁迅在日记的开头就承认，安冈著作批评的中国国民性的缺点，如过于注重体面和仪容等，的确说到了痛处，自己看了，也不免汗流浃背。他说："我们试来博观和内省，便可以知道这话并不过于刻毒。"应该补充的是，关于中国菜讲究滋补性功能的观点，安冈在著作中不但引用了卫三畏的《中国》一书，而且还援引另一位美国人桑格的《妓女史》中的结论，即中国人"是世界上最淫荡的民族之一……最显著的证据是，他们在食物原料和烹饪方法的选择取舍方面，很大程度上受性欲的目的支配"[1]。可见，这种印象在那时的外国人舆论中有一定的普遍性。

毋庸讳言，直到现在，中国人在这方面的实践仍然相当盛行。所谓药膳，已经并非只出现在阔人的餐桌上了。但维系生命、强身健体是菜肴的主要功能，各国都在这样实践，本不足奇。食色，性也。把食品和性联系起来，合乎常情。因为中国人注重饮食中的滋补强身功能，而得出中国人特别好色、淫荡的结论，是不免苛刻的。世界上很多国家的人民，并不比中国人轻看性事。当今中国，充斥市面的各色保健食品中，就不乏以提高性能力为号召的舶来品。再如"伟哥"之类尖端科技成果，被广泛服用，也是铁一般的

---

1 William Sanger, *The History of Prostitution: Its Extent, Causes and Effects Throughout the World*, New York, Harper, 1858. 转引自安冈秀夫《从小说看来的支那民族性》，第180页。此处使用了"很大程度"及"最淫荡的民族之一"，语气上就没有卫三畏那段话的译文绝对化。

事实。菜肴既然可以健身，那么，再进一步，其具有增强性功能的作用就是题中应有之义。竹笋之类，比起专事刺激性欲的药物，已是小巫了。

我们不能因为外国作者的夸张的论点而否定事实的存在。鲁迅这篇漫谈式的文字，论点也有不周到之处。他在批评外国作者的偏至时，不自觉地完全否定了中国食物与性的关系，倒显得是在为中国的民族性辩护，与他一贯的严厉批判国民性的态度产生了矛盾。

五

鲁迅抓住安冈著作中的一段话进行严厉的批评和尖刻的讽刺，使该书名誉大受损害。直到现在，中国读者大多仍以鲁迅的意见为旨归，对该书采取轻蔑态度，使其几不可与卫三畏的《中国》和史密斯的《中国人气质》同日而语。在八年后那封谈及安冈著作的信中，鲁迅还连带批评了日本的中国研究：

> 日本方在发生新的"支那通"，而尚无真"通"者，至于攻击中国弱点，则至今为止，大概以斯密斯之《中国人气质》为蓝本，此书在四十年前，他们已有译本，亦较日本人所作者为佳……"[1]

1　鲁迅致陶亢德信（1933 年 10 月 27 日），《鲁迅全集》第 12 卷，第 468 页。

从鲁迅的藏书中可以大概知道，鲁迅终其一生关注日本的中国研究成果。这里可以略举几种他购买的日文原著：河野弥太吉的《支那研究》（二卷，1924—1925）、后藤朝太郎的《支那文化研究》（东京富山房，1925）和《欢乐的中国》（东京，日本邮船会社，1925）、木下土太郎的《支那南北记》（东京改造社，1926）、日本支那学社编的《支那学》（1929）、池田龙藏的《中国人及中国社会研究》（东京，池田无尽研究所，1931），橘朴的《支那社会的研究》（1936），等等。应该说，上列诸书中不乏资料扎实、态度平正的著作。但晚年的鲁迅，越来越不喜欢在某种政治目的驱使下的日本中国学研究。例如，关于上列书目中提到的后藤朝太郎，鲁迅在给陶亢德的信中也曾提及："后藤朝太郎有'支那通'之名，实则肤浅，现在在日本似已失去读者。"后藤朝太郎曾到上海调查研究，所著《支那的男人女人们——现代支那的生活相》将上海描绘成"销金窟""花花世界"，大肆渲染。因为是戴着放大镜来看中国城市某一角落的生活，当然越看越丑陋，越看越淫秽。该书因为太多涉及性事，被判定"有伤风化"，曾在日本遭禁。鲁迅在日本时即感受到一种普遍的贬损中国的风气，后来更看到某些怀有政治意图的著作，因此一直对日本的中国研究保持着警惕。像《从小说看来的支那民族性》这类怀有恶意的著作就无疑是给鲁迅带来坏印象的重要因素。

　　鲁迅关注日本的中国研究，但他这方面的系统论述并不多。对安冈秀夫的著作，他却多次提及，算是一个例外。除了在《马上支日记》和给友人的信中抨击外，1935年，他在给内山完造所著《活中国的姿态》一书写的序言里，又重提此书，并且连带嘲笑其他一些所谓"支那通"的做法："一个旅行者走进了下野的有钱的大官的书斋，看见有很多很贵的砚石，便说中国是'文雅的国度'；一个观察者到上海来一下，买几种猥亵的书和图画，再去寻寻奇怪的观览物事，便说中国是'色情的国度'。""连江苏和浙江方面，大吃竹笋的事，也算作色情心理的表现的一个证据。然而广东和北京等处，因为竹少，所以并不怎么吃竹笋。"[1]可见鲁迅对"竹笋性欲说"的印象有多深，近十年过去，犹存余愤。鲁迅的序言中透露出这样的意见：日本的中国研究呈现出每况愈下的情形，这个喜欢结论的民族在明治时代有关支那研究的成绩，基本上受着《支那人气质》的影响，而后来，就有了上述这些五花八门的"结论"。因为所持是轻蔑态度，所怀是轻薄之心，所抱是险恶目的，这些结论的价值究竟怎样就不言而喻了。

为内山完造的著作写序，对鲁迅而言，确是一项艰巨的工作。他不能回避对日本的中国学研究有所论列，不得不先将那些谬论提出来给予批判，以衬托出自己老朋友的著作所怀的善意。但即便在这样一篇应酬文字里，鲁迅还是坚持他一贯的态度，在批评日本中国研究的谬论的同时，更注重中国人的自省。他一生很少谈及日本民族劣根性之类的话题，正与这种态度相符。在序言中，他提醒读者，内山完造这本书"有多说中国的优点的倾向，这是和我的意见相反的"[2]。他后来亲自把这篇序言译为中文，在编入《且介亭杂文二集》时，又在后记中特意说明："《活中国的姿态》的序文里，我在对于'支那通'加以讥刺，且说明日本人的喜欢结论，语意之间好像笑着他们的粗疏。然而这脾气是也有长处的，他们的急于寻求结论，是因为急于实行的缘故，我们不应该笑一笑就完。"[3]他也

1　鲁迅《内山完造作〈活中国的姿态〉序》，《鲁迅全集》第6卷，第275页。

2　鲁迅《内山完造作〈活中国的姿态〉序》，《鲁迅全集》第6卷，第276页。

3　鲁迅《且介亭杂文二集·后记》，《鲁迅全集》第6卷，第465页。

是在提醒自己不要以同样的轻薄态度回击日本"支那通"们，而要善意地指出其他民族的缺点，更要把功夫多花在自我反省上。

　　同样是1926年7月，鲁迅的弟弟周作人也在东亚公司购买了安冈的这本书。[1]当时周氏兄弟已经决裂，不可能像以前那样合买一书，并交换看法。但两兄弟的意见却惊人地一致。周作人看了书，也立即写了文章，给予严厉批评。[2]周作人没有提及竹笋的事，但火气甚大，因为他看出了这位日本作者的恶意。当然，同鲁迅一样，他首先承认，作者嘲骂的"都的确是中国的劣点"。"汉人真是该死的民族，他的不长进不学好都是百口莫辩的。我们不必去远引五六百年前的小说来做见证，只就目睹耳闻的实事来讲，卑怯，凶残，淫乱，愚陋，说诳，真是到处皆是，便是最雄辩的所谓国家主义者也决辩护不过来，结果无非只是追加表示其傲慢与虚伪而已。"接着，笔锋一转，周作人说，他不希望日本人写这样一本书，并不是说中国人的缺点只能由自己来列举，或者说日本也自有其缺点，没有资格来指责中国人。"我只觉得'支那通'的这种态度不大好，决不是日本的名誉……我们不要日本来赞美或为中国辩解，我们只希望她诚实地严正地劝告以至责难，但'支那通'的那种轻薄卑劣的态度能免去总以免去为宜。我为爱日本的文化故，不愿这个轻薄成为日本民族性之一。"对安冈的轻薄态度，周作人从总体上给予谴责，鲁迅则通过实例予以嘲讽。周作人的文章与鲁迅的"日记"几乎同时发表在《语丝》周刊上。[3]周作人的批评文字，有助于我们

1　《周作人日记》（中册），郑州，大象出版社 1996 年版，第 533 页。

2　周作人《我们的闲话（二十四）》，《语丝》，1926 年第 88 期，收入《谈虎集》时改题为《支那的民族性》。

3　《马上支日记》连载于 1926 年 7 月 12 日、7 月 26 日、8 月 2 日、8 月 16 日《语丝》第 87、88、90、92 期。

理解鲁迅对日本中国研究的评价。

六

　　相比之下，鲁迅对西方传教士的著作更有好感，尽管实际上史密斯的《中国人气质》也一样存在贬低中国人的倾向，正如鲁迅在那封信中指出的：该书"错误亦多"。曾有研究者认为，鲁迅的思想方法颇受外国传教士的影响，其改造国民性的主张正是用外国传教士的视角来看中国，客观上起到了贬低中国民族的效果。但从这两段引文来看，鲁迅曾坚决反对传教士恶意贬损中国国民性的观点，甚至矫枉过正，走了极端，有意无意地忽略了中国饮食与性有关的事实。

　　从总体上说，鲁迅文中关于笋的那段论述是颇有说服力的。它抓住对方的弱点施行猛烈攻击，有时暂且不顾其他相关事实，为的是达到制胜的效果。这是鲁迅文章修辞的一个特点。虽然如此，鲁迅并非一味偏激，尽情嘲弄对手，毫不顾及相关事实。便是在这篇较为随意的文章中，鲁迅的持论也还是顾及全体，有分寸感的。其表现就是，在严厉批判日本作者的谬说时，也指出其著作的优点。史密斯著作所持态度是较为平正的，这一点给鲁迅留下了好的印象。他的《中国人气质》书前列出三句圣贤语录，为其著述的宗旨。其一，孔子《论语》中的"四海之内皆兄弟也"，宣示了善意；其二，欧文·霍尔姆斯的"有关人的研究乃所有学科中最艰深者"，显示着谨严；其三，托马斯·卡莱尔的"我们坚信这样的格言：在指出一个人的缺点之前先看到他的优点。这对于正确判断任何人和事都是有益的，而且是不可或缺的"。既实事求是，又全面周到，更显出忠厚宽恕之德。相比之下，安冈的著作分为九个部分，其中竟有八个部分指摘中国民族劣根性，只有"能耐能忍"一章有些正面肯定的材料，难怪给人以过分挑剔、心存不善的印象。

鲁迅在逝世前十四天还写道："其实，中国人是并非'没有自知'之明的……我至今还在希望有人译出史密斯的《支那人气质》来。看了这些，而自省，分析，明白那几点说得对，变革，挣扎，自做工夫，却不求别人的原谅和称赞，来证明究竟怎样的是中国人。"[1]揣摩前边引述的鲁迅给陶亢德信的语气，可能他在回答对方的询问，大约陶亢德正在寻找这本日文书，也许还有翻译出版的计划。鲁迅不但未能提供样本，而且还表达了负面的意见，使该书失去一个在中国出版的机会。七十多年过去了，现在卫三畏的《中国》一书已经有了中文版，中国读者从中可以看到早期的西方汉学家怎样评价中国。安冈秀夫的《从小说看来的支那民族性》，如果去除书中一些缺少根据的、偏激的论点，也不无参考价值，如能翻译出版，至少，可以给读者提供一个当时日本的中国研究的标本。

（原载《鲁迅研究月刊》2009年第1期）

1　鲁迅《立此存照（三）》，《鲁迅全集》第6卷，第648—649页。

"四世同堂"：中国近现代知识分子的或一谱系

鲁迅晚年一个创作计划蠡测

　　1936年上半年，在上海鲁迅寓所，主人同不时来寓所访问的诗人、批评家冯雪峰谈他自己的思想、生活，及对文坛种种现象的看法。以小说家知名的鲁迅，在北京发表了很多杰作，但到了上海，小说创作却很少，有负批评家和读者对他创作小说尤其是长篇小说的厚望。1932年，一位红军将领曾拜访鲁迅，向他介绍鄂豫皖根据地反围剿斗争的情况，鲁迅很感兴趣，询问了很多细节，还收藏了这位将领随手画的地形图。他这么做，是要寻求创作素材，初步的设想是参照苏联小说《铁流》，写一部反映红军战斗情景和苏区新生活的中篇小说。但因为素材不充分，军事生活又非鲁迅所熟悉，这个创作计划最终没有实现。[1]鲁迅还曾对冯雪峰透露，他有另一个创作计划，是一部关于中国知识分子的长篇小说。冯雪峰回忆说：

　　　　几次谈到的写中国四代知识分子的长篇小说（所谓四代，

1　许广平《鲁迅回忆录》，《许广平文集》第 2 卷，南京，江苏文艺出版社 1998 年版，第 329 页。

即例如章太炎辈算一代，他自己一辈算一代，瞿秋白同志等辈算一代，以及比瞿秋白同志等稍后的一代），可以说是正在成熟起来的一个新的计划。他说：

"关于知识分子，我是能够写的。而且关于前两代，我不写，将来也没有人能写了。"他已经考虑到结构，说过这样的话："我想从一个读书人的大家庭的衰落写起，一直写到现在为止，分量可不小！……"也谈到长篇小说的形式问题，说：可以打破过去的成例的，即可以一边叙述一边议论，自由说话。"[1]

该计划所涉内容不像红军战斗生活那样为鲁迅所生疏，本有望成就一部佳作，最终却也没有实现。我们在深感遗憾的同时，对鲁迅设想中透露出的一些信息颇感兴味。

一

所谓"四世同堂"，是指20世纪30年代上半叶，鲁迅所说的四代知识分子几乎同时活跃在文坛。按照冯雪峰的转述，鲁迅以十年为一代，第一代的代表章太炎于谈话发生这一年的6月去世，比鲁迅早去世四个月；瞿秋白于前一年6月被国民党政府杀害，

1　冯雪峰《回忆鲁迅》，北京，人民文学出版社1953年版。

年仅36岁。第四代，"瞿秋白同志等稍后的一代"，其实就是冯雪峰这一代。冯雪峰在1937年发表的《鲁迅先生计划而未完成的著作》一文中明确说："最后就是现在如我们似的这类年龄的青年。"[1]前面所引述的那段文字是他在中华人民共和国成立后对回忆录的修改稿。

四代知识分子中的前三代出生于19世纪，分别为60后、80后和90后，互相有密切的关系，章太炎和鲁迅有师生之谊，鲁迅和瞿秋白有"知己之遇"。加上谈话发生时，鲁迅和冯雪峰正亲密交往。实际交往和亲密关系当然是鲁迅产生这个计划的一个重要原因。

鲁迅青年时代在东京曾从学于章太炎，但后来两人交往并不频繁。章太炎以民国开国功臣、国学大师的地位，向为舆论所关注。鲁迅在公私场合对这位前辈发表了一些评论。如在《名人与名言》一文中对章太炎攻击白话文表示不满："太炎先生是革命的先觉，小学的大师，倘谈文献，讲《说文》，当然娓娓可听，但一到攻击现在的白话，便牛头不对马嘴。"[2]在《趋时与复古》中他把章太炎同康有为、严复并提，称章太炎参与孙传芳大帅的投壶礼，搞"复古"勾当，已经落后于时代，"原是拉车前进的好身手，腿肚大，臂膊也粗，这回还是请他拉，拉还是拉，然而是拉车屁股向后……"[3]而在私下里，例如在给曹聚仁的信中，他对章太炎晚年的遭遇深表同情，说："我以为师如荒谬，不妨叛之，但师如非罪而遭冤，却不可乘机下石，以图快敌人之意而自救。……我实不能向当局作媚笑。以后如

---

1 冯雪峰《鲁迅先生计划而未完成的著作》，《宇宙风》1937年第50期。

2 鲁迅《且介亭杂文二集·名人与名言》，《鲁迅全集》第6卷，北京，人民文学出版社2005年版，第373—376页。

3 鲁迅《花边文学·趋时与复古》，《鲁迅全集》第5卷，第564—565页。

相见，仍然当执礼甚恭……"[1]晚年章太炎不再到各地游说督抚或参与"投壶"典礼之类的活动，而归依儒学，以复兴中国文化为号召，在苏州设帐授徒。

但章太炎并不视鲁迅为弟子。他晚年手定弟子们编纂的《同门录》中，就没有鲁迅的名字。30年代初，章太炎为治疗鼻疾到北京，在门人公宴上，他问起鲁迅："豫才现在如何？"有人回答说，现在上海，颇被一般人疑为"左倾"分子。章太炎听后点点头说："他一向研究俄国文学，这误会一定从俄国文学而起。"言下之意，他不认为鲁迅会"左倾"而亲俄。[2]但事实上，鲁迅到上海后，的确走上"左倾"、亲共的道路，加入自由运动大同盟、民权保障同盟，还担任了左翼作家联盟的领导人。

鲁迅在怀念老师章太炎的文章《关于太炎先生二三事》中，与大多数章门弟子唱反调，几乎将老师的小学、经学成就视为无物，没有进入章太炎学术的传承谱系，鲁迅内心应该不无遗憾，因为他晚年蕴蓄于心的写作计划中，学术研究项目不比小说创作少，而且轮廓更为清晰，例如他做了很多准备工作的《中国文学史》和《中国字体变迁史》。[3]在厦门大学国学院做教授时，鲁迅拟授的两门课中有一门

1　鲁迅致曹聚仁信（1933年6月18日），《鲁迅全集》第12卷，第405页。

2　孙伏园《惜别》，《鲁迅先生二三事》，作家书屋1944年版，第48页。周作人《知堂回想录》中引述钱玄同的一封信："此外该老板（指吴检斋，因其家开吴隆泰茶叶庄）在老夫子那边携归一张'点鬼簿'（即《同门录》），大名（指周作人）赫然在焉，但并无鲁迅、许寿裳、钱均甫、朱蓬仙诸人，且并无其大姑爷（指龚未生），甚至无国学讲习会之发祥人，董修武、董鸿诗，则无任叔永与黄子通，更无足怪矣。该老板面询老夫子，去取是否有意？答云，绝无，但凭记忆所及耳。然则此《春秋》者，断烂朝报而已，无微言大义也。"这至少说明，章太炎那一时的记忆中没有把鲁迅视为弟子。

3　冯雪峰《鲁迅先生计划而未完成的工作》，《宇宙风》1937年第50期。

是"音韵训诂文字专书研究"，虽然为了另一位教授也开有此课和听者寥寥等原因而没有实施，但足以显示鲁迅并未完全抛弃所学。

毋宁说，鲁迅写这篇怀念文章，是在借悼念老师的机会表达自己的政治立场和文学观念，并为自己经常受到的攻击辩护，因为鲁迅后期以大量精力写杂文，在有些人看来是不务正业，浪费才华。对于章太炎的文集不收论战文字，鲁迅议论道：

> 革命之后，先生亦渐为昭示后世计，自藏其锋镖。浙江所刻的《章氏丛书》，是出于手定的，大约以为驳难攻讦，至于詈詈，有违古之儒风，足以贻讥多士的罢，先前的见于期刊的斗争的文章，竟多被刊落……一九三三年刻《章氏丛书续编》于北平，所收不多，而更纯谨，且不取旧作，当然也无斗争之作，先生遂身衣学术的华衮，粹然成为儒宗，执贽愿为弟子者綦众，至于仓皇制《同门录》成册……战斗的文章，乃是先生一生中最大，最久的业绩，假使未备，我以为是应该一一辑录，校印，使先生和后生相印，活在战斗者的心中的。[1]

鲁迅特别强调章太炎的革命性，他写道："我以为先生的业绩，留在革命史上的，实在比在学术史上还要大。""直到现在，先生的音容笑貌，还在目前，而所讲的《说文解字》，却一句也不记得了。"[2]

鲁迅对自己的杂文——论战文字——也看得很重，及时编集出版，有时甚至还把论战对手的文字编为附录。为杂文辩护成了他晚

---

1 鲁迅《且介亭杂文末编·关于太炎先生二三事》，《鲁迅全集》第6卷，第567页。
2 同上书，第565页。

年写作的一个重要主题。¹

就这样，鲁迅以革命精神为主线，将自己列入以章太炎为开端的近现代知识分子的传承谱系，而且把自己定位成承上启下的关键一环。

二

作为知名的文学家，并且曾在大学兼职乃至专职教学，鲁迅自然与青年人形成了师生关系。但鲁迅与青年之间的师生关系较少表现在学术传承方面。1936年4月2日，他在给两位爱好文艺的中学生的回信中说："以我为师，我是不敢当的，因为我没有东西可以指授，而且约为师弟的风气，我也不赞成。……我们的关系，我想，只要大家都算在文学界上做点事的也就够了。"²

被选为第三代知识分子代表的瞿秋白，虽是职业革命家，却颇有文人性情。鲁迅赞成他的革命性，也因为他的性情和文采而更亲近他。瞿秋白死后，鲁迅抱病编辑印行他的翻译文字以为纪念，可谓殚精竭虑。但对于编印《瞿秋白文集》，鲁迅却不积极。如胡风所说：关于瞿秋白的政治生命，鲁迅不作判断，所以他不主张印瞿秋白的文集。³一方面固然是考虑时间、精力和政治环境等原因，恐怕

1　例如《徐懋庸做〈打杂集〉序》《杂谈小品文》等。

2　鲁迅致杜和銮、陈佩骥信（1933 年 6 月 18 日），《鲁迅全集》第 14 卷，第 63 页。

3　胡风《鲁迅先生》，《新文学史料》1993 年第 1 期。胡风在该文中还补充说："就是译的文艺论文，也说那是旧一时期的，只有留给将来的中国康谟学院去审查了。"

遭到审查而徒劳无功[1]；另一方面也因为，鲁迅对政治家们的主张并不是完全赞成，那些时政批评、理论阐述文字同他的杂文有较大的差异。这与他以前对李大钊遗著的评价是一致的。鲁迅在为《守常全集》写的题记中，有这样一段文字："不幸对于遗文，我却很难讲什么话。因为所执的业，彼此不同，在《新青年》时代，我虽以他为站在同一战线上的伙伴，却并未留心他的文章，譬如骑兵不必注意于造桥，炮兵无须分神于驭马，那时自以为尚非错误。所以现在所能说的，也不过：一，是他的理论，在现在看起来，当然未必精当的。……"[2]至于为瞿秋白编辑纪念册，鲁迅更不赞成，他写信给朋友说："我不同意，也不愿意说明理由；不过如有一团体要出，那自然是另一回事，只是我个人不加入。"[3]

瞿秋白高度评价鲁迅杂文，认为鲁迅的杂文把政治的、社会的、文化的现象综合在一起，以形象化的方法来描绘和剖析，既是战斗的，同时也具有很高的艺术性。他把鲁迅的杂文归入艺术之林。有一时，他甚至模仿鲁迅笔法写杂文，用鲁迅的笔名发表。他的评价深得鲁迅之心。[4]瞿秋白一生不能忘情于文艺，他和鲁迅之间的契合主要表现在文艺上。而瞿秋白在革命过程中对政治的厌倦，鲁迅也是体察和感受得到的。上海避难时期的瞿秋白正站在文艺与政治的歧途上。有一次，鲁迅看到瞿秋用"犬耕"的笔名发表文章，问这是什么意思，瞿秋白回答说，自己不能搞政治。耕田本是用牛的，狗耕田

1　鲁迅致郑振铎信（1935 年 9 月 11 日），《鲁迅全集》第 13 卷，第 542 页。

2　鲁迅《南腔北调集·〈守常全集〉题记》，《鲁迅全集》第 4 卷，第 539—540 页。

3　鲁迅致萧军信（1935 年 7 月 16 日），《鲁迅全集》第 13 卷，第 500—501 页。

4　冯雪峰《回忆鲁迅》，冯雪峰记述了鲁迅对这个评价的积极反应，并评论说："这样的看法和评价在中国那时还是第一次。"

当然就耕不好，自己就是那权当充数的耕田的犬。鲁迅听后微微颔首，少顷，又叮嘱道："你对我说可以，不要再对别人说了，可能影响不好。"[1]鲁迅对政治和文艺的关系有深刻的理解，其实他本人也处于二者的矛盾中。他赞扬革命，但又不能舍弃文艺。

鲁迅把与瞿秋白年龄差距很小的冯雪峰选为第四代知识分子的代表，多少令人费解。只有一点，那就是他们在革命性上也许比瞿秋白一代更坚决。这一点，鲁迅本人有切身感受。冯雪峰属于革命文学家一代，这一代人对待鲁迅比瞿秋白对待鲁迅更少同情的理解，因此也更为严厉。冯雪峰几年前写了《革命与智识阶级》，断定鲁迅是革命运动和新兴文学的旁观者和同路人。这论断让鲁迅很反感。他把冯雪峰视为创造社一流人物，一开始甚至不愿理睬他。[2]冯雪峰后来转变态度，主动接近鲁迅。鲁迅有时候听从他的意见，有时容忍他的急躁，有时则对他的专断表示不满。许广平回忆说，冯雪峰"为人颇硬气，主见甚深，很活动，也很用功"，他有时指定好题目，让鲁迅做。有时两人之间出现这样的场面：

> F说："先生，你可以这样这样的做。"先生说："不幸，这样我办不到。"F又说："先生，你可以做那样。"先生说："似乎也不大好。"F说："先生，你就试试看吧。"先生说："姑且试试也可以。"于是韧的比赛，F目的达到了。[3]

胡风在回忆录中讲，冯雪峰为鲁迅起草了《论现在我们的文学运

1　周建人《学习鲁迅，认真读书》，1971 年 9 月 25 日《光明日报》。

2　冯雪峰《回忆鲁迅》。

3　许广平《欣慰的纪念》，《许广平文集》第 2 卷，第 35—36 页。

动》，念给鲁迅听，病中的鲁迅显得"更衰弱一些，更没有力气说什么，只是点了点头，表示了同意，但略略现出了一点不耐烦的神色。一道出来后，雪峰马上对我说：鲁迅还是不行，不如高尔基；高尔基那些政论，都是党派给他的秘书写的，他只是签一个名"。胡风听后感到意外。事后，他对鲁迅说："雪峰模仿周先生的语气倒很像……"鲁迅淡淡地笑了一笑，说："我看一点也不像。"[1]《答徐懋庸并关于抗日统一战线问题》也是一个例证，鲁迅并不满意雪峰起草的文字，抱病做了大幅度修改。相比之下，鲁迅对胡风更为倚重，他晚年让胡风帮助自己编辑校对，甚至请胡风代写文章。冯雪峰在回忆录中所说的"现在如我们似的"中的"我们"，应该包括胡风。但从总体上说，鲁迅对第三、第四代知识分子之间的差异语焉不详，对所谓"第四代"知识分子未来怎么发展，也没有多少预见推断。

三

四代知识分子的相近之处就是他们都具有较强的革命性和战斗性。在鲁迅看来，这是知识分子的最主要基因。

鲁迅评价章太炎时说："考其生平，以大勋章作扇坠，临总统府之门，大诟袁世凯的包藏祸心者，并世无第二人；七被追捕，三入牢狱，而革命之志，终不屈挠者，并世亦无第二人：这才是先哲

---

[1] 胡风《鲁迅先生》，《新文学史料》1993 年第 1 期。

的精神，后生的楷范。"[1]鲁迅本人更以勇敢对抗黑暗的战斗精神彪炳于世，展示着永不停步的"过客"风貌和进行不妥协斗争的"这样的战士"的雄姿。瞿秋白为"主义"而牺牲，有理想，有追求。在鲁迅看来，他像李大钊一样，即使理论"未必精当"，但精神永存，遗文永在，"因为这是先驱者的遗产，革命史上的丰碑"[2]。

鲁迅喜欢冯雪峰性格中的"硬气"，亲切地称之为"浙东人的老脾气"[3]。胡风性格"鲠直"，"易于招怨"，但鲁迅却很欣赏他，尽力保护他，甚至不惜为此得罪左翼文坛的领导。[4]

性格的相近，脾气里的"硬"的成分，把这几代知识分子联系在一个谱系中。这几个代表人物，其主张容或有偏激乃至有错误的地方，后人可以批评他们，乃至打倒他们，但很少有人轻蔑地取笑他们。

鲁迅对知识分子有过这样的要求：

> 由历史所指示，凡有改革，最初，总是觉悟的智识者的任务。但这些智识者，却必须有研究，思索，有决断，而且有毅力。他也用权，却不是骗人，他利导，却并非迎合。他不看轻自己，以为是大家的戏子，也不看轻别人，当作自己的喽罗。他只是大众中的一个人，我想，这才可以做大众的事业。[5]

1　鲁迅《且介亭杂文末编·关于太炎先生二三事》，《鲁迅全集》第6卷，第567页。

2　鲁迅《南腔北调集·〈守常全集〉题记》，《鲁迅全集》第4卷，第54页。

3　许广平《欣慰的纪念》，《许广平文集》第2卷，第35—36页。

4　鲁迅《且介亭杂文末编·答徐懋庸并关于抗日统一战线问题》，《鲁迅全集》第6卷，第555页。

5　鲁迅《且介亭杂文·门外文谈》，《鲁迅全集》第6卷，第104—105页。

从这段话里可以看出，鲁迅理想中的知识分子的品格应该是持节守正，他们既不同于政治家，也有别于一般文人。他看不起的是这样的知识分子：

我看中国的许多智识分子，嘴里用各种学说和道理，来粉饰自己的行为，其实却只顾自己一个的便利和舒服，凡有被他遇见的，都用作生活的材料，一路吃过去，像白蚁一样，而遗留下来的，却只是一条排泄的粪。社会上这样的东西一多，社会是要糟的。[1]

当然，鲁迅也清醒地认识到，在中国，知识分子的生存是艰难的。从内面说，"知识阶级对于别人的行动，往往以为这样也不好，那样也不好。先前俄国皇帝杀革命党，他们反对皇帝；后来革命杀皇族，他们也起来反对。问他怎么才好呢？他们也没办法。所以皇帝时代他们吃苦，在革命时代他们也吃苦，这实在是他们本身的缺点"。从外在环境而言，知识分子同社会永远处在矛盾之中："思想一自由，能力要减少，民族就站不住，他的自身也站不住了。现在思想自由和生存还有冲突，这是知识阶级本身的缺点。"[2]

这些"缺点"——其实也可以叫作"特点"，或者竟可以称作"优点"——在"四代"知识分子身上不同程度地存在着。

---

1 鲁迅致萧军、萧红信（1935 年 4 月 23 日），《鲁迅全集》第 13 卷，第 445 页。

2 鲁迅《集外集拾遗补编·关于知识阶级》，《鲁迅全集》第 8 卷，第 225—226 页。

四

鲁迅选择四代知识分子的代表时，观念和立场的相近是一个重要指标。这几代知识分子都是反对派、在野党。章太炎之于袁世凯政府，鲁迅、瞿秋白、冯雪峰等之于国民党政府。

鲁迅没有选择章太炎同时代的康有为、梁启超；他自己同时代的陈独秀、胡适；瞿秋白一代的郭沫若、茅盾等，其中固然有他与这些人不很熟悉的原因，但更重要的是，鲁迅是从社会革命的角度做出这种选择的。章太炎是反清革命的先驱，不同于康有为的主张立宪和渐进改良。鲁迅虽然没有参加过实际的革命斗争，但从思想上赞成革命，以为革命才是迅速有效的手段。按理说，他应该选择陈独秀这样的从事革命的知识分子。但实际上，他并不选择职业革命家。他选择的代表人物，多是革命与学问的中间物：章太炎是"有学问的革命家"，鲁迅自己则是"有革命精神的文学家"。

因为冯雪峰转述的鲁迅谈话很简短，我们对鲁迅构思中的代际关系的细节只能推测、猜测乃至臆测。各代之间自会存在隔阂、矛盾和斗争。即便是抄写了古人的"人生得一知己足矣；斯世当以同怀视之"的对联赠送瞿秋白，鲁迅对瞿秋白在《鲁迅杂感选集·序言》中对自己的评价也并非完全满意。[1]

鲁迅向冯雪峰透露这个长篇小说创作计划时，第三代知识分子的代表人物已经不在人世了。出于对人才的爱惜，鲁迅给瞿秋白

1　胡风《鲁迅先生》，《新文学史料》1993 年第 1 期。

以很高的评价，将他选为一代人的代表本身就是一种高度的赞扬。鲁迅没有从在世的文化界人士中寻找替代者。实际情况是，当时的文化界颇有几位候选人，例如郭沫若、茅盾等。半年后，鲁迅逝世，谁来继承鲁迅，担任文化界的领袖，就成为一个问题。郭沫若呼声最高，但由于各种原因，郭沫若不但没有同鲁迅见过面，而且两人之间还发生过激烈的笔战。郭沫若也许不愿意把自己排在鲁迅的接班人的位置上。但因为形势发展的需要，共产党领导人还是做了这样的努力。周恩来在祝贺郭沫若50岁寿辰的大会上就把鲁迅和郭沫若列为传承关系，说："我们不能把郭沫若看成是前一辈子的人，而应看成我们这一辈子的人，虽然他比鲁迅也不过只小了十一岁……鲁迅是新文化运动的导师，郭沫若便是带着大家一道前进的向导。"周恩来提名郭沫若为文化界领军人物："鲁迅先生已不在世了，他的遗范尚存，我们会愈感觉到在新文化战线上，郭先生带着我们一道奋斗的亲切，而且我们也永远祝福他带着我们奋斗到底的。"[1]

然而，鲁迅并没有把郭沫若当作自己下一代的代表人物，他宁可选择已经不在世的瞿秋白。鲁迅的追随者，例如胡风，对郭沫若颇有微词，甚至也不认同茅盾。胡风晚年在回忆录中特意写了鲁迅以下三个重要人物：郭沫若、丁玲、茅盾。关于茅盾，胡风写道：他已经被当作左翼头面作家，但他对反动阶级敌人和民族敌人的仇恨，对人民的爱心，不能和鲁迅相比，对穷苦人民的生活和革命实际的了解，又不及一些从生活中成长的青年作家。胡风甚至做了这样的比较：鲁迅是一个劳动力出卖者，而茅盾一开始就是大书店雇用的编辑、大杂志的主编、资本家的代理人。"茅盾这个资本家

---

1 周恩来《我要说的话——论鲁迅与郭沫若》，1941 年 11 月 16 日《新华日报》。

代理人的身份，并不完全是利用这个地位做工作或做好工作，反而是到了某种紧要关头，就现出了资本家帮闲的面目，如鲁迅在信中所说的，那卑劣和阴险远远出乎他的意料之外。"[1]在鲁迅、胡风看来，这些人对文艺缺少真诚态度，而视之为进身或谋利的工具乃至消遣的玩具，作品或公式化、概念化，或过多自然主义倾向。就连周恩来，在那次称扬郭沫若的讲话中也做了善意的提醒："有人说，鲁迅先生'韧'性战斗多表现在他的著作上，郭先生的战斗性多表现在他的政治生活上。我想，这种分法，并不尽当的。因为一个人的战斗性是发源于他的思想、性格和素养的，文字和行为，不过是他表现的方面罢了，并不能说这是差别的所在。真正的差别是鲁迅先生'韧'性的战斗，较任何人都持久，都有恒，这是连郭先生都会感到要加以发扬的。"[2]从鲁迅晚年这个创作计划中，可以约略窥测到鲁迅其时关于知识分子问题的思考，关于他自己的地位及文坛情形的认识，也可以多少感知鲁迅强烈的文化传统意识和现实斗争意识。

五

鲁迅的长篇小说创作计划虽然十分简略，但让人产生诸多思考和联想。

1　胡风《鲁迅先生》，《新文学史料》1993 年第 1 期。
2　周恩来《我要说的话——论鲁迅与郭沫若》，1941 年 11 月 16 日《新华日报》。

鲁迅的创作计划给人的一个强烈印象是鲁迅晚年的文学观在发生变化，他从更传统的角度来看待文学。鲁迅的创作计划给人们的一个强烈印象是当年他在东京从事文学创作的时候，感到章太炎对文学的定义过于宽泛。[1]然而现在，从他对杂文的看法以及对瞿秋白关于他的杂文评价的首肯来看，他对文学的看法明显地向乃师章太炎趋近了。鲁迅自己也曾说过，他的小说也是论文，只不过采用了短篇小说的体裁罢了。[2]他的长篇小说创作计划，看似不忘情于小说，实际上是把小说当作表达观念的工具，为小说虚悬了一个高远的目标。

鲁迅既然打算把人物放在一个衰落的大家族中，那么，推测起来，小说的主人公应该是第二代的代表，也就是鲁迅。鲁迅曾对友人说过："我的祖父是做官的，到父亲才穷下来，所以我其实是'破落户子弟'……不过思想较新，也时常想到别人和将来，因此也比较的不十分自私自利而已。"[3]这样一来，这部小说就有很强的自传性质了。

属于第二代的主人公游历于其他三代之间，就出现了如何将四代知识分子聚在一起，显出"四世同堂"热闹场面并真实而深刻地展现代际关系的问题。其结构，或者像西方的流浪汉小说，一人贯通全书；或者像鲁迅最欣赏的中国古典小说之一《儒林外史》，随处起兴。根据鲁迅说的夹叙夹议、"自由说话"的写法，选取后者的可能性较大。

关于小说的写法，鲁迅所说"打破过去的成例"一句，颇费思

---

1 许寿裳《亡友鲁迅印象记》，北京，生活·读书·新知三联书店1949年版，第30—31页。

2 冯雪峰《鲁迅先生计划而未完成的工作》，《宇宙风》1937年第50期。

3 鲁迅致萧军信（1935年8月24日），《鲁迅全集》第13卷，第528页。

量。是打破他本人小说写法的"成例"，还是打破通行的长篇小说的"成例"？鲁迅并未写过长篇小说，较长的可以称得上中篇小说的《阿Q正传》的写法，一边叙述一边议论，正是所谓"自由说话"的风格。但鲁迅恐怕不会用《儒林外史》式的冷眼，也不会用《阿Q正传》式的讽刺来描绘他用热烈的情绪贯穿起来的四代知识分子的谱系。尽管鲁迅对其他三代和他本人在历史上的地位和局限有准确的判断，对社会历史现象有精辟的分析和透彻的批判，但用冷峻、嘲讽的笔调表现几代知识分子的革命热情，是否相宜，值得研究。鲁迅晚年并非完全不做小说，他写了几篇所谓的"历史小说"，大多数笔调较冷，但也有一两篇，如关于墨子非攻和黑衣人复仇的篇什，颇显出一些热烈和亢奋。那么，鲁迅写革命精神皆极充沛的四代知识分子，应该具有类似《铸剑》和《非攻》那样的风味吧？

从总体上看，一部小说中"四世同堂"，显得有些拥挤。第四代知识分子的代表冯雪峰只比第三代的瞿秋白小四岁，划分理由略嫌不足，或可减为三代。鲁迅之后，人们为近现代知识分子编制了各式各样的谱系。很多谱系不再像鲁迅这样搞"四世同堂"，也不像他这样选择代表人物。虽然如此，对鲁迅这个小说创作计划的蠡测，对认识鲁迅晚年所处时代的情形及鲁迅思想发展状态，对探讨中国近现代知识分子问题，或能有所启发。

（原载《鲁迅研究月刊》2011年第10期）

文人，还是学者

鲁迅的职业选择和身份认定

关于鲁迅在文化史上的地位问题，向来争论颇多，有的意见认为鲁迅不是思想家、革命家，而把他比作屈原、杜甫、韩愈、蒲松龄或高尔基，强调他的文人的一面；也有人将鲁迅比作孔夫子，重其思想。我认为，评定鲁迅在中国文化史上的地位时，首先应该考虑他的职业经历。鲁迅是小说家（文人），但也当过教授，学术研究方面不无成就。鲁迅对职业的选择，可以作为其身份认定和一生业绩评价的参考。鲁迅本人在厦门、广州期间对创作和学术研究之间的关系也做过较为深入的思考。本文通过鲁迅一生尤其是厦门、广州时期在作家（文人）和教员（学者）之间的职业选择的分析，尝试探讨文人和学者（儒士）之辨对中国现代文化人的影响，说明文人和学者之间的差异与文化传统、文化心理的关系，以及文学创作和学术研究之间既紧密联系又相互矛盾的状态。

从苏雪林批评鲁迅的一封信说起

人们对鲁迅去世后，蔡元培、毛泽东、冯雪峰等人给予鲁迅的高度评价耳熟能详，而对于负面的评价，其实也应给予相当的重视，例如，"反鲁斗士"，一位女斗士，苏雪林的意见。

鲁迅去世后不久，苏雪林给蔡元培写了《与蔡孑民先生论鲁迅书》，对蔡元培看重鲁迅表示不满。蔡元培因为生病，没有回复。六天后，她写信给胡适，重复了她在给蔡元培的信中的观点，要求胡适支持她反鲁。在这两封信中，苏雪林对"鲁党"将鲁迅人格装点得无比崇高、伟大绝伦表示愤慨，认为鲁迅是一个道德败坏的人："鲁迅的心理完全病态，人格的卑污，尤出人意料之外，简直连起码的'人'的资格还够不着。"还说鲁迅"褊狭阴险，多疑善妒之天性，睚眦必报，不近人情之行为，岂为士林之所寡闻，亦人类之罕睹"[1]。

在列举了鲁迅的诸多丑行后，苏雪林下了评语，并埋怨蔡元培受人蒙蔽，偏袒鲁迅：

> 综上鲁迅之劣迹，吾人诚不能不呼之为玷辱士林之衣冠败类，二十四史儒林传所无之奸恶小人。方当宣其罪状，告诸天下后世，俾人人加以唾骂，先生乃如此为之表彰，岂欲国人皆以鲁迅矛盾人格，及其卑劣之行为作模范乎？以先生之明，宁忍为此，殆亦有所蔽焉尔。[2]

1　苏雪林《与蔡孑民先生论鲁迅书》，《奔涛》1937 年第 1 期。
2　胡适、苏雪林《关于当前文化动态的讨论（通信）》，《奔涛》1937 年第 1 期。

蔡元培置之不理。胡适给她的答复是：

关于鲁迅，我看了你给蔡先生的信……我很同情于你的愤慨，但我以为不必攻击其私人行为。鲁迅狺狺攻击我们，其实何损于我们一丝一毫？他死了，我们尽可以撇开一切小节不谈，专讨论他的思想究竟有些什么，有些什么是有价值的，有些什么是无价值的。如此批评，一定可以发生效果。余如你上蔡公书中所举"腰缠久已累累"，"病则谒日医，疗养则欲赴镰仓"……皆不值得我辈提及。至于书中所云'诚玷辱士林之衣冠败类，二十四史儒林传所无之奸恶小人'——下半句尤不成话——一类字句，未免太动火气，此是旧文字的恶腔调，我们应该深戒。

凡论一人，总须持平。爱而知其恶，恶而知其美，方是持平。鲁迅自有他的长处。如他的早年文学作品，如他的小说史研究，皆是上等工作。[1]

苏雪林后来对此做了说明：

所谓"二十四史儒林传所无之奸恶小人"，胡先生评为"不成话"，其实儒林传应作文学传，我之时笔头快写错了。以鲁迅一生行事言之，二十四史儒林传固不会有他的位置；二十四史文苑、文学传，像这样的小人确也不容易寻出，我以为这话不算过甚，惟太动火气及旧文学恶腔调云云，则切中我

1　胡适、苏雪林《关于当前文化动态的讨论（通信）》，《奔涛》1937 年第 1 期。

206

的毛病，自当以为深戒。[1]

从苏雪林的行文看，儒林传的地位是高于文苑传和文学传的。她认为鲁迅没有资格入儒林传，但并没有发狠说鲁迅根本没有资格入史，而允许鲁迅进入文苑传，说明她对鲁迅的文学成绩还是肯定的。而胡适的复信里，对鲁迅的评价不低，说鲁迅创作和小说史研究都有成绩。而这两方面结合起来，可以说鲁迅兼有文人与学者之长了。

鲁迅逝世后，有人要求将其事迹宣付国史馆，以备立传，政府没有采纳。迄今为止，为鲁迅立传的颇不少，甚至"正传"也有了。当然都是私家著作，官方的传记还没有。

那么，按古代人物纪传的分类法，鲁迅究竟应该怎样入史？

"儒林"与"文苑"

中国历史上的读书人，没有几个是想进文苑传的。鲁迅曾写道：

在普通的社会上，历来就骂杀了不少的诗人，则都有文艺史实来作证的了。中国的大惊小怪，也不下于过去的西洋，

1　胡适、苏雪林《关于当前文化动态的讨论（通信）》，《奔涛》1937年第1期。

绰号似的造出许多恶名，都给文人负担，尤其是抒情诗人。而中国诗人也每未免感得太浅太偏，走过宫人斜就做一首"无题"，看见树桠叉就赋一篇"有感"。和这相应，道学先生也就神经过敏之极了：一见"无题"就心跳，遇"有感"则立刻满脸发烧，甚至于必以学者自居，生怕将来的国史将他附入文苑传。[1]

文人、儒生、学者，现代统称为"知识分子"，含义模糊，不好界定。即如文人这个称呼，在历史各个时期，含义也不相同。鲁迅常议论自己的同行，也随着时代潮流，称之为"知识分子"，他写有《关于智识阶级》等文章。但在《读书杂谈》的演讲中，他说，文人是创作者，虚构文学、抒情文学的创作者；学者，是研究学术问题，考证，讲理论。这说明，在他的心目中，区别仍然存在。

同潜心经术的儒生相比，文人没有条理，作风散漫，甚至性情乖张，无所顾忌，暴露社会，也暴露私情；反抗世俗，也败坏风俗。因为他们做的不是经国大事，因为在科举道路上没有取得成功，做官不成，卖文为生，世俗社会也看不起他们。文人不是壮夫，扬雄早有宣言。刘知几《史通》自叙说："余幼喜诗赋，而壮都不为，耻以文士得名，期以述者自命。"裴行俭评价初唐四杰王、杨、卢、骆道："士之致远，先器识而后文艺。勃等虽有文才，而浮躁浅露，岂享爵禄之器耶！扬子沉静，应至令长，余得令

---

1 鲁迅《集外集拾遗·诗歌之敌》，《鲁迅全集》第 7 卷，北京，人民文学出版社 2005 年版，第 247—248 页。

终为幸。"宋代刘挚教子孙先行实后文艺。"士当器识为先，一号为文人，无足观矣！"《亭林文集》卷四《与人书十八》引用此语后，说："仆自一读此言，便绝应酬文字，所以养其器识而不堕于文人也。"在他看来，韩愈虽然"文起八代之衰"，但文集中有很多应酬文字，谀墓之作，不免白玉之瑕。章学诚《乙卯札记》引用毛奇龄的话，说得更奇警："生文人百，不及生读书人一。大抵千万人中必得一文人，而读书人则千百年不一觏者。"

文人好名过甚，狂傲自大，轻视别人，为了虚名，不择手段，因此就有了"文人相轻"的恶名。文人总觉得自己有才，老子文章天下第一，就像一首打油诗讽刺的："天下文章属三江，三江文章属吾乡。吾乡文章属吾弟，吾为吾弟改文章。"而且，文人的文章也不好——这说起来有些怪，既然是文人，总算得是做文的专家，为什么还不好呢？这里所谓不好，有两个方面的含义：一方面是没有实用性，是个人的情怀，一己的思绪；另一方面，文辞越好，效果越坏。文章好，吸引读者沉溺其中，满足其欲望、虚荣等负面情感，助长社会不良风气。诗人是撒谎者，小说家败坏风俗。鲁迅做官的时候，对有些小说采取的就是"禁"的态度。从道德家的眼光来看，文学家认识狭隘，感情用事，不能培养浩然之气，没有克己精神，只一味放纵自己。学人出行，察民之隐情，观风俗得失，有益治道；文人出行，那就成了感伤之旅，甚至是"冶游"。总之，文人行为有悖于柏拉图的哲学理念，是要被逐出理想国的。在中国，他们的所作所为往往不符合温柔敦厚的儒家诗教。

汉高祖刘邦为他的继任者选择辅佐大臣，就挑选周勃这样"重厚少文"的人。所以，政治和文艺虽然有时好像很亲密，但政治家和文人最终要分道扬镳。

鲁迅一代人强调文学的社会功用，仍然脱不了传统思想，这从文学研究会的宣言中就可以看出。鲁迅的"舍弟"周作人就是这个宣言的起草者，他的文学主张就是要用文学"立人"。人们提起周作人，总觉得他是一个讲"纯文学"、主张"为艺术而艺术"的人。实际上正好相反，他在《雨天的书·自序二》中说："我终于是一个道德家，我很反对为道德的文学，但自己总做不出一篇为文章的文章，结果只编辑了几卷说教集，这是何等滑稽的矛盾。也罢，我反正不想进文苑传（自然也不想进儒林传）。"可是既然文章都是为了世道人心而做，那就应该进儒林传。

文人毛病不少。那么，学者有没有问题呢？文人和学者实际上是近亲，学者也很容易犯文人那样的错误，例如好名。《圣经》上那个叫"名利场"的市场上的顾客并不都是文人。王阳明《传习录》就说："为学大病在好名。"所以治学，"若务实之心重一分，则务名之心轻一分。全是务实之心，即全无务名之心。若务实之心如饥之求食，渴之求饮，安得更有工夫好名？"不好名的程度，是衡量一个学者纯粹度的标尺。

学问有差等，学者分高下。《荀子·劝学篇》中说有小人儒，有君子儒。应劭《风俗通义》里讲通儒和俗儒的区别道："儒者区也，言其区别古今，居则玩圣贤之词，动则行典籍之道，稽先王之制，立当时之事，此通儒也。若能纳而不能出，能言而不能行，讲诵而已，无能往来，此俗儒也。"文人轻视学人，往往抓住俗儒来讽刺。

在中国传统中，文人和学者互相攻击，往往是学者占上风。刘文典训斥沈从文，是学人轻视文人的一个典型例子。刘文典是《淮南子》《庄子》专家，一向瞧不起搞新文学创作的人，认为"文学创作的能力不能代替真正的学问"。他在西南联大中文系当教授时，对讲授白话文写作的沈从文很有偏见。当他获悉联大当局要提升沈为教授时，大怒道："陈寅恪才是真正的教授，他该拿四百块钱，我该拿四十块钱，朱自清该拿四块钱。可我不给沈从文四毛钱！"

教授周树人和小说家鲁迅

鲁迅的职业选择，是一个从公务员到作家，从作家到教授，又从教授回到作家（文人）的过程。除了做官一段时间外，鲁迅主要从事两种职业——教学和创作。

鲁迅在自传里写道：

> 革命政府在南京成立，教育部长招我去做部员，移入北京；后来又兼做北京大学，师范大学，女子师范大学的国文系讲师。到一九二六年，有几个学者到段祺瑞政府去告密，说我不好，要捕拿我，我便因了朋友林语堂的帮助逃到厦门，去做厦门大学教授，十二月走出，到广东做了中山大学教授，四月辞职，九月出广东，一直住在上海。[1]

鲁迅写自己两次当教授，虽然是平铺直叙，语气间也不无自豪。尽管当教授的时间加起来不足一年，但他最终还是不习惯当教员、做学问而"弃教从文"。人们更熟悉鲁迅"弃医从文"的事迹，但不很关注他"弃教从文"的经历，后者也是他人生的一个大的转捩点。在厦门、广州任教时期，做了一生中比较重要的一次自

1　鲁迅《集外集拾遗补编·鲁迅自传》，《鲁迅全集》第 8 卷，第 343 页。

主选择，正是文人和学者之间的选择，具体到职业，就是当作家还是当教授。到上海，自传中就只写着"一直住在上海"，没有写明职业。其实就是作家——文人。

20世纪20年代，厦门大学成立了国学研究院。鲁迅在1926年9月4日来到厦门，10月10日，厦门大学国学研究院正式成立。校长林文庆任国学研究院院长，原北大教授沈兼士任主任，林语堂任总秘书，孙伏园为编辑，鲁迅、顾颉刚、陈万里、张星烺为研究院教授。

在国学院计划出版的十种学术专著中，鲁迅的学术著作有两种，一种是《古小说钩沉》，另一种是《六朝唐代造像汇编》，但因为国学院经费缩减，未能出版。鲁迅在厦大开了三门课：小说史、中国文学史、音韵训诂专书研究。他还为《国学研究院季刊》创刊号写了学术研究文章《嵇康集考》，因为同样的原因没有出版。由于国学院与学校和理科的关系紧张，加之经费减少，学术著作没能出版，使鲁迅颇感失望。鲁迅离开学术界，与学校当局的办学方针不无关系。另外一个原因，就是鲁迅与现代评论派的矛盾达到不可调和的地步。鲁迅与许广平的通信中，经常涉及学校的人事斗争，也有学者与文人之间的成见。鲁迅说：

> 此地所请的教授，我和兼士之外还有朱山根。这人是陈源之流，我是早知道的，现在一调查，则他所安排的羽翼，竟有七人之多，先前所谓不问外事，专一看书的舆论，乃是全都为其所骗。他已在开始排斥我，说我是"名士派"，可笑。[1]

朱山根即顾颉刚。他说鲁迅是"名士派"，实际上就是说，鲁

---

1 鲁迅致许广平信（1926年9月30日），《鲁迅全集》第11卷，第559页。

迅是文人，并不适合进入教授之列。顾颉刚早些时候在北京时就对鲁迅印象不好，1926年1月17日，他在日记中写道："予近日对于鲁迅、启明二人甚生恶感，以其对人之挑剔诟谇，不啻村妇之骂也。今夜《语丝》宴会，予亦不去。"[1]他认为鲁迅是一心作文追求成名的"文人"，不是学者。

真正让鲁迅和顾颉刚结下不解之怨的是《中国小说史略》抄袭事件。顾颉刚1927年2月17日日记写道："鲁迅对于我的怨恨，由于我告陈通伯，《中国小说史略》剿袭盐谷温《支那文学讲话》。"[2]顾颉刚的女儿所著《历劫终教志不灰——我的父亲顾颉刚》，通过分析其父亲的书信、日记等相关材料，证实了这一点。[3]既然顾颉刚等人认定鲁迅抄袭，那么，在他们眼里，鲁迅的学者身份就更值得怀疑了。

鲁迅以往的业绩是创作。但在厦大期间，他除了编写讲义，讲授中国文学史外，写的小说只有一篇，就是《奔月》，此外所做都是散文类的作品，主要有《从百草园到三味书屋》《父亲的病》《琐记》《藤野先生》《范爱农》，随笔、杂文、序跋等十篇，更多的时间用在写信，例如给在广州的情人许广平写了很多封信。

鲁迅本人对职业选择也是自觉的。是从事学术研究，还是创作，抑或二者兼得？在厦门大学的学者群中，他不得不思考这个问题。他写信给许广平说：

但我对于此后的方针，实在很有些徘徊不决，那就是：

---

1 顾颉刚《一月十七号星期四（十二月初四）》，《顾颉刚日记》第1卷，台北，联经出版公司2007年版，第710页。

2 顾颉刚《二月十一号星期五（正月初十）》，《顾颉刚日记》第2卷，第15页。

3 顾潮《历劫终教志不灰——我的父亲顾颉刚》，上海，华东师范大学出版社1997年版。

做文章呢,还是教书?因为这两件事,是势不两立的:作文要热情,教书要冷静。兼做两样的,倘不认真,便两面都油滑浅薄,倘都认真,则一时使热血沸腾,一时使心平气和,精神便不胜困惫,结果也还是两面不讨好。看外国,兼做教授的文学家,是从来很少有的。我自己想,我如写点东西,也许于中国不无小好处,不写也可惜;但如果使我研究一种关于中国文学的事,大概也可以说出一点别人没有见到的话来,所以放下也似乎可惜。但我想,或者还不如做些有益的文章,至于研究,则于余暇时做,不过倘使应酬一多,可又不行了。[1]

所以我此后的路还当选择:研究而教书呢,还是仍作游民而创作?倘须兼顾,即两皆没有好成绩。或者研究一两年,将文学史编好,此后教书无须豫备,则有余暇,再从事于创作之类也可以。[2]

从这两段话看,他基本上做出了选择。

鲁迅的长处

周作人评价鲁迅,偏重其学术方面的成绩:

1 鲁迅致许广平信(1926 年 11 月 1 日),《鲁迅全集》第 11 卷,第 599 页。
2 鲁迅致许广平信(1926 年 12 月 3 日),《鲁迅全集》第 11 卷,第 642 页。

在文学方面，他对于旧的东西，很用过一番功夫，例如：古代各种碎文的搜集，古代小说的考证等，都做得相当可观，可惜，后来都没有出版，恐怕那些材料，现在也都散失了。有人批评他说，他的长处是在整理这一方面，我以为这话是不错的。[1]

周作人还大力表彰鲁迅道："这些工作的成就有大小，但无不有其独得之处，而其起因亦往往很是久远，其治学与创作的态度与别人颇多不同，我以为这是最可注意的事。""现在觉得应该说明了，因为这一件小事（指鲁迅的文字署周作人之名——引者）我以为很有点意义。这就是证明他做事全不为名誉，只是由于自己的爱好。这是求学问弄艺术的最高的态度，认得鲁迅的人平常所不大能够知道的。"[2]

但周作人这番话激起一些鲁迅崇拜者的不满，他们认为周作人把鲁迅打扮成一个在故纸堆里翻翻捡捡的学者，是辱没了鲁迅。

钱玄同所写回忆鲁迅的文字，也强调鲁迅的学术贡献。他说：

至于我对于豫才的批评，却也有可说者，（一）他治学最为谨严，无论校勘古书或翻译外籍，都以求真为职志，他辑《会稽郡故书杂集》与《古小说钩沉》，他校订《嵇康集》与《唐宋传奇集》，他著《中国小说史略》，他翻译外国小说，都同样认真，这种精神，极可钦佩，青年们是应该效法他的。

1　周作人《鲁迅先生噩耗到平》，《周作人谈鲁迅》，1936年10月22日《大晚报》。
2　周作人《关于鲁迅》，《宇宙风》1936年第29期。

（二）他读史与观世，有极犀利的眼光，能抉发中国社会的痼疾，如《狂人日记》《阿Q正传》《药》等小说及《新青年》中他的《随感录》所描写所论述的皆是，这种文章，如良医开脉案，作对症发药之根据，于改革社会时有极大的用处的。这两点，我认为是他的长处。[1]

钱玄同还说，他与晚年的鲁迅"实在是隔膜得很"，暗示对鲁迅上海时期的所作所为并不赞成。同时自诩说，自己做的事关乎"国语"和"国音"，研究的是"经学"和"小学"。他们的老师章太炎晚年手定弟子名录，不知是否有意，将钱玄同和周作人等列入，而未列入鲁迅。

刘文典对鲁迅学术成绩的评价也不高。他说：

鲁迅他算不得一个思想家，因为他对中国的哲学还没有研究透彻。要研究小说就要懂佛理——印度佛理。鲁迅不懂佛学，更不懂印度学术，所以他把中国的小说源流并说不清楚……鲁迅的《中国小说史略》抄了日本盐谷温的一部分著作，但鲁迅不会这样傻的，大概是参考吧。顾颉刚说了他这件事，他就和顾颉刚闹得不可开交，这足见鲁迅气量的不够……鲁迅的私德不好，他和他兄弟周作人就很水火。但文学家都是神经质的，两个神经遇在一块，当然要打架，这是可

---

1 钱玄同《我对周豫才君之追忆与略评》，1936 年 10 月 26 日、1936 年 10 月 27 日《世界日报》。

以原谅的。[1]

直到现在，还有研究者指出鲁迅的文章学术功底不扎实。与《中国小说史略》抄袭说相关的，是说鲁迅的学术著作没有注释，不列参考书目，很不规范。还有文章指出《魏晋风度与文章及药与酒之关系》中的史实错误。

鲁迅到上海后，成为职业作家。其实，他一开始是有一个职位的：接受蔡元培之聘，成为国民政府大学院的第一批特约撰述员，每月薪水三百元。这个职位的定位就是从事学术研究。[2]不过，他在上海写的文字多为杂文，在有些人看来，是不能算学术成果的。教育部要的是学术著作。几年以后，他的撰述员职务就被取消了。有人说，这是因为国民政府改组后，蒋介石担任了教育部门首长，迫害鲁迅。蔡元培竭力运动保留，但没有成功。鲁迅在给友人的信中谈到此事说：

> 被裁之事，先已得教部通知，蔡先生如是为之设法，实深感激。惟数年以来，绝无成绩，所辑书籍，迄未印行，近方图自印《嵇康集》，清本略就，而又突陷兵火之内，存佚盖不可知。教部付之淘汰之列，固非不当，受命之日，没齿无怨。现北新书局尚能付少许版税，足以维持，希释念为幸。[3]

1　转引自蒙树宏《鲁迅史实研究》，云南教育出版社1989年版。

2　许寿裳《上海生活——前五年》，《亡友鲁迅印象记》，北京，人民文学出版社1977年版，第75页。

3　鲁迅致许寿裳信（1932年3月2日），《鲁迅全集》第12卷，第287页。

可见他对自己学术成绩不充分是有自觉的，他在文坛斗争的亢奋中也不再有继续学术研究的志愿。在文人和学者之间徘徊的鲁迅，以亲身体验证实了他自己的预见：文人学者难以兼得。

为文人辩护

人容易沾染不良习惯，文人尤甚。因为专心文字工作，在日常生活方面，文人会有一些怪异的举动，而且，或者也因为工作劳苦的缘故，不少文人染上不良嗜好，最普通的，是喜欢服用刺激神经的兴奋剂。烟卷与咖啡，因而成为现代文人流行的嗜好品。这两样，鲁迅倒是有所为有所不为：把别人喝咖啡的时间用于工作，而工作的时候几乎烟卷不离手。鲁迅留下了好几张手拿烟卷的照片，以至于后来很多艺术家创作鲁迅形象，也都让他手持烟卷。

鲁迅曾看到报刊上发表的批评文人无行的文章，其中举了很多例子，如说一些日本文人除了抽烟喝咖啡之外，还有各种各样的怪奇恶癖。前田河广一郎爱酒若命，醉后呶鸣不休；谷崎润一郎爱闻女人的体臭和尝女人的痰涕；今东光喜欢自炫学问夸耀自己；金子洋文喜舐嘴唇；细田源吉喜作猥谈，朝食后熟睡二小时；宫地嘉六爱用指爪搔头发；宇野浩二醺醉后侮慢侍妓；林房雄有奸通癖；山本有三乘电车时喜横膝斜坐；胜本清一郎谈话时喜用拇指挖鼻孔。[1]

鲁迅看了以后，写文章为文人开脱，显得异常宽容。他欣赏文

---

1 鲁迅《伪自由书·文人无文附若谷〈恶癖〉》，《鲁迅全集》第 5 卷，第 86 页。

人"真实"不虚伪的一面，说：

> 中国文人的"恶癖"，其实并不在这些，只要他写得出文章来，或搔或舐，都不关紧要，"不近人情"的并不是"文人无行"，而是"文人无文"。
>
> ……　……
>
> 轻薄，浮躁，酗酒，嫖妓而至于闹事，偷香而至于害人，这是古来之所谓"文人无行"。然而那无行的文人，是自己要负责任的，所食的果子，是"一生潦倒"。他不会说自己的嫖妓，是因为爱国心切，借此消遣些被人所压的雄心；引诱女人之后，闹出乱子来了，也不说这是女人先来诱他的，因为她本来是婊子。他们的最了不得的辩解，不过要求对于文人，应该特别宽恕罢了。[1]

文人也有高下之分。差的文人，他的文章还不如不做。鲁迅批评这些文人的创作是"滥作"，认为还不如去搞些翻译。他一方面鼓励创作，要文人有文；另一方面，要认真创作，而不能无病呻吟，为文而文。他批评道：

> 近十年来，文学家的头衔，已成为名利双收的支票了，好名渔利之徒，就也有些要从这里下手。而且确也很有几个成功：开店铺者有之，造洋房者有之。不过手淫小说易于痨伤，"管他娘"词也难以发达，那就只好运用策略，施行诡计，陷害了敌人或者连并无干系的人，来提高他自己的"文

1　鲁迅《集外集拾遗补编·辩"文人无行"》，《鲁迅全集》第 8 卷，第 393 页。

学上的价值"。[1]

鲁迅对上海文场，常常抱怨、愤恨："教书固无聊，卖文亦无聊，上海文人，千奇百怪，批评者谓我刻毒，而许多事实，竟出于我的恶意的推测之外，岂不可叹。"[2]问题主要来自同行文人，很多文人，其实是"文过饰非"的人：

> 我看中国有许多智识分子，嘴里用各种学说和道理，来粉饰自己的行为，其实却只顾自己的一个便利和舒服，凡有被他遇见的，都用作生活的材料，一路吃过去，像白蚁一样，而遗留下来的，却只是一条排泄的粪。社会上这样的东西一多，社会是要糟的。[3]

文人和学者常常可以合二为一。鲁迅谈到台静农被人出卖时就感叹道：

> 总不外乎争功和抢饭碗，此风已南北如一。段执政时，我以为"文人学者"已露尽丑态，现在看起来，这估计是错的。昔读宋明末野史，尝时时掷书愤叹，而不料竟亲身遇之也。[4]

---

1 鲁迅《集外集拾遗补编·辩"文人无行"》，《鲁迅全集》第 8 卷，第 393 页。
2 鲁迅致郑振铎信（1934 年 11 月 8 日），《鲁迅全集》第 13 卷，第 254 页。
3 鲁迅致萧军、萧红信（1935 年 4 月 23 日），《鲁迅全集》第 13 卷，第 445 页。
4 鲁迅致郑振铎信（1934 年 8 月 5 日），《鲁迅全集》第 13 卷，第 194 页。

当然，相比较而言，文人的毛病更多，如鲁迅评价姚蓬子时说的：

> 其实他本来是一个浪漫性的人物。凡有智识分子，性质不好的多，尤其是所谓"文学家"，左翼兴盛的时候，以为这是时髦，立刻左倾，待到压迫来了，他受不住，又即刻变化，甚而至于卖朋友，作为倒过去的见面礼。这大约是各国都有的事。但我看中国较甚，真不是好现象。[1]

鲁迅对文坛上的情形非常熟悉，对文人观察得很透彻细密。他写过《文坛三户》等杂文，对文坛种种现象进行揭露和讽刺，堪称入木三分。

总之，鲁迅晚年整体上对知识分子、文人保持着清醒的认识。有人称他为战士，把他看得高于一般文人，他谦虚地回答说：

> 这样的才可以称为战士，真叫我似的弄笔的人惭愧。我觉得文人的性质，是颇不好的，因为他智识思想，都较为复杂，而且处在可以东倒西歪的地位，所以坚定的人是不多见的。[2]

鲁迅之所以在上海文坛鹤立鸡群，就是因为他虽然做的是"文事"，但有学者的素养和战士的品格。

1　鲁迅致萧军、萧红信（1934 年 11 月 17 日），《鲁迅全集》第 13 卷，第 260 页。
2　鲁迅致萧军、萧红信（1934 年 12 月 10 日），《鲁迅全集》第 13 卷，第 287 页。

结语

　　鲁迅本人和他的同时代人都有意无意地在使用古代文人学者分类法。尽管古代的较为狭窄的分类法——学者（儒林）、文人（文苑）——不能完全涵盖鲁迅这一代人的职业状况，但传统文化的观察，会给我们一些启示。

　　中国古代经典上说：文质彬彬，然后君子。"文"和"质"之间的度很难掌握。"文非学不立，学非文不行"，两者不但不能截然分开，而且需要相辅相成。中国文化史上有汉宋之争、考据与义理之争、考据和文章之争。然而，争的同时，双方也在不断融合。

　　文人学者的分别，大而言之，是文化选择、人生选择问题，是人生观和世界观问题。我们所说鲁迅的身份认定，是在给他一个总体的评价。从鲁迅一生的业绩来看，文学创作和学术研究都取得了很大的成就。可以说他既是一位作家，也是一位学者。然而，这样说，听起来虽然全面，却不免笼统。应该有主次之分：以文学家的鲁迅为主，学者的鲁迅次之。至于文学家、思想家、革命家的评价，包罗一切，造成一个"高""大""全"式的人物，在文化史上可谓"至矣尽矣，无以复加矣"。但同时也就有危险，因为"全人"很容易变成"完人"，"完人"又很容易变成"非人"。

　　在最近十几年的鲁迅研究中，学者鲁迅的形象更多地凸显出来了。论者在强调，鲁迅不单单是一个言辞激烈、有时观点偏激的文人，他还是一位扎实沉稳、言必有据、实事求是的学者，与中国传统文化有着亲密、深刻的联系。

　　其实不仅是现在，很早以前就有这种说法。鲁迅去世后，蔡元培所送挽联的上联写的是："著述最严谨，非徒中国小说史"。人们提到学者鲁迅，总想起他的代表作，具有开创性的《中国小说史略》，但蔡元培的所指更大，他认为鲁迅的学术贡献不止于撰写小说史，他的很多著述，包括杂文在内，都是学术性很强的文字，都是严谨的。

"文""学"俱备，近乎完人，蔡元培对鲁迅的评价如此之高，难怪引起只以"文人"许鲁迅的苏雪林的不满。

（原载《鲁迅研究月刊》2013年第3期）

略参己见：鲁迅文章中的"作""译"混杂现象

以《〈凯绥·珂勒惠支版画选集〉序目》为中心

一

创作家鲁迅生在西方文化广泛而深刻地影响中国的时代，读新式学堂，出洋留学，精通至少一种外语，翻译了很多外国著作。创作家而兼翻译家，笔下的两种文字有时就不免混在一起。鲁迅青年时代，或因处于学习阶段，或为了现实目的——例如宣传和赚取稿费——而改写外国作品，所谓"改写"，就是不采取所谓直译方法，而近乎严复和林纾的"达旨"，其结果当然是"作""译"混同，归类非易。例如，鲁迅在日本留学时写的介绍镭的发现的论文《说钼》和根据古希腊历史故事改写而成的《斯巴达之魂》，他本人编辑第一本论文集《坟》时并不收录，但到晚年，他的友人找出这些篇什要编入《集外集》时，他没有表示反对，只在序言里表达了一点儿"悔其少作"的意思：

例如最先的两篇，就是我故意删掉的。一篇是'雷锭'

的最初的绍介，一篇是斯巴达的尚武精神的描写，但我记得自己那时的化学和历史的程度并没有这样高，所以大概总是从什么地方偷来的，不过后来无论怎么记，也再也记不起它们的老家；而且我那时初学日文，文法并未了然，就急于看书，看书并不很懂，就急于翻译，所以那内容也就可疑得很。而且文章又多么古怪，尤其是那一篇《斯巴达之魂》，现在看起来，自己也不免耳朵发热。"[1]

另一种较为普遍的情况，是他的创作文字中引用外国文献不注明出处，如早期的《摩罗诗力说》《人之历史》等，让后世的学者们煞费考证的功夫；[2]其中年期的学术著作《中国小说史略》，因注释不完整、不细致，且未列出参考书目，以致有他抄袭外国人的同类著作的传言。[3]直至今日，仍有《〈中国小说史略〉批判》[4]之类的著作出版，在指明某些论断不正确外，也指明其标注的不规范。

鲁迅的二弟周作人，有一时在文章中大量引用古书或外国书。他对这种行文方式的辩解是：本来想要表达自己的意见，但见古人或

1　鲁迅《集外集·序言》，《鲁迅全集》第7卷，北京，人民文学出版社2005年版，第4页。

2　日本北冈正子、中国赵瑞蕻做过此类追本溯源的工作。北冈正子《〈摩罗诗力说〉材源考》，何乃英译，北京，北京师范大学出版社1983年版；赵瑞蕻《〈摩罗诗力说〉注释·今译·解说》，天津，天津人民出版社1984年版。另关于鲁迅早期译作的论文有樽本照雄《关于鲁迅的〈斯巴达之魂〉》，《鲁迅研究月刊》2001年第6期；中岛长文《蓝本〈人之历史〉》，鲁迅研究室编《鲁迅研究资料》第12辑，天津人民出版社1983年版。

3　参见鲁迅《华盖集续编·不是信》《且介亭杂文二集·后记》。

4　欧阳健《〈中国小说史略〉批判》，太原，山西人民出版社2008年版。

外国人已经说得很好，自己不必要再费力措辞，直接引用或翻译出来，岂不是好。他的文章在这些关节上，态度诚实，总是将借用段落打上引号，附上或长或短的解说评论，使读者一目了然。也正因为如此，倒引得有些读者给他个"文抄公"的讥刺。其实，鲁迅晚年也有不少文章，为了"立此存照"的目的，大量引用他人的文字，自己只加几句引语、评语。但或许因为鲁迅的这类文章没有周作人的多，或许因为别的什么原因吧，还不大有人把鲁迅叫作"文抄公"。

扩大言之，在中国，除了造字的先民，至少自孔夫子以降，以汉语写作者，免不了或述或译，取法于古人、今人和外人。韩愈力主"词必己出"，但要求太高，难以做到，于是只好"降而不能为剽窃"，也就是俗话说的"天下文章一大抄"。宋朝的黄庭坚善于借用，自诩"点石成金"，无论如何高妙，也逃不过狄仁杰或福尔摩斯般聪慧的学者们的反复探究。引用本国文字，容易被人发现，中国古人说诗人是窃贼，对他们早有警惕；近现代中外交通大开，情况愈益复杂，引用外国文字，由于中国读者懂外文者少，而外国著作家懂中文者更少，就更可能出现以翻译冒充著作的现象。

作为翻译家，鲁迅后期力主"直译"——宁可不太顺，也要忠实于原著——译文中自然不会再有早期那种"夹译夹议"的情形。但他的创作，不免时时引用外国人的著作，在中国近现代急需大量进口文化产品的情况下，鲁迅这样做的原因自不难理解。其实，不独鲁迅为然，这是当时中国知识分子的普遍做法，仿佛孔乙己所说"窃书不为偷"，对东洋西洋的思想观念，明里暗里地借用。探究鲁迅此类文字的构成成分及其来源，对研究那个时代汉语文学发展及中西文化交流或者不无启发。

最近这方面有一些研究成果，值得注意。例如，鲁迅为自编的《比亚兹莱画选》写的"小引"中有不少引文，作者并没有清晰地标明出处，只笼统地说："他（指比亚兹莱——引者）的作品，因为翻印了 *Salomé* 的插画，还因为我们本国时行艺术家的摘取，似乎连风韵也颇为一般所熟识了。但他的装饰画，却未经诚实地介绍过。现在就选印这十二幅，略供爱好比亚兹莱者看看他未经撕剥的遗容，并摘取西蒙斯（Arthur Symons）和杰克逊（Holbrook Jackson）的话，算作说明他的特色的小引。"[1] 两位研究者的文章——徐霞的《"比亚兹莱"的中国旅程——鲁迅编〈比亚兹莱画选〉有关文化、翻译、艺术的问题》[2] 和星野幸代的《鲁迅《〈比亚兹莱画选〉小引》的写成——以西蒙斯和杰克逊的影响为中心》[3]——将鲁迅的"小引"与其所摘取的两位外国作者的原文加以核对，找出鲁迅使用上述两人的原著的段落，发现很多段落是直译原作者的文章，给人的印象是鲁迅的文章称为"作"不如称为"译"更贴切。然而，这篇"小引"先被收入《集外集拾遗》，后又收入《鲁迅全集》（现在《鲁迅全集》第7卷），一向被当作鲁迅的原创文字。然而，两位研究者未加注意的一点是，鲁迅并没有将这篇"小引"收入文集的意图。鲁迅生前确有编辑《集外集拾遗》的计划，他本人拟定了书名，并且收集抄录了一些篇目，有的还加写了"补记"或"备考"，但因为逝世没有完成。完成该书编辑的是许广平女士。许广平在《编后说明》中说："其他如《怀旧》……《〈比亚兹莱画选〉小引》……等篇，谅为先生故意删掉或漏落，或年远

1　鲁迅《集外集拾遗·〈比亚兹莱绘画选〉小引》，《鲁迅全集》第7卷，第357—358页。

2　徐霞《"比亚兹莱"的中国旅程——鲁迅编〈比亚兹莱画选〉有关文化、翻译、艺术的问题》，《鲁迅研究月刊》2010年第7期。

3　〔日〕星野幸代《鲁迅〈比亚兹莱画选〉小引的写成——以西蒙斯和杰克逊的影响为中心》，李金然译，《上海鲁迅研究》2010年秋季号。

失记，一向没有收集的。为了敬仰先生的一切，全集尽力之所能收集，这里也都编入了。"[1]但"小引"之类文字，完成时间不久，鲁迅不可能遗忘，也不难寻找，可见他没有编入文集的计划。

本文介绍的是鲁迅《〈凯绥·珂勒惠支版画选集〉序目》（以下简称《序目》）。[2]这篇文章，鲁迅去世前已经有了将其编入《且介亭杂文末编》的计划，而且列为第二篇。后来文集由许广平编成，于1937年7月出版。显然，鲁迅把这一篇视为自己的著作。不过，鲁迅并非没有迟疑。他去世前不久，日本作家鹿地亘编译他的文集，计划收录这篇《序目》，写信征求他的意见，他回信说："不过，我以为没有《珂勒惠支版画选集序目》这篇也好。记得在日本已有更详细的介绍了。不过倘已译好，收进去亦可。"听口气，仿佛同意收进文集，主要原因是不想让翻译者的辛劳白费。而且对于《序目》的后半部分，鲁迅更有些犹疑不决："版画的解释是否也要翻译？"[3]语气中颇含有这一部分不能算是自己的创作的意思。

的确，鲁迅在《序目》中是做了声明的："选集所取，计

1 许广平的后记见鲁迅先生纪念委员会编、鲁迅全集出版社1939年5月发行的《集外集拾遗》。

2 鲁迅《且介亭杂文末编·〈凯绥·珂勒惠支版画选集〉序目》，《鲁迅全集》第6卷，第485—494页。《〈凯绥·珂勒惠支版画选集〉序目》最初印入1936年5月三闲书屋出版的《凯绥·珂勒惠支版画选集》，又发表在同年8月15日《散文》月刊创刊号和同日《作家》月刊第11卷第5号，改题为《凯绥·珂勒惠支版画》，均署名鲁迅。收入《且介亭杂文末编》。《凯绥·珂勒惠支版画选集》是1935年9月鲁迅"根据原拓本及艺术护卫社本画帖，选中国宣纸，在北平用珂罗版印造版画各一百零三幅；一九三六年五月，在上海补印文字，装订成册。内四十本为赠送本，不发卖；三十本在国外，三十三本在中国出售"。

3 鲁迅致鹿地亘信（1936年9月6日），《鲁迅全集》第14卷，第392—393页。

二十一幅，以原版拓本为主，并复制一九二七年的印本《画帖》以足之。以下据亚斐那留斯及第勒（Louise Diel）的解说，并略参己见，为目录……"因为有了"己见"，而且考虑到前半部分也有一些自己撰写的介绍和议论文字，这篇文章就不能完全算是翻译。但又因为是"略参"，自己的意见并不很多，就使得他本人和后人在将其编入著作集还是译文集的时候面临两难选择了。

二

为编辑《凯绥·珂勒惠支版画选集》，鲁迅做了充分准备。

鲁迅购藏的凯绥·珂勒惠支作品集主要有：《凯绥·珂勒惠支画帖》（*Käthe Kollwitz Mappe, Herausgeben von Kunstwert*, Kunstwart-Verlag, München, 1927）、《凯绥·珂勒惠支画集》（*Das Käthe Kollwitz-Werk*, Dresden, C. Reissner, 1931）、《母与子》（*Mutter und Kind, Gestalten und Gesichte der Künstlerin gedeutet von Louise Diel*, Berlin, Furche-Kunstverlag, 1928）、《发出一声呐喊：女艺术家的生平和作品》（*Ein Ruf ertönt, Eine Einführung in das Lebenswerk der Kunstlerin von Louise Diel*, Berlin, Furche-Künstverlag, 1927）、《织工、农民战争、战争》（*Ein Veberaufstand, Bauernkrieg, Krieg, Die drei Blattfolgen der Künstlerin mit Text von Louise Diel*, Berlin, Furche-Kunstverlag, 1930）。除第一种《凯绥·珂勒惠支画帖》（以下简称《画帖》）为斐迪南·亚斐那留斯（Ferdinand Avenarius，1856—1923）编辑外，其他几种多为第勒编著。

鲁迅购藏凯绥·珂勒惠支版画原作16幅。当他编辑《凯绥·珂勒惠支版画选集》时，全部使用了所藏版画，其余取自所藏图书，特别是《画帖》。他在上海举办木刻讲习班和德国版画展览会时，曾展示这些版画和书籍，并把《织工》六幅版画赠送给日本讲师内山嘉吉以为答谢。据内山嘉吉回忆："在六天的讲习中，鲁迅先生每天带着珂勒惠支和其他作家的版画集，一边让大家看，一边配合我的讲义对大家讲解，他的热忱真令人钦佩。""鲁迅先生赠我一件我认为受之有愧的礼物，那就是前面所说，被燃烧弹烧毁的珂勒惠支亲笔签名的铜版《织匠》一套六幅。战前和战中，我曾几次把这套鲁迅先生生前所珍惜的版画借给小野忠重先生，由他在日本各地展示给大家欣赏。"[1]

　　鲁迅所编《凯绥·珂勒惠支版画选集》受其所藏德国图书的影响是很明显的。《画帖》收入作品15幅：《织工一揆》（*Aus Dem Weberaufstand*）、《格莱亲》（*Gretchen*）、《断头台边的舞蹈》（*Tanz um Die Guillotine*）、《造反！》（*Aufruhr!*）、《圆洞门里的武装》（*Bewaffnung in Einem Gewoelbe*）、《反抗》（*Losbruch*）、《战争》（*Schlachtfeld*）、《失业》（*Arbeitslosigkeit*）、《女工》（*Arbeiterin*）、《欢迎》（*Die Begrussung*）、《母与子》（*Mutter und Kind*）、《兄弟姐妹》（*Die Geschwister*）、《突袭》（*Uberfahren*）、《垂死的孩子》（*Das Sterbende Kind*）、《死和女人》（*Tod und Weib*）。鲁迅编辑的《版画选集》共收21幅作品：《自画像》（*Selbstbild*）、《穷苦》（*Not*）、《死亡》（*Tod*）、《商议》（*Beratung*）、《织工队》（*Weberzug*）、《突击》（*Sturm*）、《收场》（*Ende*）、《格莱亲》、《断头台边

─────────────

1　〔日〕内山嘉吉《中国版画与我》，《版画》1956年第1期。原名为《我的回忆》。

的舞蹈》、《耕夫》（*Die Pflueger*）、《凌辱》（*Vergewaltigt*）、《磨镰刀》（*Beim Dengeln*）、《圆洞门里的武装》、《反抗》、《战场》（*Schlachtfeld*）、《俘虏》（*Die Gefangenen*）、《失业》、《妇人为死亡所捕获》（*Frau vom Tod Gepackt*）亦名《死和女人》（*Tod Und Weib*）、《母与子》、《面包！》（*Brot!*）、《德国的孩子们饿着！》（*Deutschlands Kinder Hungern!*）。鲁迅的《选集》所收一部分是他从德国原作者那里购买的原拓，一部分如《格莱亲》《断头台边的舞蹈》《失业》《死和女人》《母与子》直接取自画帖。因未见原作，所据为画帖，因此，有的作品"原大未详"，只标注了创作时间、版刻类型等信息。鲁迅曾购买两个版本的《画帖》，他在《序目》中做了比较，认为，珂勒惠支的"本国所复制的作品，据我所见，以《凯绥·珂勒惠支画帖》为最佳，但后一版便变了内容，忧郁的多于战斗的了。"后来，他把后一版赠送给朋友，留下第一版做参考。[1]

鲁迅《序目》中介绍画家生平的文字，主要来自《画帖》，也参考了其他资料。材料使用中出现了一些意义不明确、不准确甚至错误的地方。如"这穷困的法学家便如俄国人之所说：'到民间去'"。考虑到上文的语境，如果译为"这位贫穷的法学家因为做不成官，只好像俄国人所说的，成了人民大众的一员了"，就更容易理解。原文说画家的父亲做法官不成而做了泥瓦工（Maurer），一直到卢柏死后，才来当这教区的首领和教师，鲁迅《序目》中却译作他当了"木匠"。类似的笔误还有，如鲁迅说"一九一四年十月末，她的很年青的大儿子以义勇兵死于弗兰兑伦"，事实上，战死的是她的第二个儿子彼得。鲁迅写作时，材料来源比较复杂，有

---

1 黄乔生《鲁迅外文藏书提要（二则）》，《鲁迅研究月刊》2011 年第 3 期。

德文原文，也有日文和中文译文，后者包括史沫特莱女士应鲁迅之约为版画选集所撰序言《凯绥·珂勒惠支——民众的艺术家》（茅盾译）。把女艺术家的父亲说成木匠的错误，就可能源自序言。而关于珂勒惠支儿子的战死，序言说："凯绥·珂勒惠支以百折不回的坚毅，憎恨着战争。上次的欧洲大战夺去了她的长子，仅仅只有18岁的小伙子。他是战死在比利时的被欺骗的第一批德国青年之一，他就葬在比利时。"史沫特莱在写作时发生了笔误，鲁迅参考她的文字，遂以讹传讹。但是有一个地方，则是史沫特莱的序言不错而鲁迅《序目》出错，又说明鲁迅并不是全部以序言的说法为准。这是当说到凯绥·珂勒惠支的父亲对女儿的培养时，鲁迅《序目》说："然而先不知道凯绥的艺术的才能。"亚斐那留斯的原文是"Käthes Kunstlertalent erkannte er fruh"， 实际情况是，珂勒惠支的父亲认识到了凯绥的艺术才能，在女儿的艺术教育上不惜财力。史沫特莱的序言说得很清楚："作为那时候的一个社会主义者，他反抗着妇女应得安分守着教堂、厨房和孩子的观念，——这是旧德国君主政权下的，而也是现在国社党（NAZI）政权下的社会的法规。因了她父亲的这一信念，所以凯绥能够成为艺术家。"珂勒惠支十四岁前，她的父亲就为她特别安排了素描课程。[1]

接下来，鲁迅的介绍文字比亚斐那留斯原文多了两个情节：一是"这才赴她的兄弟在研究文学的柏林"，二是为了"厌倦"去了慕尼黑的Herterich那里学习。亚斐那留斯的原文也没有提到女艺术家兄弟幼年时的朋友。亚斐那留斯《画帖》介绍珂勒惠支的《妇人被死亡所捕》和以"死"为题材的小图，与鲁迅的介绍小有出入。

---

1 〔美〕阿瑟·克莱因和敏娜·克莱因《珂勒惠支的艺术生活》，顾时隆译，北京，人民美术出版社1987年版，第12页。

原文说1909年的作品有《失业》和《妇人被死亡所捕获》，鲁迅把后者算作1910年的作品。而原文将"死"题材小图系在1911年。[1]

　　1911年后画家的经历和创作情况，鲁迅显然参考了亚斐那留斯著作之外的资料，如第勒编辑的著作。"一八年十一月，被选为普鲁士艺术学院会员，这是以妇女而入选的第一个。从一九年以来，她才仿佛从大梦初醒似的，又从事于版画了，有名的是这一年的纪念里勃克内希（Liebknecht）的木刻和石刻，零二至零三年的木刻连续画《战争》，后来又有三幅《无产者》，也是木刻连续画。"关于珂勒惠支一生艺术风格的转变，鲁迅《序目》讲得并不详细，尤其没有讲到60岁的珂勒惠支毅然衰年变法，开始尝试新的表现方式——雕塑。而这一点，史沫特莱的序言说述较详。

　　对于画家的评价能体现鲁迅的艺术观。但《序目》中有些观点直接译自《画帖》。鲁迅有时标明出处，如在"诚如亚斐那留斯之所说"之下，有一大段引文：

　　　　新世纪的前几年，她第一次展览作品的时候，就为报章所喧传的了。从此以来，一个说，"她是伟大的版画家"；人就过作无聊的不成话道："凯绥·珂勒惠支是属于只有一个男子的新派版画家里的"。别一个说："她是社会民主主义的宣传家"，第三个却道："她是悲观的困苦的画手"。而第四个又以为"是一个宗教的艺术家"。要之：无论人们怎样地各以自己的感觉和思想来解释这艺术，怎样地从中只看见一种的意义——然而有一件事情是普遍的：人没有忘记她。谁一听到凯

---

[1] 其他类似的错误还有，如版画作品的纪年，《战争》木刻连续画的创作时间，鲁迅写作1902—1903年，实际上是1923年的作品。

绥·珂勒惠支的名姓，就仿佛看见这艺术。这艺术是阴郁的，虽然都在坚决的动弹，集中于强韧的力量，这艺术是统一而单纯的——非常之逼人。

这里的"一个说"，"别一个说"，并非确指，因为《画帖》原文也没有加以注明。原作者的用意，是以此说明对画家的艺术存在较大争议，有人攻击她，也有人为她辩护。

1927年，珂勒惠支60岁。鲁迅的《序目》中介绍了一些情况："霍普德曼那时还是一个战斗的作家，给她书简道：'你的无声的描线，侵人心髓，如一种惨苦的呼声：希腊和罗马时候都没有听到过的呼声。'"这些材料鲁迅借自第勒编撰的《织工·农民战争·战争》，只是其中对霍普德曼的评价可能受了史沫特莱《序言》的影响。《序言》说："这时候（指凯绥·珂勒惠支在巴伐利亚学习时——引者），正是该尔哈尔德·霍普德曼（Gerhart Hauptmann）这位戏曲家（从那时以后，是名誉和威权的磕头虫）以及抱着同样见解的许多男人和女人在艺术和文学上引导着为现实主义的斗争。"第勒编撰的《织工·农民战争·战争》的扉页上有欧洲知名人士为她的60岁寿辰纪念发来的贺信，署的是签名手迹。霍普特曼的贺信写于1927年6月10日。而法国作家罗曼·罗兰（Romain Rolland）的贺信写于7月8日，原文为法文，附有德译文。鲁迅完整地翻译了这段话："凯绥·珂勒惠支的作品是现代德国的最伟大的诗歌，它照出穷人与平民的困苦和悲痛。这有丈夫气概的妇人，用了阴郁和纤秾的同情，把这些收在她的眼中，她的慈母的腕里了。这是做了牺牲的人民的沉默的声音。"不过，扉页上排在第一位的是另一位德国著名艺术家马克思·利伯曼（1847—1935）写于1927年

234

5月15日的贺词，鲁迅却没有引用。当时，为庆祝女艺术家的60岁寿辰，举办了多个作品展览会，规格最高的当属普鲁士艺术学院主办的展览会，而利伯曼正是这个艺术学院的领导人。利伯曼是一位犹太人，柏林分离派的发起人之一，长期担任普鲁士艺术学院院长和名誉院长。他在纳粹统治时期受到迫害，被迫辞去艺术学院名誉院长职务。他的贺词应该是很重要的，因为另外两位是作家和戏剧家，只有他是艺术家。[1]

关于凯绥·珂勒惠支的现状，鲁迅这样做了介绍："然而她在现在，却不能教授，不能作画，只能真的沉默的和她的儿子住在柏林了；她的儿子像那父亲一样，也是一个医生。"这些情况可能得自与珂勒惠支有交往的史沫特莱，也可能得之于当时的报刊。鲁迅曾与中国民权保障同盟的同志一起到德国驻上海领事馆，就希特勒政府迫害文化人士而向德国政府提出抗议。珂勒惠支就在受迫害之列，而她本人也对中国的左翼运动表示过声援，例如，柔石等左翼作家被秘密杀害后，她的名字也列在欧洲文化界人士抗议宣言上。

鲁迅的介绍文字中，未注明出处的引文也有不少。例如："在女性艺术家之中，震动了艺术界的，现代几乎无出于凯绥·珂勒惠支之上——或者赞美，或者攻击，或者又对攻击给她以辩护。"看行文风格，很可能译自外文。鲁迅提到原作者的名字而不注明具体出处的，有霍善斯坦因（Wilhelm Hausenstein），他"批评她中期的作品，以为虽然间有鼓动的男性的版画，暴力的恐吓，但在根本上，是和颇深的生活相联系，形式也出于颇激的纠葛的，所以那形式，是紧握着世事的形相"。还有一段日本评论家的话："她照

1　*Ein Veberaufstand*, *Bauernkrieg*, *Krieg*, Die drei Blattfolgen der Künstlerin mit Text von Louise Diel, Berlin, Furche-Kunstverlag.

目前的感觉——永田一修说——描写着黑土的大众。她不将样式来范围现象。时而见得悲剧，时而见得英雄化，是不免的。然而无论她怎样阴郁，怎样悲哀，却决不是非革命。她没有忘却变革现社会的可能。而且愈入老境，就愈脱离了悲剧的，或者英雄的，阴暗的形式。"下文又提到，永田一修将珂勒惠支后来的作品加以分析，认为霍善斯坦因的批评有所不足。永田一修还将她的作品同利伯曼的作品进行比较，说后者是只觉得题材有趣，来画下层世界，她是因为被周围的悲惨生活所感动，所以非画不可，这是对于榨取人类者的无穷的愤怒。鲁迅引用这些论述时，只提到作者之名，而未说明出自何种杂志或书籍。只是在日文译者要翻译这篇文章时，鲁迅才告诉他日文引文的出处："其中引用永田氏的原文，登在《新兴艺术》上，现将该杂志一并送上。"具体地说，永田一修文章题为《世界现代无产阶级美术的趋势》，载《新兴艺术》1930年7—8月的第4—5号合刊。[1]鹿地亘的译本在日本出版，鲁迅这篇文字的一部分因此可以算是日文版的"出口转内销"了。

鲁迅编辑的《凯绥·珂勒惠支版画选集》体例上虽然有所取法于《画帖》，但也有自出心裁之处。至少，版画选集的第一个作品、女艺术家的《自画像》是鲁迅的精心安排，正如《序目》所说："这是作者从许多版画的肖像中，自己选给中国的一幅，隐然可见她的悲悯、愤怒和慈和。"

---

1 《新兴艺术》，《日本美术理论月刊》，田中房次郎编，1929年创刊，东京艺文书院出版，鲁迅藏有第一年1—3号合刊，第二年1—3号合刊、4—5号合刊。

三

　　鲁迅说《序目》对珂勒惠支版画作品的解说参考了亚斐那留斯和第勒的著作，而掺杂一些"己见"。那么，这些"他见"和"己见"分别是哪些？下面略举几例以作说明。

　　2010年在北京举办了凯绥·珂勒惠支版画展览，展示其艺术成就及对中国现当代美术的影响。[1]随展出版的图册[2]，收录展出作品并配解说文字。凡曾在鲁迅所编《选集》中出现的，图录都采用了鲁迅《序目》中的解说文字。因此出现一个有趣的现象：鲁迅从德国著作中有时直接翻译的文字，又被图录的编者当作鲁迅本人的意见引用。鲁迅在中国名声甚大，又是最先介绍凯绥·珂勒惠支到中国来的人，编者借重鲁迅的影响力推广展览，用意不难理解。然而，编者想必从鲁迅文章中得知，文中的很多意见来自两位德国艺术评论家，但却未对此加以说明。图录以中英两种文字出版，因此，鲁迅这些文字又被译成英文。从德文到中文，又从中文到英文，鲁迅参考的德国评论家的意见经过了一个辗转翻译的过程。不过，也许因为展览图册的编纂者感到鲁迅《序目》中解说的不足，又另撰了较长较细致的解说词，与鲁迅的解说并行。

　　先来看系列版画《织工》：这是有名的《织工一揆》

1　参阅《鲁迅研究月刊》2010年第3期相关报道，及同期刊载的黄乔生的文章《梦里依稀慈母泪——为"珂勒惠支和当代中国艺术作品"巡回展而作》。

2　艺美基金会编《凯绥·珂勒惠支》。

（*Ein Weberaufstand*）[1]的第一幅，一八九八年作。前四年，霍普德曼的剧本《织匠》始开演于柏林的德国剧场，取材是一八四四年的勒列济安（Schlesien）麻布工人的蜂起，作者也许是受着一点这作品的影响的，但这可以不必深论，因为那是剧本，而这却是图画。

鲁迅所编《版画选集》全部收录这个系列，而亚斐那留斯则是从中选取了他认为最好的一幅即第五幅《冲门》，鲁迅译作《突击》。《序目》对《突击》的解说词是：

> 工场的铁门早经锁闭，织工们却想用无力的手和可怜的武器，来破坏这铁门，或者是飞进石子去。女人们在助战，用痉挛的手，从地上挖起石块来。孩子哭了，也许是路上睡着的那一个。这是在六幅之中，人认为最好的一幅，有时用这来证明作者的《织工》，艺术达到怎样的高度的。

"人认为"可能是"有人认为"，也可能是"普遍认为""公认为"，是不明确也不准确的用法。

《画帖》的解说是：

> Vor der Gartenpforte des Fabrikanten Dreiβiger. Sie werfen mit Steinen hinein und brechen die Tür auf. Wie ausdrucksvoll die-

---

1 织工一揆，即织工起义。"一揆"为日语。从这个中日合璧的译名看来，鲁迅也参考了日文资料。

ses frühe Blatt auch ist, es läβt doch kaum ahnen, zu welcher Höhe sich die Kunst Hathe Kollwitzens bis zum "Bauernkriege" steigern wird.

鲁迅的解说比较详细，对人物的状态进行描述甚至发挥，如说女子们助战时，写下了"痉挛的手"这种有动感的想象之词。鲁迅特别关注到画面上的妇女和孩子，还结合系列中的其他作品，把握了画面的连续感，如说前一幅版画中睡着的孩子这时醒来而且哭了。但鲁迅没有借用亚斐那留斯最后一句的将这幅版画之同《农民战争》系列比较的观点即"这版刻技术后来在《农民战争》中达到顶峰"。展览图录在解说这幅图时，没有提到前面画面中熟睡的孩子，却介绍了另外一个孩子——在以前的画面中没有出现的：

> 妇女、男人和儿童聚集在一道装饰华丽的铁门前，即将暴力越过栅栏。地面上站着一名男子和一个儿童正举起石头，递给一个弯着腰的妇女。她一只手把石头放进围裙里，另一只手把石头递给一个男人，而他准备把石头掷过大门……[1]

这解说使画面更有动感。

《织工》系列版画的第一幅《穷苦》和亚斐那留斯的《画帖》并没有收入。鲁迅《序目》解说道：

> 我们借此进了一间穷苦的人家，冰冷，破烂，父亲抱一个

---

1 艺美基金会编《凯绥·珂勒惠支》。

孩子，毫无方法的坐在屋角里，母亲是愁苦的，两手支头，在看垂危的儿子，纺车静静的停在她的旁边。

鲁迅在给日文译者鹿地亘的信中说："请将说明之二《穷苦》条下'父亲抱一个孩子'的'父亲'改为'祖母'。我看别的复制品，怎么看也像是女性。Diel的说明中也说是祖母。'"从这段话可以看出，鲁迅写作的时候，并没有参考第勒的著作，仅凭己意，解说画面。后来自己发现或者经人指出其中的错误，才去核对材料，确定那个人是女性。奇怪的是，2010年北京画展图录在鲁迅的评论之下另撰一个解说词，却也将"祖母"误作"父亲"，显然是过于相信鲁迅的解说了：

> 此幅石版画描绘了一个拥挤不堪的房间，在最显著的前景位置，一个孩子躺在床上睡觉。母亲在床边弯着身子，额头遍布皱纹，瘦骨嶙峋的大手抱着头，愁苦而绝望。父亲和另一个孩子在后窗边蜷缩着，焦急地望着熟睡中的孩子。光从小窗透进屋内，照亮了熟睡孩子的脸，同时也照射出这个家庭贫困、破败的场景。父母凝望他们病榻上孩子的坚韧的目光，折射出一种不安的绝望。一架闲置的织布机，说明这个家庭失业的不幸状况，同时填补了房间后部的空间。阴影越过后窗，指向下一幅版画。[1]

自然，后出转精，展览图册对画面的描写更加细腻。

1　艺美基金会编《凯绥·珂勒惠支》。

《版画选集》中有四幅作品直接取自亚斐那留斯的《画帖》，即《格莱亲》《断头台边的舞蹈》《死和女人》《母与子》。

　　关于《格莱亲》，鲁迅的解说是：

> 　　一八九九年作，石刻；据《画帖》，原大未详。歌德（Goethe）的《浮士德》（*Faust*）有浮士德爱格莱亲，诱与通情，有孕；她在井边，从女友听到邻女被情人所弃，想到自己，于是向圣母供花祷告事。这一幅所写的是这可怜的少女经过极狭的桥上，在水里幻觉的看见自己的将来。她在剧本里，后来是将她和浮士德所生的孩子投在水里淹死，下狱了。原石已破碎。

其中关于原石的存殁情况，来自亚斐那留斯的解说的最后一句：

> Die Verlassene auf dem schmalen, schmalen Steg, und unten im Wasser spukt ihr die Zukunft. Wohl das früheste der "visionären" Bilder dieser Künstlerin. Die Platte dieses wundersamen Werkes ist zerstört.

但亚斐那留斯原文中在这幅版画中表现了"艺术家最初的对于幸福的幻象"这个意思，鲁迅并没有采用。鲁迅为中国读者加添了一些基本信息，即歌德《浮士德》中格莱亲的结局。

　　鲁迅这样解说《断头台边的舞蹈》：

> 　　是法国大革命时候的一种情景：断头台造起来了，大家围着它，吼着"让我们来跳加尔玛弱儿舞罢！"（Dansons La

Carmagnole！）的歌，在跳舞。不是一个，是为了同样的原因而同样的可怕了的一群。周围的破屋，像积叠起来的困苦的峭壁，上面只见一块天。狂暴的人堆的臂膊，恰如净罪的火焰一般，照出来的只有一个阴暗。

与《画帖》的解说差别不大：

Das Blutgerüst steht, sie heulen das "Dansons la Carmag-nole！" Keine Einzelnen, eine von gemeinsamen Aualen gemein-sam vertierte Masse. Die alten Häuser rings wie aus tausenderlei wiederholten Alltagsleiden Hauf über Hauf geschichtetes Elend. Vom Himmel nur ein zackiger Fetzen frei. Alles sonst eine Düster-nis, die von den Armen des rasenden Menschenhaufs wie von Feg-feuerflammen durchflackert wird.

《妇人为死亡所捕获》，亦名《死和女人》。鲁迅的解说词是：

一九一〇年作，铜刻；据《画帖》，原大未详。"死"从她本身的阴影中出现，由背后来袭击她，将她缠住，反剪了；剩下弱小的孩子，无法叫回他自己的慈爱的母亲。一转眼间，对面就是两界。"死"是世界上最出众的拳师，死亡是现社会最动人的悲剧，而这妇人则是全作品中最伟大的一人。

亚斐那留斯的解说较为简短，但大体具备鲁迅解说的意思：

Er überfällt' s von hinten aus ihrem eignen Schatten, umklammert' s und zerknicht' s. Meisterringer der Welt, aber hier auch Teufel. Die Komposition statuarisch. Das Ganze unter den großen Werken dieser Frau eines der Größten.

鲁迅省略了原文的"雕像般的作品"（Die Komposition statusrisch）这个形容语，而加入自己的观感："剩下弱小的孩子，无法叫回他自己的慈爱的母亲。一转眼间，对面就是两界。"更注意对作品悲剧气氛的渲染。

关于《母与子》的评论，鲁迅也部分采用了亚斐那留斯的观点，并且加以声明。

《母与子》（*Mutter und Kind*）。制作年代未详，铜刻；据《画帖》，原大19×13cm。在《凯绥·珂勒惠支作品集》中所见的百八十二幅中，可指为快乐的不过四五幅，这就是其一。亚斐那留斯以为从特地描写着孩子的呆气的侧脸，用光亮衬托出来之处，颇令人觉得有些忍俊不禁。

差不多是直译亚斐那留斯的解说：

Neben der gleichfalls von uns abgebileten "Begrußung" vielleicht das einzige "freundliche" Blatt der Kollwitz. In der sorgfältigen Zeichnung des drolligen Kinderprofils und in seiner Heraushebung durch die Beleuchtung mag man sogar etwas wie Humor finden.

只是亚斐那留斯原文认为，这是珂勒惠支唯一"欢快"（einzige freundliche）的作品，并不准确，因为珂勒惠支这种温馨快乐场面的作品还有一些，所以鲁迅加添了数字"四五幅"。亚斐那留斯的《画帖》成书时间较早，而鲁迅搜集的珂勒惠支作品集好几种，鲁迅举出的例证，就是第勒编辑的《凯绥·珂勒惠支作品集》。当然，其中欢快作品占的比重并不大，所以说"不过四五幅"。

附带说明，2010年北京展览图录提供了一个信息：这幅版画中的工人妇女是珂勒惠支创作的原型之一瑙约克女士，她们之间因创作产生了友情。这些传记材料，又是鲁迅不及看到的了。[1]

鲁迅的观察力是敏锐的，他在这些版画中注意到了一般人可能忽略的内容，从而体察原作者的用意，例如《织工队》。他在《序目》中解释说：

> 《织工队》（*Beberzug*）。铜刻，原大22×29cm，同上的第四幅。队伍进向吮取脂膏的工场，手里捏着极可怜的武器，手脸都瘦损，神情也很颓唐，因为向来总饿着肚子。队伍中有女人，也疲惫到不过走得动；这作者所写的大众里，是大抵有女人的。她还背着孩子，却伏在肩头睡去了。

鲁迅注意到了处于画面中心位置的女子和儿童，而关注妇女儿童，正是凯绥·珂勒惠支艺术的特点之一。展览图录的解说文字更细致：

> 十八名织工在示威浪潮中游行，十八张不同的面孔，充

---

1 艺美基金会编《凯绥·珂勒惠支》。

满着进攻和反抗的怒火。有些趋于平静，苦恼而恐惧，但依然坚定决绝。走在游行队伍最前面的是一位瘦削的母亲，她凝视着地面，由于背着熟睡的孩子，她的头部和背部已经弯曲。一个愤怒的男人走在她面前，拳头紧贴在胸前，显示出坚毅的决心。在他身后是一个长相酷似年轻时的凯绥·珂勒惠支的女子，女子左右各有一个男人，一个年轻一个年老。年轻男子高昂着头，加入到呐喊和歌唱的队伍中；老年男人嘴角低垂，满面愁容但正义凛然，他的双手深深插在上衣口袋中；而年轻的"艺术家"正充满期许地遥望前方。他们后面是四名高大壮硕的织工，高喊着前行。他们头部的不同角度为整个队伍创造了一个动态的前进步调。那些在他们身后和四周的织工手持他们日常的劳动工具如斧头、镐和镰刀，但却仿佛携带着武器一样，挑衅性地挥舞着拳头，抑或无可奈何地注视前方……[1]

这段文字吸收了长期以来的研究成果，注重介绍珂勒惠支的艺术手法。而鲁迅早就识得那个熟睡的孩子，体会到版画家匠心独运的所在。仅凭这点"己意"，鲁迅堪称珂勒惠支的"知音"。

再来看《农民战争》系列。关于《圆洞门里的武装》，鲁迅的解说较亚斐那留斯为简略：

大家都在一个阴暗的圆洞门下武装了起来，从狭窄的戈谛克式阶级蜂涌而上：是一大群拼死的农民。光线愈高愈少；奇

1　艺美基金会编《凯绥·珂勒惠支》。

特的半暗，阴森的人相。

亚斐那留斯的原文是：

Aus der Folge "Bauernkrieg". Noch haben sie fast nur Sensen, Sicheln und Dreschflegel, nun sturmen sie die enge gotische Treppe hinauf. Wie ein "Heerwurm" aus verzweifelten Menschen. Die "Daumiersche Diagonale" der Komposition（die Käthe Koll-witz auch sonst lieβt）aufs groβartigste durchgeführt, ausdrucks-voll auch im Licht von den blitzender Sensen unten bis zu dem Verdämmern oben.

鲁迅的解说没有采用原文关于武器如打禾棒等的说明，只突出对"哥特式的楼梯"及对不顾一切的人群的描绘。但鲁迅省略了原文对版画艺术的评论，如，亚斐那留斯认为，珂勒惠支喜欢使用的"多米埃式对角线"，在这幅版画中得到了最杰出的体现。"奇特的半暗，阴森的人相"，则是鲁迅自己的观感。

系列的第五幅《反抗》。鲁迅《序目》写道：

谁都在草地上没命的向前，最先是少年，喝令的却是一个女人，从全体上洋溢着复仇的愤怒。她浑身是力，挥手顿足，不但令人看了就生勇往直前之心，还好像天上的云，也应声裂成片片。她的姿态，是所有名画中最有力量的女性的一个。也如《织工一揆》里一样，女性总是参加着非常的事变，而且极有力，这也就是'这有丈夫气概的妇人'的精神。

鲁迅基本上采用了亚斐那留斯的解说：

Das Doppelblatt aus der Folge "Bauernkrieg". Das Weib, die Verkörperung hundertmal aufgespeicherter, hundertmal stummgepreβter Wut, am Tage der Rache: wie sie hetzt, wird der ganze Schwarm ein Fluβaus Leibern, dem sie die Richtung gibt. Die Weibsgestalt eines der gewaltigsten Gebilde unsrer gesamten Kunst, gerade, wie diese Gestalt gehalten und geladen ist und sich nicht austobt. Man beachte vor allem ihre Kopfhaltung, so wenig man davon sieht. Dann die Hände! Die Haltung in einem Sich-selber-Hemmen, während die Energie wie Elektrizität auf die andern strömt.

虽然描述语有所简化，但强调了画面的激情和力度。

《农民战争》的第六幅是《战场》。鲁迅解说道：

农民们打败了，他们敌不过官兵。剩在战场上的是什么呢？几乎看不清东西。只在隐约看见尸横遍野的黑夜中，有一个妇人，用风灯照出她一只劳作到满是筋节的手，在触动一个死尸的下巴。光线都集中在这一小块上。这，恐怕正是她的儿子，这处所，恐怕正是她先前扶犁的地方，但现在流着的却不是汗而是鲜血了。

亚斐那留斯原文为：

Ist er' s? Ein Dunkel, aus dem sich mit einem Fast-Nichts and

Zeichnung denoch die Gestalt des Weibes und sogar ihr Gesichtsausdruck zum bohrenden Eindruck löst. Das Hell gesammelt auf einen kleinsten Raum. Auf ein entseeltes Gesicht und eine Hand. Was erzählt dieses Gesicht, was diese Hand!

展览图录提供了更多信息：

战斗之后尸横遍野，弯腰农妇昏暗的轮廓与地平线一同构成了坟墓上十字架的形状，仿佛是为牺牲者树立的一座纪念碑。农妇伏在一个男孩的尸体前，他的头被农妇的灯盏照得极亮，农妇认出这就是她的儿子。这里珂勒惠支选择自己的儿子彼得作为男孩的原型，而这却成了一个凶兆——彼得后来于1914年不幸牺牲在第一次世界大战的战场上。[1]

《耕夫》并没有被《画帖》选录，鲁迅以所购原版编入选集。他的解说是：

这里刻划出来的是没有太阳的天空之下，两个耕夫在耕地，大约是弟兄，他们套着绳索，拉着犁头，几乎爬着的前进，像牛马一般，令人仿佛看见他们的流汗，听到他们的喘息。后面还该有一个扶犁的妇女，那恐怕总是他们的母亲了。

后面的确有一个母亲。鲁迅所藏的几种凯绥·珂勒惠支版画作品集

---

1 艺美基金会编《凯绥·珂勒惠支》。

中，可以见到有母亲形象的底稿。但珂氏出售这幅作品给鲁迅时，选了没有母亲的画面。

关于《失业》，鲁迅写道：

> 一九〇九年作，铜刻；据《画帖》，原大44×54cm。他现在闲空了，坐在她的床边，思索着——然而什么法子也想不出。那母亲和睡着的孩子们的模样，很美妙而崇高，为作者的作品中所罕见。

这同《画帖》原文出入不大：

> Er sitzt an ihrem Bett—er hat ja Zeit! —grübelnd, was wird?
> Schwarz vor dem Weiβ, eine simple Lichtsymbolik, die so natür-
> lisch kam, daβsie der Künstlerin vielleicht nicht einmal bewu β t
> ward Die Muttter und die schlafenden Kinder von einem schöneren,
> edleren Typ, als sonst bei der Künstlerin.

第勒编纂的《发出一声呐喊》对于鲁迅编辑珂勒惠支作品、撰写序目，及后来撰写有关这位德国女艺术家的评论文字，都有帮助。[1]

例如，关于珂勒惠支在版画创作方面的经历及业绩，鲁迅在《序目》中介绍说："从一九年以来，她才仿佛从大梦初醒似的，又从事于版画了，有名的是这一年的纪念里勃克内希（Liebknecht，通译李卜克内西）的木刻和石刻。"鲁迅比较欣赏的珂勒惠支的一

1　黄乔生《鲁迅外文藏书提要（一则）·发出一声呐喊：女艺术家作品导论》，《鲁迅研究月刊》2011年第7期。

些作品，在第勒这本著作中有详细的介绍，如第10页的《牺牲》，鲁迅就多次提到，并复制在报刊上，表达对牺牲的中国左翼青年的哀悼之情。

《版画选集》中有两幅直接取自第勒编辑的《发出一声呐喊》，即《面包》和《德国的孩子饿着》，分别在第32、34页上。鲁迅这样解说《面包！》：

> 石刻，制作年代未详，想当在欧洲大战之后；据原拓本，原大30×28cm，饥饿的孩子的急切的索食，是最碎裂了做母亲的心的。这里是孩子们徒然张着悲哀，而热烈地希望着的眼，母亲却只能弯了无力的腰。她的肩膀耸了起来，是在背人饮泣。她背着人，因为肯帮助的和她一样的无力，而有力的是横竖不肯帮助的。她也不愿意给孩子们看见这是剩在她这里的仅有的慈爱。

关于《德国的孩子们饿着！》，则这样说：

> 石刻，制作年代未详，想当在欧洲大战之后；据原拓本，原大43×29cm。他们都擎着空碗向人，瘦削的脸上的圆睁的眼睛里，炎炎的燃着如火的热望。谁伸出手来呢？这里无从知道。这原是横幅，一面写着现在作为标题的一句，大约是当时募捐的揭帖。后来印行的，却只存了图画。

四

通过上文的讨论，我们约略了解了鲁迅这篇《序目》材料的来源，也略知文章的创新点也就是所谓"己见"究竟是哪些。可以说，这是一篇以译为主的文字。

1936年鲁迅编辑《凯绥·珂勒惠支版画选集》时，身体已经十分衰弱。撰写"序目"，需要深入细致地研究作品，写出自己独到的感悟，不像序言作者史沫特莱只写出一般印象即可。鲁迅将难题留给了自己。时间紧迫，加之缺少参考资料，是造成序目不周全、少独创的重要因素。

鲁迅出版这部书，主要是为了介绍这位杰出的德国版画家，以为中国青年版画工作者的借鉴，并服务于现实的斗争。因为印制这部书并非以盈利为目的，所以他在广告中以君子之腹发出号召："有人翻印，功德无量。"

或者有人会说，由此可见鲁迅版权意识不强。前文在介绍鲁迅《集外集》序言中说到自己借用外国材料来著作时，提到了"偷"字，似乎是信手一写，幽了一默。在那时也许不算什么，但以今天的眼光来看，就有抄袭和侵权之嫌。在鲁迅时代，版权问题不像现在这么受重视。鲁迅有时在未征得原作者同意的情况下，翻译编印他们的作品。同时，他对自己的著作权也并不看得很重——特别是对待外国翻译出版的时候。例如，他在致捷克翻译家普实克的信中说：

> 我同意于将我的作品译成捷克文，这事情，已经是给我的

很多的光荣，所以我不要报酬，虽然外国作家是收受的，但我并不愿意同他们一样。先前，我的作品曾经译成法、英、俄、日本文，我都不收报酬，现在也不应该对于捷克特别收受。况且，将来要给我书籍或图画，我的所得已经够多了。[1]

美国人伊罗生翻译他的小说发表在纽约《小说杂志》，写信询问他如何转交稿酬，他的回答让伊罗生感到"有个性、有特色"：

> 您翻译我的小说《风波》要寄给我的报酬，我想告知您的是，我不愿获取，因为我在这件事上没有花多少功夫。我希望此款由您随意处置。[2]

不过，随着图书出版越来越商品化，作为自由撰稿人的鲁迅受生活所迫，版权意识逐步提高，特别是针对本国出版商。晚年，他在给友人的信中慨叹："上海真是流氓世界，我的收入，几乎被不知道什么人的选本和翻版剥削完了。然而什么法子也没有。"[3]在此形势下，外国重视版权，不断有人向他申请版权许可的做法，也使他的版权意识得到加强，例如《草鞋脚》的译者、美国人伊罗生来信请求授权时，他回信说："我的小说，今年春天已允许施乐君（埃德加·斯诺——引者）随便翻译，不能答应第二个人了。"[4]这

1　鲁迅致普实克信（1936年9月28日），《鲁迅全集》第14卷，第398页。

2　鲁迅研究室编《鲁迅研究资料》第6卷，天津，人民出版社1980年版，第11—13页。

3　鲁迅致曹靖华信（1936年3月24日），《鲁迅全集》第14卷，第55页。

4　鲁迅致伊罗生信（1934年8月22日），《鲁迅全集》第14卷，第320页。

当然又是一个受西方观念影响的例证。

鲁迅《序目》以及诸如《〈比亚兹莱画选〉小引》之类"作""译"混杂的文字，提醒我们，鲁迅对于西方艺术的学习和评介，是一个艰难、复杂的过程，既显示了他本人的艺术修养和语学程度，也多少体现了中国近现代文化与西方文化融合的广度和深度。中国近现代文化深受西方文化影响，在翻译、改写过程中，生吞活剥造成消化不良，思绪纷繁引起行文混乱，个中甘苦，很多人都经历过。鲁迅曾以"窃火煮自己的肉"来比喻这项工作给人的折磨，断非当时人们喊喊"奥伏赫变"扬弃之类口号、后来者献上"中西贯通"之类赞词那么简单。将一百多年来外国对中国的影响做一个彻底的梳理，分清哪些材料是自有，哪些属于进口，哪些观念、主义是照搬照抄，哪些被真正理解和掌握，哪些是自己的创造，弄清楚原料怎样被引进，怎样被修改、篡改，怎样被误认为原创乃至独创，哪些被重新包装出口又转内销，可探究的领域广阔得很。

这篇短小的《序目》或可作为近现代中国文化演进中的一个标本，有更多"雄文""巨著"有待细读详论。

（原载《鲁迅研究月刊》2012年第4期）

"开麦拉"之前的鲁迅

——鲁迅照片面面观

鲁迅照片概况

现存鲁迅照片,单身和合影加起来,共113幅。这些照片,有鲁迅及其亲友保存的,有受赠人捐献的,也有从报刊上翻拍下来的。

鲁迅的少年时代,照相术已在中国流行。大都市且不论,便是在绍兴这样的小城市里,照相也非稀罕的物事了。鲁迅曾回忆说:

> 当我幼小的时候,——即三十年前,S城却已有照相馆了……这是我每一经过,总须流连赏玩的地方,但一年中也不过经过四五回。大小长短不同颜色不同的玻璃瓶,又光滑又有刺的仙人掌,在我都是珍奇的物事;还有挂在壁上的框子里的照片:曾大人,李大人,左中堂,鲍军门。"[1]

---

[1] 鲁迅《坟·论照相之类》,《鲁迅全集》第1卷,北京,人民文学出版社2005年版,第192页。

图1. 寿镜吾

面对照相机这个舶来品，人们不免觉得新奇、神秘，甚至心存疑惧。鲁迅就谈到当时人们对照相的抵触情绪：

> S城人却似乎不甚爱照相，因为精神要被照去的，所以运气正好的时候，尤不宜照，而精神则一名"威光"：我当时所知道的只有这一点。直到近年来，才又听到世上有因为怕失了元气而永不洗澡的名士，元气大约就是威光罢……[1]

当时的相片多是全身像，因为半身像好似被"腰斩"，显得不吉利。鲁迅少年时代就读的三味书屋的塾师寿镜吾先生对外国传入的新技术很反感，尤不情愿照相。现在人们看到的一张，是趁他不注意的时候偷拍的（图1）。

鲁迅少年时代没有留下一张相片，有两种可能：丢失，或者

1　鲁迅《坟·论照相之类》，《鲁迅全集》第 1 卷，第 192 页。

图2. 李鸿章

根本没有照过。但他对照相馆的观察却颇为细致。例如，关于照相馆里的道具，他写道："旁边一张大茶几，上有帽架，茶碗，水烟袋，花盆，几下一个痰盂，以表明这人的气管枝中有许多痰，总须陆续吐出。"[1]这后一项让人费解。本来照相之时，为免有碍观瞻，应将痰盂撤除，但这里却特意配置。推测起来，大概是摆上了它，可以显出比随地吐痰的进步吧。19世纪末20世纪初，李鸿章（也就是鲁迅文章中说的"李大人"）的一些相片上就有这个道具，例如出使日本时所摄照片，椅子旁边就傲然立着一个痰盂，或者是专门为他安排，或者那时的日本竟也有此习俗（图2）。一直到20世纪六七十年代，中国国家领导人会见外宾，痰盂仍然陪伴左右，真可谓源远流长。鲁迅文章还描写了当时拍照的风尚：名士风流，大拍"二我图""求己图"；富贵呆板，汲汲于儿孙满堂的"全家福"。此种风气，直到今天也并没有消歇。摄影师为拍摄对象调配

---

1 鲁迅《坟·论照相之类》，《鲁迅全集》第 1 卷，第 192 页。

各种布景，拿捏诸般姿态，顾客则服从指挥，积极配合，仍然司空见惯。

然而，鲁迅说得热闹，却没有向读者提供实物——他自己那败落的家庭恐难得如此雅兴。鲁迅父亲1896年去世，生前大约没有拍过照，即便拍摄也未被保存，因此现在流传的就只是一张画像。

以往我们读鲁迅上述文字，只有靠想象。最近若干年来，情形大不相同，旧照片纷纷"晒"出，插图本大为流行，鲁迅文字的时代背景不难得到照片的佐证。

同样可惜的是，鲁迅在南京水师学堂和陆师学堂求学四年，竟也没有留下一张照片。南京是大城市，水师、陆师又是"洋务"产物，照相本应流行。陆师学堂附属矿务铁路学堂的德籍教官骆博凯就拍摄了很多照片，至今流传。[1]

我们只能这样推断：那时，照相价格不菲，是有身份的人的高品位生活的一种标志，一般人较难问津。鲁迅家境不宽裕，衣衾单薄，冬天有时竟要靠吃辣椒御寒，恐无余钱用于照相。否则喜欢看新书报、熟读《天演论》到几乎能背诵程度的鲁迅，是不至于厌恶和惧怕新生事物，视照相为巧术淫技的。

现存文献中提到鲁迅最早是在日本拍摄了照片。他刚到东京弘文学院就拍照寄给二弟周作人。照片上的题词显示了刚刚走出国门的亢奋状态："会稽山下之平民，日出国中之游子，弘文学院之制服，铃木真一之摄影，二十余龄之青年，四月中旬之吉日，走五千

---

1 〔德〕骆博凯（Robert Lobbekt）《19世纪末南京风情录——一个德国人在南京的亲身经历》，郑寿康译，南京，南京出版社2008年版。周作人日记中没有他们兄弟俩在南京合影或单独照相的记载。

图3. 鲁迅断发照   图4. 鲁迅和服照

余里之邮筒，达星杓仲弟之英盼。兄树人顿首。"这张照片，周作人视若珍宝，专门托人以"洋二角"买了相框，装帧起来，"悬之一室，不啻规面"[1]。

　　鲁迅留日时期的照片有一张在他的形象塑造方面起到了很大作用，也就是那张有名的"断发照"（图3），他本人也比较看重这一帧。照片的题名是后人的称呼，就像七绝《自题小像》的题目是别人所定一样。这张照片，连同题诗，鲁迅后来曾多次抄写赠送朋友，因此广为流传。不过，"断发照"上穿着学生制服的鲁迅并不神气昂扬，反而显得紧张以至于略显呆滞，透露出性格沉静内敛的一面。

---

1 《周作人日记》上卷，郑州，大象出版社1996年版，第335页。周作人日记1902年5月11日："下午接大哥初三日自日本来函，又摄影三纸（呈叔祖及堂上），以一贻予。披图视之，宛然东瀛人也。上缀数语，为录如下：……"当穿日本学生装时，辫子压在帽子之下，可能隐藏了清国人那个独特的标志，因而，这张照片似不应被故意销毁。

图5. 周作人和服照

　　鲁迅留日时期，拍摄了一张"和服照"（图4）——并非单身照，而是与友人合影。当时很多留日学生都有和服照，却并非全都为了好奇或入乡随俗。鲁迅晚年曾慨叹："几十年来，我们常常恨着自己没有合意的衣服穿。清朝末年，带些革命色彩的青年人不但恨辫子，也恨马褂和袍子，因为这是满洲服。"[1]

　　周作人也说过，那时候在日本的中国留学生不愿穿长袍马褂，宁愿穿和服；不愿人家称自己是清国人，而宁愿被称为支那人。[2] 周作人也拍摄过和服照（图5）。鲁迅在日本时期所拍照片，从衣着看，有学生制服的，有西服的，也有和服的，但却没有中式服装的。可是，究竟怎样才是中式服装呢？在一片"排满"声中，这倒是一个切身切要却很难回答的问题。

　　鲁迅这个时期的照片，还有一个特色，是较多同乡、同学合影

1　鲁迅《花边文学·洋服的没落》，《鲁迅全集》第 5 卷，第 478 页。

2　周作人《瓜豆集·怀东京》，上海，宇宙风社 1937 年版，第 91 页。

图6. 鲁迅与宿舍同学合影"胡须照"

图7. 同学送别照

照，如人数众多的浙江留日同乡会成立大会照片。中国人特别看重同乡、同学关系，当时留日学生大多以同乡的关系结为团体，出版刊物，如《浙江潮》《汉声》《河南》《江苏》等。鲁迅自难摆脱时代地域风气的熏染，后来在北京、厦门，都曾挤站在同乡会、校友会的人群中照过相。只是到了上海，也许是年老或离家乡太近的缘故，才不见此类合影。在日本，同学同乡合影中，与许寿裳合影较多；而与仙台留学时同在当地另一所学校就读的中国留学生的合影，说明鲁迅并非那个偏僻城市中的唯一中国留学生。与日本同学的几张合影中，有一张是与合租房屋的日本同学的合影，由房东保存下来。多年后房东想象几位房客离开后相貌的变化，为他们画上胡须，虽然看起来有些滑稽，却也趣味盎然（图6）。

鲁迅放弃医学学习离开仙台时，也有日本同学为他送行并合影留念。这说明，那时日本军国主义思想虽然浓重，一部分同学对他的态度是友好的（图7）。

仙台医学专门学校教授藤野严九郎赠送鲁迅的那张背面写着

图8. 藤野先生照片及背面题词

"惜别 谨呈周君 藤野"字样的照片（图8），是师生情谊的见证，一向为人称道。互赠照片，是经过了一定时期的交往后表达友情的一种形式，比初次见面互换名片更隆重。当今流行一种印有主人照相的名片，让受赠者将姓名、头衔和形象结合起来，具有加深印象的效果。藤野在赠送鲁迅照片时，希望也能得到鲁迅的照片。然而，鲁迅后来回忆说："但我这时适值没有照相了；他便叮嘱我将来照了寄给他，并且时时通信告诉他此后的状况。我离开仙台之后，就多年没有照过相，又因为状况也无聊，说起来无非使他失望，便连信也怕敢写了。"[1]因此，多年后，当藤野读到鲁迅《藤野先生》一文时，鲁迅的相貌在他的记忆中已模糊不清。[2]假如手头有

---

1 鲁迅《朝花夕拾·藤野先生》，《鲁迅全集》第 2 卷。

2 〔日〕藤野严九郎《谨忆周树人君》，孙郁、黄乔生编《回望鲁迅·海外回响》，石家庄，河北教育出版社 2001 年版，第 78—79 页。原载日本《文学指南》1937 年 3 月号。

图9. 鲁迅归国后在杭州所摄

鲁迅的照片，他的记忆当更容易被唤起找回。

鲁迅说自己离开仙台后"多年没有照过相"，其实是不确的。他返回东京后，拍摄过一些合影和单身照。《藤野先生》一文中所谓"状况也无聊"，是指从日本回国后在杭州、绍兴等地的师范学校和中学教书时期的生活。这个时期自然也并非没有照相，有一两张的效果还算不错。但总起来说，因为生活和工作不如意，所以即便照过相，却因为"不敢写信"，也就无从寄给藤野先生了。[1]

辛亥革命后，鲁迅到南京中华民国临时政府教育部任职，时间短暂，没有留下照片。鲁迅平素不喜游览，有空闲就到图书馆看书。在杭州教书时固然很少游玩，即便十多年后与许广平在西湖蜜月旅行，也没有留存照片。现存杭州教学时期拍摄的照片中有一张半身像，被精心装帧和保存，可以称作"归国照"（图9），系1909年夏天所摄，相框上清晰地印有中英文"杭州西湖　二我轩"字样。把照

1　鲁迅《朝花夕拾·藤野先生》，《鲁迅全集》第2卷。

图10. 京师图书馆开馆合影

图11. 从绍兴中学同学
合影中裁出的形象

片视为第二个"我",体现"写真"的本义,也有点儿哲学意味。

在中华民国政府教育部任职期间,鲁迅照相的机会应该不少,我们现在看到的照片却并不丰富,而且大多是公务活动时的合影,可能常常并非主动自愿。在与教育部同事合影及公务活动摄影中,因为只是一个科级干部,鲁迅一般都是立在后排;即便在前排,也总是靠边站(图10)。鲁迅刚到北京时三十出头,在北京居住的十四年中,前七年过着独身生活,以埋头抄碑、校古书、读佛经驱遣寂寞,消磨时光。从这时期他有些照片上不修边幅的形象,可以感知他的生活状态(图11)。

在北京,单身照中值得一提的是应《阿Q正传》俄文译本译者要求拍摄的那张,已经是将要离开北京的时候了。因为小说创作成绩卓著,其时鲁迅已经颇有名气。文学家在青年人中多有崇拜者。而把自己喜欢的、崇拜的、认为值得纪念的人的照片张挂墙壁,或置于案头,那时已是普遍现象。鲁迅就曾把自己喜欢的俄国作家安

图12. 为《阿Q正传》俄文译本
所摄

特莱夫的照片挂在书房里。[1]在小说《伤逝》中，他还安排主人公的
房间里挂上面貌英俊的英国诗人雪莱的画像。因此，为具有国际影
响的《阿Q正传》的外文译本拍照，鲁迅的重视程度可想而知。从这
张照片上他端庄的表情和整齐的衣着可以看出，他为拍好这张相片
做了精心准备。为了取得好的效果，还连拍了两张（图12）。[2]

　　当时外国文学作品，书前往往刊载作者照片或画像，鲁迅赞
成此法。他平时注意搜集作家照片或画像、木刻像，用于杂志或译
本的插图。但他早期的著作如《呐喊》《彷徨》等，可能为条件所
限，却并未配上作者照片。他的著作首次以自己照片放在卷首，是
1927年3月出版的杂文集《坟》。后来出版著作，收入照片的并不
多。天马书店1933年出版他的自选集时，收入了在广州时拍摄的四
联张照片中的一张。

1　许钦文《鲁迅日记中的我》，杭州，浙江人民出版社1979年版，第54页。
2　两个月后，鲁迅为《阿Q正传》英文译本摄影，也是连拍两张。

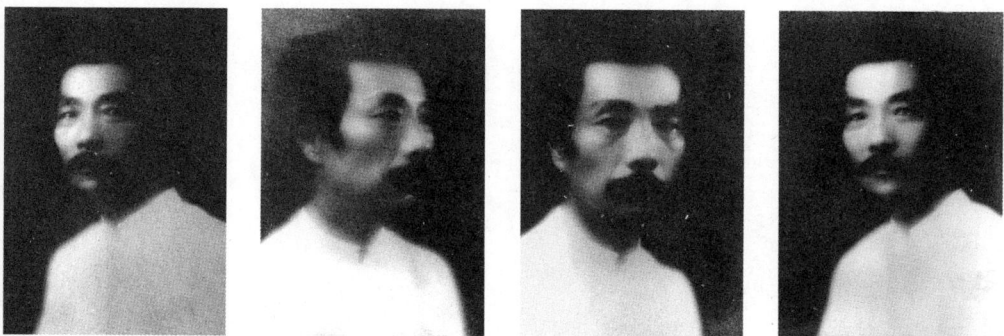

图13. 广州所摄四联张

　　鲁迅在厦门和广州时拍照较多，且多创意，当与其生活状态发生变化有关。恋爱对人的生活状态、精神气质的影响，是迅捷而高效的。与许广平恋爱以后，鲁迅不但注重照相，而且追求照相效果。例如，在厦门坟场里的相片，就摆出我行我素、泰然自若的姿势，连续照了多张，洗印后，择自己满意者，题上"我坐在厦门的坟中间"，寄给恋人和朋友，很显文人气质，甚至不乏"名士"风度。上文已经提及，在广州，更有了艺术摄影手段拍摄的四联张照片。以前他曾讽刺过别人的"求己图"，现在自己却也拍了——我们姑且名之曰——"群己图"，多次曝光，追求变化，让观者产生电影的动感（图13）。

　　在上海，鲁迅有了自己的小家庭，过上安定的生活，照相自然更多一些了。

　　总起来说，虽然鲁迅的照片大多是在他本人的配合下拍摄的，但像他讽刺的那种摆姿势、装模样的生硬之作几乎没有。而一些临时抓拍的照片，如到上海某学校演讲行走中、在北京师范大学演讲时及临终前十天在木刻展览会上与青年们座谈时所摄等，精彩程度超过了那些静止不动地坐在照相馆或家中的出品。

　　下面略说几张鲁迅的照片及与照片有关的问题。

胡子、辫子和褂子

胡须，是鲁迅相貌中特别引人注目的地方。

从现存的照片上，我们难以断定鲁迅何时开始蓄须。至少，他在日本仙台学医的时候还没有胡须。在仙台与几位合租公寓的同学的合影上，被房东添画的胡须，不像日本同学的胡须那样两端翘起。大约，在房东的想象中，鲁迅是不会留日本式胡子的。现在看鲁迅的蓄须照，都非两端翘起式样。然而，据鲁迅本人叙述，他的确留过"日式"胡子，并因之蒙冤受气。在《说胡须》（1924年10月30日）一文中，他还为自己留日本式胡子辩解，说那并非日本人的发明，而是中国祖先遗留的国粹：

> ……想起我的青年时代来——
>
> 那已经是老话，约有十六七年了罢。
>
> 我就从日本回到故乡来，嘴上就留着宋太祖或什么宗似的向上翘起的胡子，坐在小船里，和船夫谈天。
>
> "先生，你的中国话说得真好。"后来，他说。
>
> "我是中国人，而且和你是同乡，怎么会……"
>
> "哈哈哈，你这位先生还会说笑话。"……
>
> "你怎么学日本人的样子，身体既矮小，胡子又这样……"一位国粹家兼爱国者发过一篇崇论宏议之后，就达到这一个结论。……
>
> 大约在四五年或七八年前罢，我独坐在会馆里，窃悲我的胡须的不幸的境遇，研究他所以得谤的原因，忽而恍然大悟，

知道那祸根全在两边的尖端上。于是取出镜子，剪刀，即刻剪成一平，使他既不上翘，也难拖下，如一个隶书的一字。[1]

现在我们所见的鲁迅的胡须式样，正是他本人在这篇文章中描述的"决定版"。

从胡须说到辫子。

迄今为止，尚未发现鲁迅蓄辫的照片。如前所说，现存他的第一张单人照是"断发照"。一般读者，从感情上说，是不愿看到鲁迅有辫子的。但完全可以断定，少年鲁迅的脑后确曾拖过一条辫子。他刚去日本时所摄照片，包括寄给二弟的那帧，就可能是"辫发照"。鲁迅《藤野先生》一文中讽刺的东京那些成群结队到上野公园赏樱花的清国留学生"头顶上盘着大辫子，顶得学生制帽的顶上高高耸起，形成一座富士山"，固然可笑，但其中却也饱含辛酸和悲哀，因为留发蓄辫是民族压迫下汉族人民无法逃脱的厄运。不必讳言，鲁迅也曾经是那些"富士山"中的一座，虽然他不会像有些学生那样"解散辫子，盘得平的，除下帽来，油光可鉴，宛如小姑娘的发髻一般，还要将脖子扭几扭"。[2]

那么，鲁迅带辫子的照片是丢失了呢，还是被他本人或家人销毁了呢？鲁迅对野蛮征服、民族压迫深恶痛绝，不愿再有那样的形象留存，因此不愿照相，或者销毁照片，推断起来，也合乎情理。鲁迅自己说，他从日本回国之初，为免被视为革命党，给自己带来生命危险，曾戴上假辫子，像《阿Q正传》中的"假洋鬼子"那样。

---

1 鲁迅《坟·说胡须》，《鲁迅全集》第 1 卷，第 185—187 页。

2 鲁迅《朝花夕拾·藤野先生》，《鲁迅全集》第 2 卷，。

图14. "木瓜之役"纪念照及其局部

然而，现存鲁迅辛亥革命前的照片，却都没有辫子或假辫子。民族压迫的耻辱，加上弄虚作假这种私德方面的窘迫，谁还愿意有那种形象留存呢？鲁迅在杭州浙江两级师范学堂参加了有名的"木瓜之役"，教师们获胜后，拍了一张纪念合影，是在革命前的1910年。照片上有些教员显然留着辫子或者戴着假辫子，鲁迅却剪发穿西装（图14）。由此可见，其时清廷的威势已大为减弱，专制统治有所松动，不至于出现"留发不留头，留头不留发"的悲惨局面了。

虽然如此，没有辫子仍然是相当麻烦，而且有一定危险的。关于辫子问题，鲁迅写过多篇作品，留下了对残酷历史的惨痛记忆。装假辫子，怕人笑话，更怕被人扯掉露丑；而尊奉"做人要真实"的古训，不装假辫子，"代价真也不便宜，走出去时，在路上所受的待遇完全和先前两样了。我从前是只以为访友做客，才有的待遇，这时才明白路上也一样的一路有待遇。最好的是呆看，但大抵是冷笑，恶骂。小则说是偷了人家的女人，因为那时捉住奸夫，总是首先剪去他辫子的，我至今还不明白为什么；大则指为'里通外

268

国'，就是现在之所谓'汉奸'。我想，如果一个没有鼻子的人在街上走，他还未必至于这么受苦，假使没有了影子，那么，他恐怕也要这样的受社会的责罚了"。[1]鲁迅自己说，他受的无辜之灾，以在家乡为最严重：

> 回到故乡绍兴中学去做学监，却连洋服也不行了，因为有许多人是认识我的，所以不管如何装束，总不失为"里通外国"的人，于是我所受的无辜之灾，以在故乡为第一。尤其应该小心的是满洲人的绍兴知府的眼睛，他每到学校来，总喜欢注视我的短头发，和我多说话。
>
> 学生们里面，忽然起了剪辫风潮了，很有许多人要剪辫。我连忙禁止。他们就举出代表来诘问道：究竟有辫子好呢，还是没有辫子好呢？我的不假思索的答复是：没有辫子好，然而我劝你们不要剪。学生是向来没有一个说我"里通外国"的，但从这时起，却给了我一个"言行不一致"的结语，看不起了。[2]

再说服装。鲁迅在1934年4月21日写了《洋服的没落》，对那些反对西装、鼓励穿长袍马褂的人予以抨击，指斥其盲目排外、复古倒退（这所谓的"古"，其实是清代）。同年4月9日，他在给姚克的信中说："当我年青时，大家以胡须上翘者为洋气，下垂者为国粹，而不知这正是蒙古式，汉唐画像，须皆上翘；今又有一班小英雄，以强水洒西服，令人改穿袍子马褂而后快，然竟忘此乃满洲服

1　鲁迅《且介亭杂文·病后杂谈之余》，《鲁迅全集》第6卷，第194—195页。
2　同上。

也。"从对服装的选择和评价上可以看出，鲁迅头脑中尚有排满思想的遗留。他在文章中还提到清末诗人樊增祥（实际上是王闿运）的一件逸事，言下对这位遗老的观点表示赞成。"那时（辛亥革命以后——引者）听说竟有人去责问樊山老人，问他为什么要穿满洲的衣裳。樊山回问道：'你穿的是哪里的服饰呢？'少年答道：'我穿的是外国服。'樊山道：'我穿的也是外国服。'"[1]

上文说到，鲁迅在日本期间的相片，穿着全是学生制服及和服，竟无所谓"中"式服装。1911年，他在绍兴时，自己设计了一件外套，当年5月去日本看望二弟周作人时，穿着这件外套在东京照了两张相片。许寿裳回忆说：鲁迅"后来新置了一件外套，形式很像现今的中山装，这是他个人独出心裁，叫西服裁缝做成的，《全集》第八册插图，便是这服装的照片"[2]（图15）。这里的"《全集》"是指1938年版的《鲁迅全集》。

看来，那时，鲁迅对服装问题，虽不及对辫子问题那样有切身之痛，但也给予了相当注意，很动了些脑筋。究其根由，乃与辫子问题类似。汉民族因长期受压迫和奴役，丢掉了原来的装束习惯，一时又找不到合适的本民族服饰样式。鲁迅在日本认识的钱玄同，回国后任职于浙江省教育厅。革命后，钱玄同曾处心积虑解决这一问题，自制一套所谓"深衣"，号称古代汉族服饰，然而穿去任所，大被同事们取笑。[3]

鲁迅平时衣着并不讲究，即便在晚年生活状态比较平稳时，也

1　鲁迅《花边文学·"京派"与"海派"》，《鲁迅全集》第 5 卷，第 454—456 页。

2　许寿裳《日常生活》，《亡友鲁迅印象记》，北京，人民文学出版社 1977 年版，第 97 页。周海婴也说，鲁迅曾对许广平讲过这个意思。

3　周作人《钱玄同的复古与反复古》，政协委员会文史资料委员会编《文史资料选辑》，北京，文史资料出版社 1984 年版。

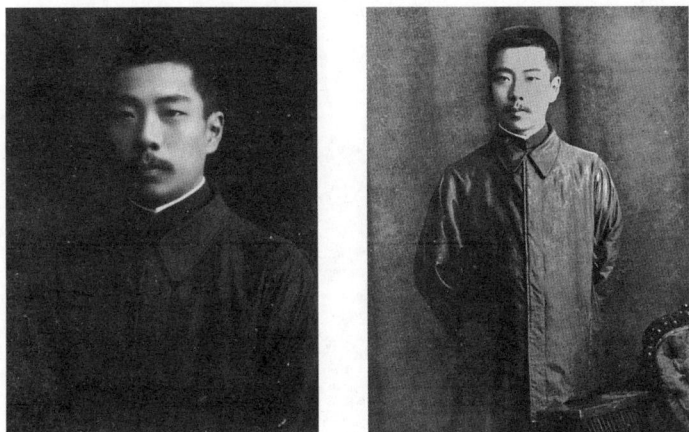

图15. 身穿自己设计的服装（特写及全身），摄于日本

仍然保持着早年的俭朴习惯。萧红在回忆文章中这样描写："鲁迅先生不戴手套，不围围巾，冬天穿着黑石蓝的棉布袍子，头上戴着灰色毡帽，脚穿黑帆布胶皮底鞋。胶皮底鞋夏天特别热，冬天又凉又湿，鲁迅先生的身体不算好，大家都提议把这鞋子换掉。鲁迅先生不肯，他说胶皮底鞋子走路方便。"[1]对鲁迅衣着的描绘，提及最多的是鲁迅经常穿的一件灰色的袍子，冬天是棉的，夏天是单的。鲁迅照相，为了美观，有时会换上白色的衣服，显得洁净。但外出演讲时，却不一定有这样的讲究。例如在光华大学演讲前后的摄影，大约能显示他平常穿着的情形（图16）。

1　萧红《回忆鲁迅先生》，上海，生活书店 1945 年版，第 13 页。

图16. 光华大学演讲前后照片

名人

　　1926年，47岁的鲁迅离京南下时，已经是名人了。摄影术有助于增加公共化程度。在资讯发达的上海，摄影术对鲁迅知名度的提高，起到了一定的作用。

　　《一面》的作者阿累因为见过鲁迅的照片，在书店购书时认出他来，从而得到他的关照：

　　　　原先和内山说话的那个老人咬着烟嘴走了出来。他的面孔是黄里带白，瘦得教人担心，好像大病新愈的人，但是精神很好，没有一点颓唐的样子。

　　　　…………

　　　　我很惊异地望着他：黄里带白的脸，瘦得教人担心。头上直竖着寸把长的头发。牙黄羽纱的长衫。隶体"一"字似的胡须。左手里捏着一枝黄色烟嘴，安烟的一头已经熏黑了——这时，我忽然记起哪本杂志上的一段访问记——

"哦！您，您就是？……"

我结结巴巴的，欢喜得快要跳起来了。一定是他！不会错，一定是他！那个名字在我的心里乱蹦，我向四周望了一望，可没有把它蹦出来。

他微笑，默认地点了点头，好像我心里想要说的，他已经统统知道了一样。[1]

前面提到的鲁迅相貌和装束的几个特点，在这里都出现了：头发、长衫和胡子；瘦，照片上也能看出大略；唯有脸色，是黑白照片不能表现的。阿累的文章没有说明他是在哪本杂志上看到鲁迅照片的，因此难以断定他看到的是哪张照片。上海时期的鲁迅虽然已经是"名人"，却并非政要或电影明星，能认出他的人毕竟有限。他的《自嘲》诗中有"破帽遮颜过闹市"一句，可以做两种解释：一是怕敌对者或不法之徒认出他来，于生命有危险；二是因为自己是有名的作家，担心人们认出来惹麻烦。如果指的是后者，那仿佛在说，他已有了电影明星那样的曝光率。鲁迅的确有此种担心。1934年4月15日他在致林语堂的信中谈到不愿在杂志上发表自己的照片，原因是："示众以后，识者骤增，于逛马路，进饭馆之类，殊多不便。"好在，他的照片只偶尔在文学杂志上发表，文学杂志相比戏剧电影杂志而言，读者数量有限。

鲁迅到上海不久，记者就找上门来了。当时颇受读者喜爱的

---

1 阿累《一面》，《中流》1936年第1期，"哀悼鲁迅先生专号"。

图17. 鲁迅在上海寓所书房的两张照片，梁得所 摄

《良友》画报的记者梁得所到鲁迅在景云里的寓所，为鲁迅拍摄了一组照片，而且还为许广平照了相。看来，在书房中的状态是此次拍摄的重点，与鲁迅的作家身份相符。（图17）梁得所拍摄的这些照片的发表，对鲁迅的名声起到很好的宣传作用。那位电车工人阿累可能就是在这份杂志上看到了鲁迅的照片。

鲁迅一面应译者和编者的邀请，拍摄照片以为发表之用，一面却在某些场合，拒绝报刊使用自己的照片。其中值得一提的是与《人间世》杂志的有关交涉。其原因，大概与他不赞成当时周作人和林语堂的文学活动有关。林语堂、陶亢德等人筹办《人间世》，拟每期选刊作家照片一帧，向鲁迅求索。鲁迅1934年3月29日回复陶亢德说："以肖像示青年，却滋笑柄，乞免之，幸甚幸甚。"三天后，他又写信给陶亢德说："照相仅有去年所摄者，倘为先生个人所需，而不用于刊物，当奉呈也。"但在得知照片要刊登在杂志的封面上时，他坚决予以拒绝："前之不欲以照片奉呈，正因并非'私人请托'，而有公诸读者之虑故。……《自选集》中像未必竟

图18.《人间世》所刊周作人照片

不能得,但甚愿以私谊吁请勿转灾楮墨,一以利己,一以避贤。"[1]
其所避之"贤",很可能是指他的弟弟周作人。因为周作人的照片
在《人间世》上印成全幅,十分抢眼(图18)。

此时,鲁迅与乃弟不但感情早已不和,文学主张也互有异同。
一个是左翼文坛领袖,一个是京派祭酒,双峰对峙,时或相讥。按
说,长幼有序,刊登照片,应该先鲁迅而后周作人。但鲁迅拒绝提
供照片,错过了第一期。周作人的照片和《五十自寿诗》在创刊号
上印出后,既招引同调者唱和,也遭到不少人非议,沸沸扬扬,闹
了好一阵子。鲁迅虽未公开批评周作人,但私下里不无微词。后来
《人间世》又设"作家访问记"栏,请作家以自己的书斋为背景摄
一影,并与妻子合影,向读者展示其工作、生活状态及家庭情况。
鲁迅又回信说:"雅命三种,皆不敢承。"断然拒绝,毫无商量的
余地。其时,鲁迅手头至少有一帧书房照和几帧家庭合影照,效果

---

1 鲁迅致林语堂信(1934 年 4 月 15 日),《鲁迅全集》第 13 卷,第 78 页。

图19. 50岁寿辰照，史沫特莱 摄

都不错，拣出寄去，举手之劳；即便重新拍照，也不太费时费力，但因为不满于《人间世》的作为，遂有如此决绝的态度。

鲁迅晚年，逢到过生日等重要场合，作为纪念，他不但自己或者与家人一起主动去照相馆拍摄，而且也同意朋友们来为他照相。参加社会活动时，也免不了与人合影，虽然有时自己并不愿意。值得注意的是，在他50岁生辰时，照相活动达到一个高潮。中国人对知天命之年很重视，鲁迅也不例外。不但他自己主动携带家人去照相馆，而且还出席朋友们为他举办的祝寿会，后来又从史沫特莱为他拍摄的一组照片中挑选自己比较满意的，局部放大，精心装帧，以为纪念（图19）。[1]

作为名人，免不了有人来索要照片、题词之类。鲁迅有时也将自己的照片赠送他人。除好友外，外国人常受特别关照。例如，美国女作家史沫特莱首次来访（1929年12月27日），索要照片四张，鲁迅慷慨地满足了她的要求。史氏此次是以德国《法兰克福日报》

1　周海婴编《鲁迅家庭大相簿》，北京，同心出版社 2005 年版。

276

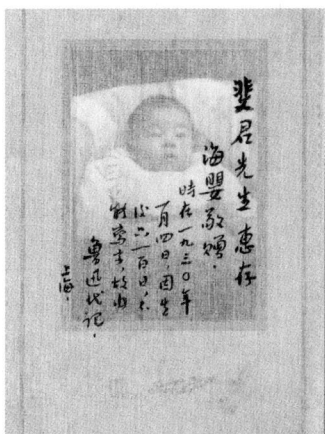

图20. 赠送章廷谦的周海婴照片
并题词

特派记者身份来采访鲁迅的。但有时却不能顾及礼尚往来，不能满足对方。还有的时候，他觉得与其赠送自己的照片，不如赠送孩子的照片。他曾经把孩子的照片赠送好几位朋友（图20）。

一位日本歌人赠送照片给他，他也没有回赠自己的照片，而代之以孩子的照片。[1]

那原因，或者为了避嫌，或者手头确实没有自己满意的照片。更可能，鲁迅渐渐意识到自己的老态了罢——儿子出生时，他已接近知天命之年了。

---

1 〔日〕增田涉《鲁迅の印象》，东京，角川书店1970年版，第56—57页。鲁迅1933年致山本初枝信。鲁迅与日本友人增田涉多次互赠照片及儿女的照片，见鲁迅1933年7月11日，1934年1月8日、6月7日、6月21日、11月14日，1935年4月30日致增田涉信。

图21.《大阪朝日新闻》（1935年11月12日、13日）所载报道及照片

老相与病相

1933年12月27日，鲁迅在致增田涉信中谈到《大阪朝日新闻》所刊自己的照片（图21）[1]，说："照片太年青了，也许不是我的照片，但也有人说并非别人的。到底如何，弄不清楚。近戴老花眼镜，看书时字很大，一摘掉，字又变得很小，因此怀疑字的实际大小究竟如何。对自己的容貌，也是如此。"同月早些时候，他在致增田涉的信中，谈起自己在同一家报纸上的照片说："《大阪朝日新闻》刊载的照片，确实形容枯槁，但实物并不那么枯槁。看来，所谓写真有时也不免写不真，恐怕那照相机本身枯槁了罢。"寻绎文意，似乎有两张照片刊登在这家报纸上。一个是显得年轻，一个照得老相。他因此而埋怨和怀疑照相机：号称写真的照相却成了对

---

1 见 1933 年 12 月 23 日《大阪朝日新闻》。

人的一种"变形"和"异化"。

这里所说的日本报纸上为配合报道发表的照片,是日本记者采访时拍摄的。从报道内容看,记者在上海会见了内山完造和鲁迅。这张照片上的鲁迅,与他同时期的其他照片比较,的确显得年轻了一些。

鲁迅晚年书信中,经常出现有人索要相片而无以应付的情形,如1934年6月27日致增田涉信说:"奉上我的照片一张,没有新的,只好把去年的送上,别无他法。如对它加上一年多的老态来看,就接近真相了。尽管这种看法是颇不容易的。"幽默中透露出对老之已至的无奈。1936年7月23日他回复普实克信中说:"寄上我的照相一张,这还是四年前照的,然而要算最新的,因为此后我一个人没有照过相。"——这张照片收入普实克翻译的捷克文的《呐喊》中。

1934年7月30日鲁迅在给山本初枝的信中谈道:"我赠给增田一世的照片,照的时候也许有些疲乏,并不是由于经济,而是其他环境。我有生以来,从未见过近来这样的黑暗。"心境不佳,使鲁迅的照相更显出憔悴的样子。

一般人的经验,照相如不成功,不满意,可以丢弃,犹如现在可以在存储设备上删除一样。但鲁迅却留存了几张病中和大病初愈后拍摄的相片。1936年10月2日,美国记者曼尼·格兰尼奇受宋庆龄委派,来寓所商谈工作并为他拍照,其时距逝世只有17天。而逝世前的真正绝唱,也是他一生中最精彩的系列照片,是沙飞拍摄的出席木刻展览会与青年木刻家谈话的一组,虽然瘦弱,但精神很好——这或者会被人称为回光返照的吧(图22)。

照相大抵是英姿勃发的青年时代喜爱的玩意儿,与青春自恋情结不无联系。中年而老年,此种心情逐渐淡薄,也是可以理解的。

鲁迅年轻时候看到的阔人家儿孙满堂的"全家福",合乎人之常情,至今仍然滔滔者天下皆是。然而,除了自己的三口之家的合

图22. 出席木刻展览会组照中的两张，沙飞 摄

影外，鲁迅竟没有一张全家福照片。

他有没有照全家福的可能呢？至少有两个时段具备这样的条件。第一个是他在绍兴担任绍兴中学堂的监督（校长）时，两个弟弟也都在绍兴工作。可惜的是，我们现在只能看到他的两个弟弟及弟媳与母亲的合影，独独缺少鲁迅和妻子朱安（图23）。这个缺憾，除其他原因外，或者可以用鲁迅夫妻琴瑟不谐来解释；另一个时段是在北京八道湾11号居住期间，周氏兄弟组成了一个三代同堂的大家庭。然而，这个时期，老母亲也仍然没能召集大家拍摄全家福。而且，不但没有鲁迅夫妇加入的大合影，便是他的两个弟弟两家的合影，迄今也还没有发现。

鲁迅与他的母亲也没有合影。在同时代人的回忆中，有很多情节说明鲁迅具有孝敬母亲的品行。现在，更有人乐意对此大加宣扬，以减轻他那"激烈反传统"的斗士形象造成的生硬之感。鲁迅对母亲一手策划、竭力促成而造成他终生遗憾的包办婚姻带给自己的痛苦刻骨铭心，对母亲有些埋怨也可以理解。他母亲后来也很后

图23. 缺少鲁迅夫妇的全家福

悔，对鲁迅的两个弟弟的婚事就采取了开明的态度。[1]

那么，鲁迅与两个弟弟的合影如何呢？也属寥寥。鲁迅与二弟周作人的合影是到了北京后才有的，但也只有两三张。其中有一张的背面有周作人手书的参加合影者名单，显系周作人所保存；而鲁迅如果当时也得到一张的话，可能已经丢失，因为这张照片并没有出现在他保存的家庭相册中。鲁迅与三弟周建人的合影也不多。在上海，他们一起生活了十年，见面相当频繁。然而，现存的，也只有当年初到上海时的一张多人合影，便是将照片上其他人悉数删去，两兄弟之间也还隔着许广平（图24）。[2]

鲁迅在上海时三口之家的全家福倒是不少。其中一张值得一

1　周海婴编《鲁迅家庭大相簿》。

2　北京鲁迅博物馆编《鲁迅（1881—1936）》，北京，文物出版社 1976 年版，第 55 页。1927 年 10 月 4 日，鲁迅与许广平到达上海，与周建人、林语堂、孙伏园、孙福熙合影。林语堂不与共产党合作，跑到香港、台湾，被视为资产阶级反动文人；孙福熙后来参加国民党，当了官，鲁迅与他逐渐疏远。照片上的这两人都被涂掉。

图24. 初到上海时与周建人、许广军、林语堂的合影

图25. 为报平安所摄全家福

提，系1931年7月30日所摄。当时，鲁迅被捕入狱的谣言四处传播。为免使亲友挂念，他挈妇将雏，赶往照相馆拍照。第一次是7月28日，效果不好，30日又去照，才算满意。（图25）照片寄给了他的母亲和原配妻子，使北京的亲人借此知道他们一家在上海的生活境况。连续两次外出照相，也说明他的安全没有受到很严重的威胁。

观相

1934年8月31日，鲁迅把儿子的相片寄给北平的母亲，在信上说儿子"其实平常总是很顽皮的，这回照相，却显得很老实"。言下颇有为这"老实相"感到遗憾的意思。因为得到不少类似的经验，他写了《从孩子的照相说起》一文，其中说道：

中国和日本的小孩子，穿的如果都是洋服，普通实在是很难分辨的。但我们这里的有些人，却有一种错误的速断法：温文尔雅，不大言笑，不大动弹的，是中国孩子；健壮活泼，不怕生人，大叫大跳的，是日本孩子。

然而奇怪，我曾在日本的照相馆里给他照过一张相，满脸顽皮，也真像日本孩子；后来又在中国的照相馆里照了一张相，相类的衣服，然而面貌很拘谨，驯良，是一个道地的中国孩子了。

为了这事，我曾经想了一想。

这不同的大原因，是在照相师的。他所指示的站或坐的姿势，两国的照相师先就不相同，站定之后，他就瞪了眼睛，伺机摄取他以为最好的一刹那的相貌。孩子被摆在照相机的镜头之下，表情是总在变化的，时而活泼，时而顽皮，时而驯良，时而拘谨，时而烦厌，时而疑惧，时而无畏，时而疲劳……照住了驯良和拘谨的一刹那的，是中国孩子相；照住了活泼或顽皮的一刹那的，就好像日本孩子相。[1]

在现实生活中，鲁迅的确比较喜欢日本的照相馆和摄影师。他的照相，有相当大一部分是在日本人经营的上海春阳（日记有时写作阳春）照相馆拍摄的。还有一些为日本友人或记者所摄。

鲁迅埋怨的中国的照相师不能将孩子天性中活泼的一面摄取下来，实与教育观念、家庭结构，乃至政治体制有关。他这篇文章的主旨与他早年在《我们现在怎样做父亲》《寡妇主义》等文章中批

1　鲁迅《且介亭杂文·从孩子的照相说起》，《鲁迅全集》第6卷，第83页。

评中国僵硬死板的教育观念的观点是一致的。塑造健康、活泼、刚健的人生，是鲁迅一贯的理想。

鲁迅在文中强调了摄影师的理念及其临场发挥的重要性。人们进入照相馆拍照，与自然状态下拍摄即我们所谓"抓拍"就有区别，不免有些紧张。这时，照相师的技术和心理把握能力就显得非常重要了。鲁迅本来对照相不甚热心，甚至有些厌恶，如在给日本友人的信中曾说："在上海，五步一咖啡馆，十步一照相馆，真是讨厌的地方。"[1]但他毕竟是有强烈社会责任感的人，从照相上升到儿童教育、国民性格的高度，其严肃认真的态度可见一斑。

在《论照相之类》一文中，鲁迅以京剧名角梅兰芳的《天女散花》和《黛玉葬花》剧照为例，表达了对男扮女装照相的厌恶。

一般论者将鲁迅批评梅兰芳归结为他不喜欢京剧。其实，梅兰芳男扮女装的剧照，是引起他反感的一个重要原因。他写道：

> 要在北京城内寻求一张不像那些阔人似的缩小放大挂起挂倒的照相，则据鄙陋所知实在只有一位梅兰芳君。而该君的麻姑一般的《天女散花》《黛玉葬花》像，也确乎比那些缩小放大挂起挂倒的东西标致，即此就足以证明中国人实有审美的眼睛，其一面又放大挺胸凸肚的照相者，盖出于不得已。我在先只读过《红楼梦》，没有看见《黛玉葬花》的照片的时候，是万料不到黛玉的眼睛如此之凸，嘴唇如此之厚的。我以为她该是一副瘦削的痨病脸，现在才知道她有些福相，也像一个麻姑。然而只要一看那些继起的模仿者们的拟天女照相，都像小孩子穿了新衣服，拘束得怪可怜的苦相，也就会立刻悟出梅兰

1　鲁迅致增田涉信（1933 年 10 月 7 日），《鲁迅全集》第 14 卷，第 263 页。

芳君之所以永久之故了，其眼睛和嘴唇，盖出于不得已，即此也就足以证明中国人实有审美的眼睛。[1]

　　鲁迅最后得出了"我们中国的最伟大、最永久，而且最普遍的艺术也就是男人扮女人"的讽刺性结论。

　　他宁可多看看外国的名人的尽管不美观但至少是真实的照相："托尔斯泰，伊孛生，罗丹都老了，尼采一脸凶相，勖本华尔一脸苦相，淮尔特穿上他那审美的衣装的时候，已经有点呆相了，而罗曼·罗兰似乎带点怪气，戈尔基又简直像一个流氓。虽说都可以看出悲哀和苦斗的痕迹来罢，但总不如天女的'好'得明明白白。"[2] 悲哀苦斗，正是真实人生。只要表现出本真，而不是装神弄鬼，就值得一看。

　　鲁迅讨厌装假，提倡真实。他在《华盖集续编·古书与白话》中说："愈是无聊赖，没有出息的脚色，愈想长寿，想不朽，愈喜欢多照自己的照像，愈要占据别人的心，愈善于摆臭架子。"[3]他还说："文人作文，农人掘锄，本是平平常常的，若照相之际，文人偏要装做粗人，玩什么'荷锄带笠图'；农夫则在柳下捧一本书，装作'深柳读书图'之类，就要令人肉麻。"[4]

　　尽管由于所看到的作家照片数量有限，鲁迅对上述外国作家照片的观感评论只是一时看法，但这些评论与他对这些文学家的人生状

1　鲁迅《坟·论照相之类》，《鲁迅全集》第 1 卷，第 195—196 页。

2　同上。

3　鲁迅《华盖集续编·古书与白话》，《鲁迅全集》第 3 卷，第 228 页。

4　鲁迅致郑振铎信（1934 年 6 月 2 日），《鲁迅全集》第 13 卷，第 134 页。

态的了解还是有一定关系的。外国文人照片上的形象与其人生经历、创作风格之间存在一定的对应关系。例如，尼采颂赞超人，蔑视"末人"，中国流传较广的那张尼采照片恰恰显得凶狠；高尔基童年失怙，流浪江湖，相貌（或者说鲁迅见到的照片上的形象）的确饱经风霜，类乎流氓。虽然"以貌取人，失之子羽"，孔夫子早有警戒，然而，相貌所透露出来的人的性情和品格，却也值得注意。鲁迅曾引述中国相书上"北人南相、南人北相者贵"一条，表示赞成，并进而发挥道："北人南相者，是厚重而又机灵，南人北相者，不消说是机灵而又厚重。昔人之所谓'贵'，不过是当时的成功，在现在，那就是做成有益的事业了。这是中国人的一种小小的自新之路。"[1]

不过，鲁迅小说中，对于人物的外貌，并非采用照相般的摄取，也不像工笔画那样细描，而常常抓住要点，寥寥几笔写出人物的精神。如他所说："要极省俭的画出一个人的特点，最好是画他的眼睛。我以为这话是极对的，倘若画了全副的头发，即使画得逼真，也毫无意思。"[2]

鲁迅有些照片，假如与其他照片对比了看，是颇为有趣的。例如，1933年9月13日，即53岁生日前，除了一家三口合照外，他自己也单独照了一张（图26）。拍照的地点是王冠照相馆。这里的照相师也许是不善于摄取生动活泼神态的中国人吧，照片所定格的鲁迅神态，头微微低沉，眼光透出疑虑和畏惧，与全家合影中的形象大相径庭。如果只看这张照片，实难想象鲁迅那时的生活是平和幸福的。鲁迅评点了很多外国文学家的相貌特征，那么，我们尝试为这张照片下一个评语如何：多疑的世故老人？

1　鲁迅《花边文学·北人与南人》，《鲁迅全集》第 5 卷，第 457 页。

2　鲁迅《南腔北调集·我怎么做起小说来》，《鲁迅全集》第 4 卷，第 527 页。

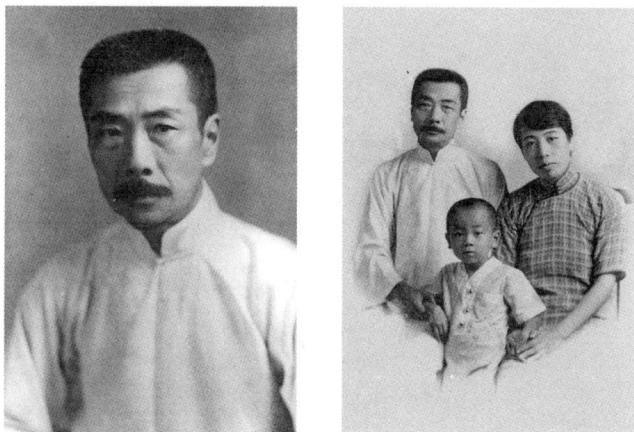

图26. 53岁生辰照及全家福

人的神态和心情随时变化，因此，摄影师拍照时捕捉瞬间情态的能力就显得十分重要了。假如我们根据一张神情不无疑虑的照片就断定鲁迅生性多疑，可能会失之偏颇，犯"以相取人"的错误。

标准像与遗像

1930年9月25日，按中国习惯，鲁迅该庆祝50岁生辰。这一天他到照相馆拍摄了一张像。这张照片被广为使用，不妨称之为"标准照"（图27）。半身正面免冠照片上的鲁迅表情端庄严肃，头发毫无蓬乱的迹象，想必在照相之前经过了一番修饰。这张相片也是他本人所喜欢的，表现出健康的，甚至可以说刚健的形象，通俗点说，有"硬汉子"的风范。之所以说这张照片"标准"，还因为它并非只

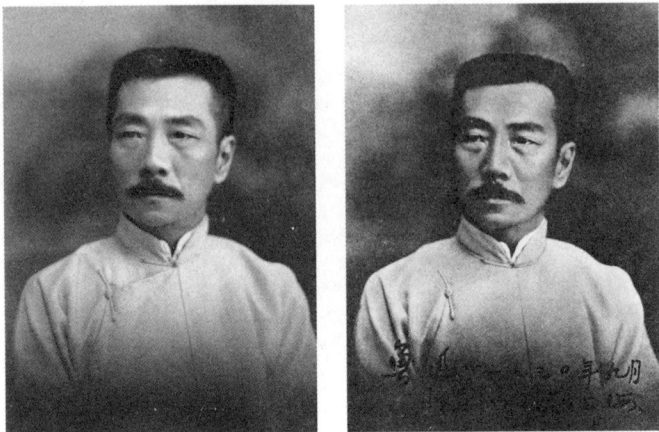

图27. 标准照与带有题词的标准照

表现了鲁迅严肃的一面，而在严肃中含着刚毅，虽望之俨然，较少温情，却也并不显得冷酷。人们常见照片的下部有他本人的题字，把拍摄日期提前了一天："鲁迅一九三〇年九月二十四日摄于上海，时年五十"。[1]北京鲁迅博物馆所藏鲁迅相册中的这张照片，并没有题词，应该是主人自存原版。流行的那张，应为他赠送友人，后来辗转在报刊上使用的。除了流传的题错了日期的那一张，现在还能看到的是1931年冯雪峰离开上海到苏区时，鲁迅赠送的同版照片，上面题写了"雪峰惠存　鲁迅　一九三一年八月十八日"。[2]

这张照片的使用十分普遍。尤其是新中国成立后，曾在许多场合及出版物上使用。而且常常同毛泽东论鲁迅即有名的"三家五最"那段话和鲁迅《自嘲》诗中"横眉冷对千夫指，俯首甘为孺子牛"一联配合出现。"文革"中的鲁迅著作选本和鲁迅语录，差不

1　但据《鲁迅日记》，9 月 25 日"午后同广平携海婴往阳春堂照相"。

2　周海婴编《鲁迅家庭大相簿》。

多遵循了这样一个模式：先是毛泽东手书鲁迅诗《无题·万家墨面没蒿莱》，接着是鲁迅的"标准照"（或者次序颠倒过来），再接鲁迅诗《自嘲》手迹（或全诗，或"横眉/俯首"一联）。

例如，杭州大学中文系革命委员会《鲁迅语录》编辑小组、哈尔滨第四中学校"鲁迅兵团"、南京无线电工业学校"东风革命造反兵团"、北京师范学院"鲁迅兵"、北京鲁迅博物馆"红色造反队"、北京电车无轨一厂"烈火"编辑部等机构编印的鲁迅语录、文摘、文录，内容形式或有差异，但在使用"标准照"上却惊人地一致。[1]

直到现在，这张照片也还相当普遍地被使用。依据这张照片创作的美术作品更不计其数。因为时代风气、创作者个人经历的关系，有些作品过于强调"标准"的效果，加重了鲁迅的严肃和愤怒的神情。例如赵延年的木刻《鲁迅先生》，以这张照片为创作原型，对头发、眼睛、胡须、下巴等部位做了"严肃"的处理，其效果完全可以配得上《横眉冷对》这样一个题目（图28）。

鲁迅诗下半联"俯首甘为孺子牛"，在照片中难以找到对应的形象，也较少美术作品演绎。鲁迅一生较少态度十分谦恭、柔和的照相。但"文化大革命"过后，人们反感于以往过于强调鲁迅的"硬骨头精神"，遂想方设法塑造鲁迅温情的姿态。20世纪80年代以后，有些出版物不再选用"标准照"，而代之以穿毛衣站立像或其他表情温和、慈祥，甚至开怀畅笑的照片，例如逝世前不久在木刻展览会上手捏香烟与青年谈话那一张。以北京鲁迅博物馆为例，

---

[1] 我所发现的例外，是福建省"革造会"、毛泽东思想红卫兵福建师院中文系"凌云志"、工联总第六分部福州"七塑锋芒"合编的《鲁迅语录》及上海市鲁迅纪念馆联合造反队、复旦大学中文系"鲁迅公社"、上海师院中文系"鲁迅兵团"编辑的《鲁迅文摘》。前者使用木刻鲁迅头像，后者则以"遗照"置于卷首。

图28. 木刻鲁迅像（赵延年作）

图29. "毛衣照"用在鲁迅博物馆的展览上

20世纪六七十年代，鲁迅生平陈列的篇首总是用"标准相"的，而20世纪90年代的展览就用了上述的"毛衣照"（图29）。在使用照片这样微小的事情上也显现出时代风气和人们思想的变迁。

1933年，美国记者埃德加·斯诺编译的小说集《活的中国》，收入鲁迅作品多篇，想在卷首而且在先期刊于《亚细亚》杂志时配发作者照片。斯诺和他的朋友姚克向鲁迅求援。但鲁迅送去的几张——或许也包括那张"标准照"——他们以及《亚细亚》杂志的编者认为"都不很好"。姚克建议鲁迅去照相馆拍摄，鲁迅同意了。于是，姚克陪同鲁迅去南京路先施公司后边的雪怀照相馆拍照。据姚克回忆：

　　我和雪怀照相馆的东主林雪怀相识，预先言明要摄到满意为止。他非但替鲁迅先生拍了几个样子，还拍了一张我和鲁迅先生的合影。洗印之后，我从底样中选一张最好的，寄到美国去，后来登在《亚细亚》杂志上。鲁迅先生逝世后，挂在万国殡仪馆灵堂上的那张大照像，也就是从这张照片放大的。[1]

照片上的鲁迅显得比"标准相"上的老了很多，但神情端定中透出慈祥。照片下部注有英文"鲁迅　天鹅照相馆"（即"雪怀照相馆"，今已不存）的字样，不幸成为谶语——这帧照相成了鲁迅一生单身照片的绝唱。该照曾在1935年1月《亚细亚》杂志上配合斯诺撰写的《鲁迅评传》发表，1936年又收入英文版《活的中国》卷首。[2]鲁迅逝世后，这张照片被多家报纸刊登讣告时使用。现在，上海鲁迅故居摆放瞿秋白书桌的那个房间，仍然悬挂着这张照片。因为比"标准照"多了含蓄和温情，甚至含有老人的慈祥，这张照片后来在很多场合中被使用，有与"标准照"并驾齐驱之势。这里暂且称之为"遗照"（图30）。在"标准照"和"遗照"的取舍之间，有一个有趣的现象，中国的尤其是"文化大革命"及其以前的展览、绘画、图书封面等，多使用"标准照"；而西方鲁迅研究著作及相关展览等，则多使用"遗照"。[3]厥例甚夥，兹不一一列举。

1　姚克《〈鲁迅日记〉中的两条诠注》，《南北极》1977 年第 81 期。

2　Edgar Snow, ed., *Living China: Modern Chinese Short Stories*, London, George G. Harrap Co. Ltd., 1936. 姚克和美国记者埃德加·斯诺合作，将鲁迅的短篇小说译成英文，准备以《活的中国》为名在西方国家出版发行；后接受鲁迅建议，在此书中增添别的作家的作品，每人一篇，以向西方读者介绍"现代中国短篇小说及其作者"。

3　姚克注意到这一点："这张摄得非常慈祥，眼神中略有一点悲悯而又锐利的光芒，我个人以为是最传神阿堵、最能代表他晚年神情的小影。可是后来大陆出版的书刊，多数都不用这张相片，他们也许嫌它太慈祥，不够横眉怒目，不像一个'战士'吧？其实真正的战士，何尝满脸杀气腾腾的？"见《〈鲁迅日记〉中的两条诠注》。

图30. "遗照"

真相

　　回到真实的鲁迅，已经成了一个富有哲学意味的命题。现在，亲眼见过鲁迅的人已所存无几。怎样才是真实的鲁迅形象？鲁迅的公共形象是怎样树立起来的？通过以上介绍，可以得出这样的印象：鲁迅照片在其形象树立过程中起到了不可忽视的作用。

　　现实中的人是动态的、复杂的，表达瞬间、凝固一时的图像不能代表其全面。鲁迅的弟弟周作人晚年写有《鲁迅的笑》一文，指出，他看过的鲁迅画像，大都是严肃有余而和蔼不足。他推测其中原因，大约是：第一点，"鲁迅的照相大多数由于摄影时的矜持，显得紧张一点，第二点则是画家不曾和他亲近过，凭了他的文字的印象，得到的是战斗的气氛为多"。因为"他的文学工作，差不多一直是战斗，自小说以至一切杂文，所以他在这些上面表现出来的，全是他的战斗的愤怒相，有如佛教上所显现的降魔的佛像，形

292

象是严厉可畏的"。[1]

周作人是实际生活中亲炙鲁迅音容笑貌时间较长的一人，对鲁迅性格的了解比较全面。但周作人中年与鲁迅决裂，从此互为参商，鲁迅晚年的形象他所见不多。一般来说，人们面对镜头，会立刻增强被拍摄的意识，容易变得矜持或者做作。今天我们也有很多这样的实践，要么摆出端庄的架势，肃穆之状可掬；要么呼叫"茄子"，挤出些欢容。这方面，鲁迅的问题并不比别人更多些。周作人所说的第二点颇有道理，画家的确可以从鲁迅的文字中感知其战斗精神。但反过来，我们也可以说，画家同样也可以从鲁迅作品中感知他的温和亲切的性情。遗憾的是，后世很多画家，因为受时代风气的影响，自觉不自觉地选择刻画鲁迅严厉可畏的形象，走到了夸张过分因而失真的地步。

其实，笑容并不比板起面孔更难做作。最难的，也是最有价值的，当然是表现出人的常态和本性。与鲁迅交往较多的郑振铎这样描绘鲁迅："初和他见面时，总以为他是严肃的冷酷的。他的瘦削的脸上，轻易不见笑容。他的谈吐迟缓而有力。渐渐的谈下去，在那里面你便可以发现其可爱的真挚，热情的鼓励与亲切的友谊。他虽不笑，他的谈话却能引你笑。"[2]与晚年的鲁迅有些接触的作家巴金的印象是："瘦小的身材，浓黑的唇髭和眉毛……可是比我在照片上看见的面貌更和善，更慈祥。"[3]而朱自清则说："他穿一件白色纺绸长衫，平头，多日未剪，长而干，和常见的相片一样。脸方

---

1 周启明《鲁迅的笑》，《鲁迅的青年时代》，北京，中国青年出版社 1957 年版，第 101—102 页。原载 1956 年 12 月 18 日《陕西日报》。

2 郑振铎《永在的温情——纪念鲁迅先生》，《文学》1936 年第 10 期。

3 巴金《鲁迅先生就是这样一个人》，收入《忆鲁迅》，北京，人民文学出版社1956 年版，第 106 页。

方的，似乎有点青，没有一些表情，大约是饱经人生的苦辛而归于冷静了罢。看了他的脸，就像重读了一遍《〈呐喊〉序》。"[1] 因为时间、地点以及与鲁迅的关系不同，人们的观感就有所区别。

究竟怎样才是鲁迅的真相呢？定论不易。

话说回来，鲁迅的照片中，周作人究竟喜欢哪一张，他没有明确说过。至于鲁迅画像，他在那篇文章末尾写道："我对于美术全是门外汉，只觉得在鲁迅生前，陶元庆给他画过一张像，觉得很不差，鲁迅自己当时也很满意，仿佛是适中地表现出了鲁迅的精神。"[2]（图31）陶元庆与鲁迅有过亲密的交往。在创作这幅肖像时，他既以鲁迅本人为模特儿，也参考了鲁迅照片。[3]

20世纪80年代以后，在很多场合，照片或画像所展示的鲁迅，态度安详、面容平和乃至笑容可掬的形象渐渐占了上风。一些大型纪念活动中使用鲁迅像的情况，可让我们感知这种变化。1956年纪念鲁迅逝世20周年大会（图32）和1961年纪念鲁迅诞辰80周年大会，主席台上都挂着巨幅的鲁迅"标准照"，而1981年鲁迅诞生100周年纪念大会上，悬挂的则是1933年53岁生日时所摄照片即所谓"遗照"。到了1991年的纪念鲁迅110周年诞辰大会，用的是以鲁迅微笑着同青年木刻家谈话的照片为原型创作的画像，而1996年纪念鲁迅逝世60周年大会，悬挂的竟然是陶元庆为鲁迅所画的炭笔速写像！

我在参与编辑大型画册《鲁迅》时，对鲁迅照片的观念尚不及

1　朱自清《我和鲁迅》，见《鲁迅先生轶事》，上海，千秋出版社1937年版。

2　周启明《鲁迅的笑》，见《鲁迅的青年时代》，第101—102页。

3　许钦文《鲁迅和陶元庆》，见《〈鲁迅日记〉中的我》，杭州，浙江人民出版社1979年版。但作者没有明确说陶元庆参考的是哪一张或哪几张照片。

图31. 陶元庆所绘鲁
迅肖像

图32. 1956年纪念鲁迅逝世20周年大会

现在专门写这篇文字时清晰。例如，在选择全书封面照片时，采用了鲁迅到上海后不久在书房中所摄照片，而且选用的是透出亲切温和神情的那一张，无意间受了时代观念的影响。但在正文中，却仍然用整页的篇幅，特别突出了"标准照"。[1]鲁迅"硬骨头"形象已经镌刻在几代读者的意识深处，人们觉得这张照片显示的就是鲁迅的"真相"——鲁迅性格中的某一方面在这张照片中显露得恰到好处：凝重、严肃、刚健、有力。

鲁迅的照片是反映他的生活状态、思想发展的第一手资料。从他的照片中可以看出他的性情，揣摩他的心理状态；而从后人对他的照片的使用情况，也可以约略考察鲁迅观的变迁。

(原载《鲁迅研究月刊》2009年第12期)

1　河南文艺出版社 2009 年版《鲁迅》。